AF403048

Ines Vitouladitis, geboren 1987, ist leidenschaftliche Autorin, Mutter von drei Söhnen, gelernte Kinderpflegerin und derzeit Erzieherin in der Ausbildung. Im Oktober 2022 erwartet die 34-jährige Kaffeeliebhaberin und Hobby-Näherin, die mit ihrer Familie, zwei Hunden, drei Katzen und einer kleinen Hühnerschar im ländlichen Elsdorf lebt, ihr viertes Kind. Ihre Freizeit nutzt sie vor allem zum Schreiben neuer Manuskripte unterschiedlichen Genres.

INES VITOULADITIS

Liebe in Sicht

Herzklopfen in Rose Village

Erstausgabe Mai 2022

Copyright © 2022 dp Verlag, ein Imprint der
dp DIGITAL PUBLISHERS GmbH
Made in Stuttgart with ♥
Alle Rechte vorbehalten

liebe in Sicht

ISBN 978-3-98637-491-4
E-Book-ISBN 978-3-98637-451-8

Covergestaltung: ARTC.ore Design
Umschlaggestaltung: ARTC.ore Design
Unter Verwendung von Abbildungen von
shutterstock.com: © aniana, © sodesignby, © RachenStocker
Lektorat: Astrid Rahlfs
Satz: dp DIGITAL PUBLISHERS GmbH
Druck und Bindung: Books on Demand GmbH, Norderstedt

Kapitel 1

Aufbruch in ein neues Leben

Die Straßen wurden breiter und leerer, je weiter wir uns von der Stadt entfernten. Am Straßenrand wuchsen nun vermehrt Bäume, einige davon mannshoch, andere waren scheinbar erst vor kurzem eingepflanzt und mit Messingschildern versehen worden, auf denen ich den eingravierten Namen der Art vermutete. Im Licht der Scheinwerfer warfen ihre Kronen gespenstische Schatten auf den Asphalt, bevor ich binnen Sekunden an ihnen vorbeirauschte. Der Regen prasselte in einem beständigen Rhythmus an die Frontscheibe und schien sich mit meinem Herzschlag zu synchronisieren, der seit Stunden partout nicht ruhiger werden wollte.

Irgendetwas klapperte schon seit einer ganzen Weile im Wagen, und auch die Kontrollleuchte des Motors prangte seit mehreren Meilen wie eine stumme, aufdringliche Hiobsbotschaft unter dem Tacho. Es war reine Glückssache, ob wir es bis Rose Village schaffen würden oder nicht. Ich biss mir nervös auf die Unterlippe. So oft, wie ich seit der Abfahrt auf ihr herumgekaut hatte, wunderte es mich fast, dass sie noch nicht blutete.

Vielleicht, ja vielleicht, hätte ich doch besser den Neuwagen statt der alten Klapperkiste nehmen sollen, die eigentlich kaum noch genutzt wurde und aus rein sentimentalen Gründen noch in der Garage stand. Meinem

Herzen und meiner Unterlippe hätte es sicher gutgetan. Doch ein roter Sportwagen wäre auf den Straßen weit auffälliger gewesen als ein grauer Minivan mit abblätterndem Lack. Und wenn es eines gab, das ich in jener Nacht nicht wollte, dann war es, gesehen zu werden.

Wenn man sagt, dass man nur das Nötigste mitnimmt, dann denkt man erst mal an das, was man gerade am Leib trägt und vielleicht an ein Handy, ein paar Snacks oder Kleidung zum Wechseln. Aber das Nötigste ist manchmal mehr als das. So viel mehr. Manchmal ist es Geld. Oder schlicht Taschentücher für die heimlich verdrückten Tränen, die auf keinen Fall jemand sehen darf. Es sind manchmal Schokoriegel als Nervennahrung und ein ganzer Wäschekorb voller Spielzeug sowie Bücher mit emotionalem Wert. Und manchmal auch ein überdimensional großer Müllsack, bis oben hin vollgestopft mit Kleidung, weil man nicht weiß, wann man wieder welche kaufen kann, sowie die Lieblings–Dinosaurierdecke des Dreijährigen. Ohne die ginge nämlich gar nichts.

Der aus einem Wäschekorb und einer zerbeulten alten Spielzeugkiste gebaute Turm auf dem Beifahrersitz wackelte immer wieder in unregelmäßigen Abständen unheilvoll, obwohl ich ihn sogar mit Gurten gesichert hatte. Angeschnallt wie ein unförmiger Mensch mit Schwindelattacken thronte er neben mir, seit wir Salem City verlassen hatten. Im Fußraum lagen Ordner mit wichtigen Unterlagen, die ich im Vorbeigehen mitgenommen hatte, sowie ein Brief. Der Brief.

Obwohl ich ihn nicht sehen konnte, da ich ihn in großer Hast einfach zwischen die Ordner geworfen hatte, spürte ich seine Präsenz. Ich hätte ihn nicht mitnehmen müssen, denn ich hatte ihn bereits so oft gelesen, dass ich seinen Inhalt auswendig kannte. All diese Worte – die Worte, die alles verändert hatten, waren in meinem Kopf gespeichert, und ich war mir sicher, dass sie mich auf ewig begleiten würden. Bis ins Grab. Nein, ich hätte ihn nicht mitnehmen müssen – aber ich wollte nicht, dass er in falsche Hände gelangte. Ich wollte nicht, dass sein Inhalt verriet, wohin es mich trieb. Und ihn zu zerreißen, zu verbrennen oder zu vergraben, damit sein Geheimnis niemals jemand anderen als mich erreichen würde, hätte eindeutig zu lange gedauert – ganz davon abgesehen, dass ich es nicht übers Herz gebracht hätte. Denn dieser Brief war sowohl ein Abschied als auch ein Willkommen.

Der Regen wurde sachter, setzte fast aus. Nur feine Tropfen landeten nun noch wie gesprüht und gänzlich lautlos auf der Frontscheibe. Der quietschende Scheibenwischer rutschte gemächlich weiter von links nach rechts.

Ich nahm einen großen Schluck vom Energydrink, den ich mir aus einem spontanen Impuls heraus beim Bezahlen an der letzten Tankstelle mitgenommen hatte – in vollem Bewusstsein darüber, dass ich gerade nichts als verflüssigten, puren Zucker, angereichert mit Koffein trank. Aber manchmal geht es nicht anders. Ein Macadamia-Bananen-Smoothie oder ein Ingwer-Shot bringt dich nicht weit, wenn du mitten in der Nacht Dutzende von Meilen zu fahren hast und diese heftige, bleierne Müdigkeit dir die Lider mit nackter Gewalt herunterreißt.

Während der unangenehm süße Geschmack sich auf meiner Zunge ausbreitete und dort einen Film hinterließ, kam ich an der nächsten roten Ampel zum Stehen. Es war das erste Mal seit einer ganzen Weile, dass wir nach Stunden auf dem Highway einen Ort durchfuhren. Ich nahm noch einen Schluck. Die Müdigkeit durfte nicht siegen. Schlafen würde ich später immer noch können. Unwillkürlich schüttelte ich mich. Dieser Energydrink war so süß, dass sich in meinem Mund alles zusammenzog. Die Kohlensäure, die ihm beigesetzt war, machte das Ganze fast noch schlimmer. Er schien sich regelrecht einzubrennen. Wie zum Teufel konnte man so etwas bloß freiwillig trinken?

„Gibt es in deinem Kaff wenigstens einen Fußballplatz?", erkundigte Nolan sich mit unüberhörbarer Gereiztheit in der Stimme von der Rückbank aus und warf seinen Lederball in die Höhe, um ihn gekonnt wieder aufzufangen.

„Ich weiß nicht, Bruderherz. Damals gab es einen kleinen Sportplatz in der Nähe des Hauses. Aber ich habe keine Ahnung, ob der noch steht." Ich hob die Schultern und ließ sie wieder sinken. „Es ist eine ganze Menge Zeit vergangen, seit ich dort war. Sicher hat sich vieles geändert und … nun ja … modernisiert."

„Ich hoffe doch." Er seufzte. „Ohne Fußballverein kannst du mich nämlich auch gleich erschießen."

Endlich änderte sich das grelle Rot der Ampel in ein leuchtendes Grün. Vorsichtig gab ich Gas. Der Wagen klang tatsächlich, als würde er keuchen. Innerlich flehte ich ihn an, nicht aufzugeben. Und wenn er in Rose Village vor meinen Augen zu Staub zerfallen würde – von mir aus sollte er das tun. Hauptsache, wir würden es bis dorthin schaffen.

„Lass mich nachdenken." Ich zwinkerte Nolan über den Rückspiegel, an dem ein Duftbäumchen mit Vanillearoma und ein altes Paar Babyschuhe hingen, zu. „Der Gedanke, dich zu erschießen, ist schon irgendwie verlockend. Echt jetzt. Leider habe ich aber keine Waffe. Also schlage ich vor, dass wir abwarten und uns im Vorfeld einfach noch kein Bild von dem Dorf ..."

„Kaff", korrigierte Nolan trocken, ohne auf mein Necken einzugehen.

„Von dem Dorf machen", fuhr ich unbeirrt fort. „Es ist in der Nähe von New Jersey. Nur weniger ... zentral. Und weniger bekannt. Und weniger groß."

Der Ort, durch den wir fuhren, endete mit einem großen grünen Ortsausgangsschild, das von einer Straßenlaterne angestrahlt wurde, und mein Navi leitete mich wieder zurück auf den Highway. Eine breite zweispurige, leere Straße erstreckte sich vor, Bäume am Straßenrand neben und Sterne am Himmelszelt über uns. Zwei Drittel des Weges hatte ich nun zurückgelegt. Meine Kraftreserven waren aufgebraucht, mein Mund ganz pappig vom übermäßig süßen Energydrink und meine Gelassenheit nur vorgetäuscht. Manchmal muss man stark sein für die, die schwächer sind. Dessen war ich mir schon als Teenager bewusst gewesen.

Nolan seufzte. Ich warf einen Blick in den Rückspiegel und betrachtete ihn, wie er so dasaß, das dunkle Haar länger als gewöhnlich, den Blick aus blau-grünen Augen müde gesenkt. Codey daneben schlief friedlich in seinem Kindersitz, in der einen Hand sein heißgeliebtes Plüsch-Einhorn, in der anderen eine angeknabberte Waffel. Seine in Feuerwehrauto-Hausschuhen steckenden Füße ruhten entspannt auf der vollgestopften Tasche, die ich unter Anwendung von Gewalt in den Fußraum gequetscht hatte. Die langen blonden Locken kräuselten sich in feinen Strähnen um sein rundliches Gesicht. Im Schlaf sah er mit seinem Schmollmund immer noch wie ein Baby aus.

„Danke, dass du hinten bei Codey sitzt, Nolan. Ich hätte echt Sorge gehabt, dass das hier …", ich deutete auf den wackligen Turm auf dem Beifahrersitz, „… ihn erschlägt, wenn ich es auf die Rückbank neben ihn gestellt hätte."

Nolan schwieg.

„Wieso schläfst du nicht etwas?", fügte ich leise hinzu.

Unsere Blicke trafen sich im Beifahrerspiegel. Nolan schüttelte den Kopf. „Bin nicht müde." Er drehte seinen Ball auf dem Zeigefinger. „Gibst du mir wenigstens was von deinem Energydrink ab, wenn du mich schon ins entlegenste Kaff des Planeten verschleppst?"

„Dorf. Und es gibt sicher noch entlegenere Dörfer als Rose Village. Und zum Energydrink – Nolan, du bist vierzehn!" Kopfschüttelnd leerte ich die Dose mit drei großen Schlucken, die Augen fest auf die leere Straße vor mir gerichtet.

„Fast fünfzehn! Was du wissen würdest, wenn du dich für mich und mein Leben interessiertest."

Ich ignorierte seine provokanten Worte geflissentlich.

„Und selbst, wenn du fast sechzehn wärest: Die Antwort lautet nein."

„Spießer", murmelte Nolan, zog sich die Kapuze seines Hoodies tiefer ins Gesicht und lehnte den Kopf an das Fenster.

Eine gefühlte Ewigkeit lang raste ich über den Highway, während die verbleibenden Minuten auf dem Navi nur träge zu verrinnen schienen. Selten kreuzte ein anderes Auto meinen Weg. Doch jedes Mal, wenn es geschah, zuckte ich innerlich fürchterlich zusammen, bevor mir klar wurde, dass es unmöglich war, dass er uns fand. Nicht jetzt. Er würde frühestens in zwei Stunden von der Nachtschicht nach Hause zurückkehren und das Chaos vorfinden, das wir hinterlassen hatten: die offenen, halb leer geräumten Schränke, den Ring auf dem Boden. Und dann ... dann erst würde er mich suchen. Allein der Gedanke an die Wut, die in ihm mit jeder Minute heranwachsen würde, in der er nicht wusste, wo wir waren, ließ mich unangenehm frösteln.

Ein Gähnen unterdrückend zog ich den Kragen meiner Jacke enger an meinen Hals und kuschelte mich tiefer in sie hinein. Die Heizung im Auto war schon vor Meilen ausgefallen. Zuerst hatte sie merkwürdig gerochen und dann gar nicht mehr funktioniert. Und zu allem Übel war es ausgerechnet heute für eine Frühlingsnacht auffallend kalt. Zum Glück war Codey dick angezogen und mit seiner Lieblingsdecke zugedeckt. Mit Blick auf die Straße tastete ich nach einer seiner beiden Hände. Sie fühlte sich warm an. Sehr gut. Erleichtert atmete ich aus. Im Gegensatz zu mir fror er offenbar nicht. Auch Nolan schien endlich eingeschlafen zu sein. Ruhige, gleichmäße Atemzüge drangen von der Rückbank zu mir.

Mit kalten Fingern versuchte ich – wie schon so oft zuvor – das Radio anzuschalten, doch es gab keinen Laut von sich. Ein bisschen Unterhaltung hätte nicht schaden können. Ich war noch nie ein Freund von Stille gewesen, vor allem dann nicht, wenn sie hin und wieder von ungesund klingenden Motorengeräuschen unterbrochen wurde.

Unwillkürlich erinnerte ich mich an jenen Tag zurück, an dem ich Rose Village damals verlassen hatte, ein Jahr, nachdem Vater gestorben war. Ich sah es noch lebhaft vor mir, das Dorf, in dem ich meine Kindheit und den Großteil meiner Jugend verbracht hatte. In meiner Erinnerung war es perfekt. Zumindest fast. Es war freundlich, grün und warm.

Ich erinnerte mich an den Geruch von frisch gemähtem Gras, Grillabende mit den Nachbarn und an den salzigen Geschmack auf den Lippen, den das Meer in die Luft trieb. Rose Village war Wärme für mich, war frische Luft, Pancakes am Morgen und Weihnachtsfeste, bei denen das ganze Dorf zusammenkam und gemeinsam sang. Aber Erinnerungen haben die unangenehme Angewohnheit zu verblassen. Sie spiegeln die Realität weichgezeichnet wider. Details werden ausradiert und nur das Schöne bleibt. Ob Rose Village wirklich ein solch traumhafter Ort war, wie ich glaubte zu wissen? Die letzten Jahre meines Lebens hatten mich unsanft gelehrt, dass vieles nicht das war, was es den Anschein hatte zu sein.

Ich dachte an meinen letzten Tag dort zurück. Ich hatte beim Aufwachen am Morgen nicht gewusst, dass es der letzte sein würde. Es war einfach nur ein gewöhnlicher Tag gewesen. Einer wie jeder andere. Eine unerwartete Botschaft und einen Aufbruch, der dem gleichkam, den ich in der heutigen Nacht erlebte später, hatte ich im Auto gesessen und Rose Village im

Rückspiegel immer kleiner werden sehen, bis es am Horizont ganz verschwunden gewesen war.

Ich erinnerte mich nur zu gut an diese Fahrt. An den Tee aus der Thermoskanne, den ich getrunken hatte, und der so heiß gewesen war, dass ich mir die Zunge daran verbrannt hatte. Ich war müde gewesen, ebenso müde wie jetzt. Fast konnte ich die Tränen schmecken, die ich damals geweint hatte. Die Übelkeit spüren. Die Unsicherheit. Die Angst.

Am Horizont ging nun langsam die Sonne auf. Erst rötlich, dann orangefarben und schließlich weißlich breitete sich das Tageslicht auf dem Asphalt aus und vertrieb meine dunklen Gedanken. Ein Neuanfang, sagte ich mir selbst – das war es, was ich wollte. Das war es, worauf ich hinarbeitete. Nur deshalb legte ich all diese Meilen zurück.

Allmählich wurden es mehr Autos, die mir entgegenkamen, viele der Fahrer darin wahrscheinlich auf dem Weg zum Frühdienst oder auf dem Heimweg nach dem Nachtdienst. Leere, fremde Gesichter, die an mir vorbeizogen wie Zugvögel.

Codey regte sich allmählich in seinem Kindersitz und strampelte die Decke von seinen Beinen herunter. Ich warf ihm im Rückspiegel ein Lächeln zu, als sich seine Lider flatternd hoben und er sich mit müdem Blick umsah. Sicher war er verwirrt darüber, im Minivan aufzuwachen und nicht in seinem Bett. Auch Nolan wachte nun mit einem Ächzen auf, reckte und streckte sich ausgiebig.

„Na, Schlafmütze, ausgeschlafen?", neckte ich ihn.

„Du bist eine Schlafmütze!" Codey zeigte mit dem Finger auf Nolan und kicherte, wobei er die Lücke zwischen seinen Schneidezähnen entblößte, die ich so niedlich fand.

„Und du sollst deinen Onkel nicht ärgern, du schlecht erzogener Frechdachs!", ermahnte Nolan ihn mit gespielter Strenge in der Stimme und begann, ihn zu kitzeln.

Schmunzelnd setzte ich den Weg fort. Ein Glück, dass Nolan dabei war – ohne ihn wäre die Fahrt mit Codey wahrscheinlich sehr anstrengend geworden. Man mochte von männlichen Jugendlichen halten, was man wollte – mit Codey konnte Nolan besser als jeder andere umgehen.

„Ich muss Pipi", verkündete Codey mit einem Male sehr ernst, warf mir sein Plüscheinhorn an den Kopf und hörte urplötzlich auf zu lachen. „Ganz, ganz dringend."

„Shit." Mit einem Blick in den Rückspiegel und der Erkenntnis, dass sich hinter mir gerade kein Auto befand, fuhr ich an die Seite und bremste scharf.

Nolan und ich sprangen zeitgleich aus dem Wagen. Nolan holte Codey heraus und hielt sogar das schmuddelige Plüscheinhorn, während sein Neffe sich am Straßenrand erleichterte. Als ich Codey wieder anschnallte, wandte ich mich Nolan zu. „Das nenne ich mal Teamwork!"

Doch er nickte bloß müde und machte Anstalten, wieder in den Wagen zu steigen. Als Codeys Tür ins Schloss fiel, schloss ich kurz die Augen und atmete tief ein und wieder aus.

„Ich verstehe, dass du wütend bist", setzte ich an.

Nolan antwortete nicht und sah mich auch nicht an, hielt jedoch mit dem Türgriff in der Hand inne.

„Du lässt deine Schule zurück, deine Freunde, deinen Fußballverein. Das ist hart …", fuhr ich leise fort, „… aber Rose Village ist die beste Lösung für unsere Familie."

„Familie?" Nolan hob den Blick und betrachtete mich verständnislos, eine kleine, skeptische Falte zwischen den Brauen, die ihn viel älter aussehen ließ als er tatsächlich war.

„Für dich, mich und Codey. Wir sind eine Familie, Nolan. Wir werden eine Familie sein. Das verspreche ich." Ich schluckte. „Dieses Erbe ist ein Zeichen. Es ist Schicksal, dass ich es erhalten habe."

Nolan zog geräuschvoll die Nase hoch und kickte einen kleinen Stein vom Rand der Straße, der mit einem dumpfen Geräusch am Minivan abprallte. „Ich glaube nicht an das Schicksal", murmelte er.

„Ich weiß. Aber glaub mir, eines Tages wirst du mir dankbar dafür sein … für diesen Neuanfang. Wir haben doch nur noch einander, Nolan", setzte ich hinzu. Ich spürte, dass meine Stimme brach und kämpfte gegen das jähe Bedürfnis an, in Tränen auszubrechen. Meine Kehle fühlte sich wie zugeschnürt an.

Nolan reagierte nicht, doch ich konnte deutlich erkennen, wie sich seine Kiefermuskulatur anspannte, weil er die Zähne aufeinanderbiss.

Ich holte tief Luft. „Ich bin dein Vormund, und ich muss zwischen deinem Wunsch, im vertrauten Umfeld zu bleiben und deinem Bedürfnis, sicher zu sein, unterscheiden", setzte ich mit etwas festerer Stimme hinzu und räusperte mich. „Und meine Entscheidung ist, dass wir in das Haus meiner … nein, unserer Tante ziehen. Auch wenn du sie leider nie kennengelernt hast. Es ist das Haus, in dem ich aufgewachsen bin, Nolan. Es ist ein tolles Haus."

„Wie du meinst." Nolan zuckte resigniert die Achseln und stieg zurück ins Auto.

Seufzend nahm ich wieder auf dem Fahrersitz Platz, der sich allmählich ziemlich unbequem anfühlte. Ich vermisste den Komfort und die weichen Ledersitze des Sportwagens.

Etwa eine Stunde lang schaffte Nolan es, Codey mit Liedern, Unterhaltungen und Spielen abzulenken. Die Herbstsonne brach sich inzwischen in goldfarbenen Strahlen in den Pfützen am Straßenrand. Der feine Nieselregen hatte aufgehört und einen klaren blauen Himmel hinterlassen. Ein guter Tag für einen Neuanfang. Ich unterdrückte den Gedanken an meine volle, drückende Blase und an Travis, der unser Verschwinden inzwischen höchstwahrscheinlich bemerkt hatte.

„Wir ziehen neben die alte Mrs Foster", sagte ich, um sowohl Codey als auch mich abzulenken. „Die müsste inzwischen fast hundert Jahre alt sein." Ich runzelte die Stirn. Mrs Foster war damals schon steinalt gewesen. Ob sie überhaupt noch lebte?

„Hundert?", wiederholte Codey. In seiner Stimme lagen sowohl Ehrfurcht als auch so etwas wie Belustigung. „Dann kann sie ihre Zähne rausnehmen, stimmt's?"

„Was?" Ich musterte ihn im Rückspiegel. „Oh … ja. Das kann sie sicher."

Wenn sie noch lebt.

Allmählich hatte ich meinen toten Punkt überwunden. Die Müdigkeit schwand und mit ihr auch die Angst davor, Rose Village nicht erreichen zu können.

Der Minivan ruckelte und knatterte zwar nach wie vor unentwegt, aber er fuhr beständig – und jeder Meter, den wir zurücklegten, war einer näher am Ziel. Am Neuanfang.

„Das Haus liegt am Strand, wisst ihr?" Ich lächelte milde. „Es hat eine Veranda, und der Garten führt einmal rings um das Haus herum. Ich hoffe, all die Obstbäume stehen noch. Ich habe Tante Claire nie danach gefragt."

Nolan grummelte irgendetwas Unverständliches und setzte seine Kopfhörer auf.

„Und sind die Menschen da nett?", erkundigte Codey sich munter. Zumindest er war aufgeschlossen.

„Oh ja", antwortete ich. „Das sind sie."

Alle bis auf einen, dachte ich. Aber der Schrecken des Dorfes war laut Tante Claire schon vor langer Zeit fortgezogen, um zu studieren. Ich erinnerte mich mit Genugtuung an das Telefongespräch vor einigen Jahren, in welchem sie es nebenbei erwähnt hatte. Rose Village würde ein tausendfach schönerer Ort sein ohne ihn.

Im Rückspiegel sah ich, wie Codey begann, sein Einhorn immer wieder in die Höhe zu werfen und es aufzufangen, ganz ähnlich, wie Nolan es zuvor mit dem Lederball getan hatte.

„Kommt Daddy später nach?", fragte er unvermittelt.

Ich hatte damit gerechnet, dass diese Frage kommen würde. Früher oder später. Dennoch warf sie mich mehr aus der Bahn, als sie eigentlich sollte, und die Antwort, die ich mir im Voraus zurechtgelegt hatte, verpuffte in meinem Kopf zu einem reinen Nichts.

Und während er plötzlich abgelenkt war, weil er Schafe entdeckt hatte, die abseits der Straße grasten, fragte ich mich selbst, ob er eines Tages aufhören würde, diese Frage zu stellen – oder ob er sie wieder und wieder stellen würde, so lange, bis ich ihm eine ehrliche Antwort darauf gäbe.

Ich dachte an den Brief, der all das ins Rollen gebracht hatte. Der nach Rosenparfum geduftet hatte, als ich ihn aus dem Umschlag geholt und verwundert geöffnet hatte. Ein Schlüssel war herausgefallen und vor meinen Füßen auf dem Boden gelandet. Derselbe Schlüssel, den ich nun an einem geflochtenen Band um den Hals trug.

Liebste Nami,

der Gedanke, dass du diese Zeilen erst liest, wenn ich schon tot bin, ist beängstigend wie schön zugleich. Als würde ich durch diesen Brief noch einmal ganz kurz leben.

Du musst wissen: Häuser altern nicht viel anders als Menschen es tun. Sie werden hier und da ein wenig grau, knarren und knacken, und machen allerlei andere merkwürdige Geräusche. An verschiedenen Stellen blättert der Lack ab, und manchmal scheint es beinahe so, als würden alte Häuser ein wenig in sich zusammenschrumpfen, so, wie es bei alten Menschen den Eindruck macht, da sie mit voranschreitendem Alter immer gebückter durch das Leben gehen.

Dieses Haus hat vieles gesehen, vieles erlebt und mitgemacht. Dein Urgroßvater hat es eigenhändig gebaut und seine Kinder darin aufgezogen. Sein ältester Sohn, dein Großvater, hat es anschließend mit seiner Frau, deiner Großmutter, übernommen, und so sind wiederum deine Mutter und ich darin aufgewachsen. Wir waren immer grundverschieden, wie du weißt. Wie Feuer und Wasser.

Als ich Rose Village damals verließ, war der Abschied vom Haus genauso schmerzhaft wie der von den Menschen, die ich liebte. Deine Mutter hegte und pflegte es weiterhin, auch, als unsere Eltern krank und gebrechlich wurden. Und schließlich zog dein Vater mit ein, und du wurdest geboren. Da war endlich wieder Kinderlachen im Haus. Als dein Vater starb und ich zurück nach Rose Village kam, um deiner Mutter und dir in der schweren Zeit unter die Arme zu greifen, da empfing das Haus mich mit offenen Armen und goldgelb gesprenkelten Sonnenstrahlen auf dem alten Parkett, auf dem schon unsere Großeltern getanzt hatten. Ich bin mir sicher, dass es dem Haus das Herz brach, als ihr beide nach dem schrecklichen Streit zwischen deiner Mutter und mir in die Stadt gezogen seid. Und den Rest meines Lebens gab ich mir die größte Mühe, es zu pflegen, dieses alte, gute, gebrochene Herz.

Eines, musst du wissen, hatten all diese Familien gemein: Sie respektierten dieses Haus. Sie schätzten es. Dadurch, dass sie darin lebten, lebte es ebenso.

Und da ich glaube, dass auch du jemand bist, der zum einen das Haus pflegen und respektieren und am Leben erhalten wird und zum anderen eine Zuflucht braucht, liebste Nami, halte ich es für eine meiner klügsten (wenn nicht gar für die klügste) Entscheidungen, dir das Haus und alles, was darin und drum herum ist, zu vermachen. Ich habe diese Entscheidung natürlich auch in meinem Testament festgehalten. Ich mag alt sein, und hier und da auch ein wenig vergesslich, aber dumm bin ich nicht. Alles, liebste Nami, ist in trockenen Tüchern, wie man so schön sagt.

In den letzten Jahren wirktest du bei unseren wenigen Telefonaten immer bedrückter, meine liebe Nichte, auch wenn du versuchtest, es vor mir zu verbergen. Die vielen Einladungen von mir hast du stets ausgeschlagen, und ich gehe auch davon aus, dass du nicht zu meiner Beerdigung kommen wirst. Sei unbesorgt – ich bin deshalb nicht wütend. Ich weiß, dass es nicht deine Entscheidung ist.

Ich bin alt und krank, Nami, und alte, kranke Menschen haben ein feines Gespür dafür, ob jemand eine Portion Glück vertragen könnte. Und manchmal, da kommt das Glück in Form eines Hauses daher.

P.S.: Dein Geheimnis ist bei mir sicher. Auch wenn du dein Leben lang glaubtest, ich würde es nicht kennen. Sei unbesorgt. Ich werde es mit ins Grab nehmen. Aber bist du sicher, dass auch du das tun willst?

Ich erinnerte mich lebhaft an das, was ich nach dem Lesen des Briefes empfunden hatte. Die Tatsache, dass mir urplötzlich ein Haus in Rose Village gehörte, hatte mich nicht minder schockiert wie der Zusatz hinter dem P.S.

Dein Geheimnis ist bei mir sicher.

Tante Claire hatte geahnt, wie schlecht es mir in den letzten Jahren ergangen war. Obwohl ich mir stets Mühe gegeben hatte, fröhlich zu klingen, musste ihr aufgefallen sein, dass der goldene Käfig, in dem ich gesessen hatte, immer beengender geworden war.

Es verging eine weitere Stunde, in der Codey mit den Beinen strampelte, Nolan mich ignorierte und wir zwei kurze Pausen an Rastplätzen einlegten, da Codey nicht mehr stillsitzen konnte. Und dann schrumpfte die Minutenzahl der Zeit, bis wir unser Ziel erreichen würden, auf dem Navi zu einer Zahl aus nur zwei Ziffern. Mein Herz zog sich in jäher Erleichterung und Vorfreude kurz krampfhaft zusammen, bevor es sich allmählich wieder beruhigte und in einen gemächlichen Rhythmus verfiel.

Rose Village war nun zum Greifen nah. Codey begann zu quengeln und unruhig im Sitz hin und her zu rutschen. Nur allzu verständlich, dass er mit seinen drei Jahren allmählich genug vom Sitzen und Warten hatte. Ich öffnete das Fenster ein Stück weit und atmete tief ein und wieder aus. Die morgendliche Frühlingsluft war klar und kalt.

Als das Navi schließlich verkündete, dass es bis zum Ziel nun bloß noch dreißig Minuten seien, beschleunigte ich noch einmal. Mit dem Durchtreten des Gaspedals erreichte ich die auf dem Highway erlaubte Höchstgeschwindigkeit von 75 Meilen pro Stunde.

„Noch eine halbe Stunde, Codey", verkündete ich mit kurzem Blick in den Rückspiegel. „Das dauert nicht einmal ganz so lange wie die Fahrt bis zu Grandma."

Ich hatte es ausgesprochen, ohne darüber nachzudenken, und erst jetzt, da meine Worte unbeantwortet in der Luft zu schweben schienen, wurde mir bewusst, dass ich mit dem, was ich gerade tat, nicht nur meinen Ehemann Travis verlassen, sondern auch seiner Mutter, meiner Schwiegermutter, den Rücken gekehrt hatte. Ich versuchte zu schlucken, aber in meinem Hals hatte sich ein dicker Kloß gebildet. Gwendolyn Sawyer war eine herzensgute Frau. Doch um von ihrem Sohn loszukommen, musste ich auch Opfer bringen – das war mir von vornherein mehr als klar gewesen. Unser Haus, mein Freundeskreis, Salem City – ich hatte diese große Stadt mit all den adretten Häusern, Vorgärten und Geschäften geliebt – waren nur ein Bruchteil dessen, was ich zurückließ. Was wir zurückließen.

Noch zwanzig Minuten. Ich verließ den Highway, um durch eine Ortschaft zu fahren. Codey hatte inzwischen seine Feuerwehr–Hausschuhe von den Füßen gezogen und sie über die Hände gestülpt. Rhythmisch trommelte er damit an die Fensterscheibe. Hätte ich es unter anderen Umständen wahrscheinlich unterbunden, so ließ ich ihn nun gewähren, in der Hoffnung, dass er sich damit beschäftigen würde, bis wir ankämen.

Noch zehn Minuten. Nolan richtete sich in seinem Sitz ein wenig auf und blickte aus dem Fenster. Einige Strähnen seiner dunklen Haare reichten bis weit über seine Augenbrauen und hingen ihm teilweise im Gesicht, was ihn nicht zu stören schien. Er hatte sie seit Moms Tod nicht mehr schneiden lassen.

Allmählich wurde mir das, was uns umgab, wieder vertrauter, und dann – endlich – folgte ein schmaler Schotterweg, auf dem der Wagen mächtig ins Holpern geriet.

Das Ortseingangsschild war noch dasselbe wie vor fünfzehn Jahren. Dunkelgrün und breit, mit der Aufschrift ROSE VILLAGE in Druckbuchstaben.

„Wir sind zu Hause.“ Mit Tränen in den Augen wandte ich mich zu Nolan und Codey um. „Wir sind endlich zu Hause.“

Kapitel 2

Start mit Hindernissen

In einem längst vergangenen Herbst hatte es keinen Quadratmeter Erdboden in Rose Village gegeben, auf dem keine Blätter gelegen hatten. Rot, gelb, orange, braun – in allen Farben, Formen und Größen hatten sie die Straßen geschmückt. Und obwohl meine noch so junge Welt Kopf gestanden hatte und zu zerfallen schien, waren die Gedanken, die in diesem Augenblick in mir aufkamen, umso schlichter und unwichtiger. Sie waren harmlos. Unschuldig.

Ob es in anderen Dörfern oder Städten ebenso schöne Herbstblätter gibt wie in Rose Village?

Und ohne recht darüber nachzudenken, hatte ich eines davon aufgehoben und es sanft zwischen die Seiten meines Buches geschoben, bevor ich in den Wagen gestiegen war. Der Motor war schon gelaufen. Das Fenster hatte ich heruntergekurbelt, denn mir war trotz der immer kühler werdenden Temperaturen warm gewesen.

Gedankenverloren war mein Blick zum Haus geglitten, in welchem ich aufgewachsen war. Zu unserem Haus. Meinem Haus. Ich hatte einen Fehler gemacht. Vielleicht den größten meines Lebens. Doch hatte ich diese Strafe verdient? War es nicht Strafe genug gewesen, diesen Fehler auszusprechen? Ihn zuzugeben?

Es hatte an diesem Tag einen Abschied gegeben. Ein Eis an der Tankstelle, weil mein Magen geknurrt hatte und wir nichts Essbares eingepackt hatten. Eine Menge Tränen, die einen salzigen Geschmack auf meinen Lippen hinterlassen hatten. Anders salzig als die Seeluft. Und es hatte einen Streit gegeben, der eigentlich gar keiner gewesen, sondern grundlos entfacht worden war, um einen Grund zu haben. Einen, der stark genug gewesen war, die Wahrheit zu vertuschen.

„Nami, wieso steigst du nicht endlich aus?“

Es war nicht das erste Mal, dass Nolan mir diese Frage stellte. Schon zwei– oder sogar dreimal hatte ich ihn zu mir sprechen hören, dumpf und wie durch eine dichte Wand aus Nebel. Nur allmählich gelang es mir, meine Hände, die sich an das Lenkrad geklammert hatten, zu entspannen. Finger für Finger musste ich einzeln lösen, während meine Gedanken es nur ganz allmählich schafften, aus der Vergangenheit in die Gegenwart zurückzukehren. Mit einem unangenehmen Brennen in den Augen wandte ich mich ihm zu. Er hatte die Fahrertür geöffnet und musterte mich ungeduldig, während er seinen Fußball zwischen dem linken und dem rechten Fuß hin und her kickte.

„Codey hat Hunger“, sagte er.

„Es sind noch …“, setzte ich an. Meine Stimme klang irgendwie verwaschen.

„… Waffeln da, ja.“ Nolan nickte. „Davon haben wir auf der Fahrt ungefähr vierzig Stück gegessen.“

„Du hast recht“, pflichtete ich ihm eilig bei. Endlich schaffte ich es, aus dem Minivan zu steigen. Meine Knie zitterten ein wenig. „Lass uns ins Haus gehen und sehen, was wir uns Leckeres zubereiten können, okay?“

„Von mir aus“, murmelte Nolan gleichgültig.

Codey hüpfte bereits vor der Veranda auf einem Bein vor und zurück, wie um die überschüssige Energie, die sich während der Fahrt in ihm angesammelt hatte, abzubauen.

Eine milde Frühlingsbrise umgab uns. Ich steckte meine Nase in den Wind, schloss die Augen und schnupperte. Rose Village roch anders, als ich es in Erinnerung hatte. Weniger intensiv. Weniger salzig. Weniger rosig. Fast nach nichts. Irgendwie enttäuschte mich diese Tatsache. Es fühlte sich an, als hätte ich mein Lieblingsbuch nach langer Zeit wieder aufgeschlagen, nur um festzustellen, dass der Inhalt mich nicht mehr fesseln konnte.

Lautstark schnaubte ich Luft aus. Mit dem Schlüssel in der Hand betrat ich die erste knarzende Stufe der Veranda. Das Holz war mit den Jahren nachgedunkelt und trug Spuren von Regen, Frost und Sonne. Am Geländer, an dem ich mein Fahrrad immer angelehnt hatte, befand sich immer noch dieselbe alte Kerbe wie damals. Bei dem Anblick zog sich mein Herz kurz schmerzvoll zusammen, und ein Bild meiner selbst tauchte vor meinem inneren Auge auf, wie ich das Fahrrad nach der Schule gar nicht schnell genug hatte abstellen können, um zum Mittagessen hineinzulaufen. Zärtlich strich ich mit der Hand über das Holz. Es war rau und unerwartet warm.

Rechts von der Haustür hing eine hölzerne, Schaukel ähnliche Bank an zwei dicken Ketten. Dieser Anblick war mir neu, auch wenn sie aussah, als würde sie bereits seit Jahren dort hängen. Sie bewegte sich im Frühlingswind leicht quietschend vor und zurück, fast als würde ein Unsichtbarer darauf sitzen und nachdenklich mit den Füßen wippen.

Auf der linken Seite standen eine Bank und ein kleiner Tisch. Beinahe konnte ich Tanta Claire sehen, wie sie dasaß, ein Bein über das andere gelegt, ein Glas Wein in der Hand und die langen dunklen Haare zu einem unordentlichen Dutt auf dem Kopf zusammengedreht. Oder waren ihre Haare gar nicht mehr lang gewesen? Waren sie gar nicht mehr dunkel gewesen? Sie war fast fünfundsechzig Jahre alt gewesen, als sie starb. Ich versuchte, mir Tante Claire mit einem grauen, schlichten Flechtzopf und Falten im Gesicht vorzustellen – vergeblich.

Mit einem tiefen Atemzug und zittrigen Fingern steckte ich den Schlüssel ins Schloss, drehte ihn herum und öffnete die schwere Tür. Nolan und Codey folgten mir schweigend.

Im Gegensatz zu unserem Haus in Salem City hatte dieses weder einen gesonderten Eingangsbereich noch eine Art Flur oder Ähnliches. Man betrat es und stand direkt mitten im Wohnzimmer, mitten im Herzen. Man nennt die Küche das Herz des Hauses, doch in diesem Haus war das Herz das Wohnzimmer. Eindeutig.

Hier hatte sich seit meinem Auszug nur wenig verändert. Dieselben hölzernen Kommoden, derselbe dunkle Laminatboden, sogar dieselben Vorhänge an den Fenstern. Das Sofa war verschwunden und durch ein neueres, kleineres inklusive passendem Sessel ersetzt worden, und auch den hölzernen Esstisch mit den vier weißen Stühlen sah ich zum ersten Mal.

„Hier riecht es nach altem Mensch", verkündete Nolan und rümpfte die Nase.

„So alt war Tante Claire gar nicht“, entgegnete ich. Doch nach Nolans Ansichten stand auch ich mit meinen dreißig Lebensjahren bereits mit einem Bein im Grab.

„Sucht euch doch oben schon einmal ein Zimmer aus, Jungs. Es sind drei dort und ein Badezimmer – ich nehme das, was übrig bleibt.“ Hilfe suchend wandte ich mich an Nolan. „Ich brauche einen Moment für mich, okay?“, setzte ich etwas leiser hinzu.

Nolan schoss seinen Ball, ohne mir eine Antwort zu geben, in die nächste Ecke und bedeutete Codey mit einem Kopfnicken, ihm zu folgen. Ich verkniff mir den Kommentar, dass im Wohnzimmer kein Fußball gespielt werden sollte. Das hatte er schon in Salem City nicht gedurft.

Gedankenverloren schlenderte ich durch den Raum, der mir auf paradoxe Art und Weise ein ganzes Stück kleiner vorkam als damals, und ließ mich schließlich in den Sessel sinken. Im Gegensatz zum Sofa wirkte er abgenutzter und ein wenig durchgesessen. Offensichtlich hatte ich den Lieblingsplatz meiner Tante gefunden. Das weiche Polster umhüllte mich mit einem Geruch, der mir vertraut vorkam, den ich aber nicht genau zuordnen konnte. Irgendwie blumig. Wie frisch gewaschene Laken. Und ein wenig nach Zimt.

Ich lehnte den Kopf zurück, schloss die Augen und stellte mir vor, wie Tante Claire hier gesessen und den Brief an mich geschrieben hatte, wahrscheinlich nur wenige Tage, bevor sie ins Krankenhaus eingeliefert worden war. Oder hatte sie sich dafür vielleicht an den Tisch gesetzt? Hatte sie beim Schreiben bereits gewusst, dass Mom gestorben war?

Nachdenklich glitt mein Blick zum Tisch herüber, an den eine kleine Familie wie wir es waren, kaum gepasst hätte. Tante Claire hatte nie geheiratet, nie Kinder bekommen, und in all den Jahren hatte ich sie nicht ein einziges Mal gefragt wieso. Die Tatsache, dass ich es nie erfahren würde, versetzte mir einen Stich ins Herz. Während meine Mutter erst mich und dann Nolan großgezogen hatte, hatte Tante Claire in der nächsten Stadt als Grundschullehrerin gearbeitet. Sie hatte Marmelade verkauft, Krabbelgruppen geleitet und Nähkurse gegeben. Und obwohl ihr Leben mit allerlei Aktivitäten so gefüllt gewesen war, war sie schlussendlich doch allein gewesen. Von dem Moment an, in dem wir sie verlassen hatten, bis zu dem, in dem sie gestorben war.

Ich erinnerte mich lebhaft an eines unserer letzten Telefongespräche. Ich hatte sie vom Parkplatz eines Supermarktes angerufen, einfach weil mir danach gewesen war, ihre Stimme zu hören. Codey hatte auf der Rückbank in seinem Kindersitz geschlafen, und mir waren unentwegt Tränen über die Wangen gelaufen, während ich mich darum bemüht hatte, mir nichts anmerken zu lassen. Und während wir über Belangloses wie das Wetter gesprochen hatten, hatte sie mich mit ihrer weisen, sanften Stimme auf irgendeine Art und Weise zurück nach Hause gebracht.

Bei Gesprächen mit Tante Claire hatte ich mich nie älter gefühlt, als ich bei unserem Auszug aus Rose Village gewesen war. Wenn sie mir mit munterer Stimme von dem neuen Brotrezept erzählt hatte, das sie am Samstagmorgen ausprobiert hatte, von den jungen Menschen im Nähkurs und der streunenden Katze, der sie immer ein Schälchen Milch auf die Veranda stellte, war ich keine verheiratete Mutter Ende zwanzig. Ich war sechzehn Jahre alt, mochte Bücher und Boygroups und hatte weder mit Verantwortung noch mit schlechtem Gewissen etwas am Hut.

Doch nun war ich dreißig, alleinerziehend und unfähig, richtig zu packen. Und müde. Meine Augenlider fühlten sich heiß und bleiern an. Das Gefühl nahm von Minute zu Minute zu. Die Fahrt hatte an meinen Reserven gezehrt, und die Spuren dieser durchwachten Nacht am Steuer ließen sich auch durch alle Energydrinks der Welt nicht unsichtbar machen.

Aber noch wollte ich nicht schlafen. Es gab noch zu viel, was vorher erledigt werden musste: Der Minivan musste leergeräumt werden, das Haus gelüftet und Codey hatte wahrscheinlich immer noch Hunger. Ein neuer Tag hatte begonnen, und wahrscheinlich würde ich erst Ruhe finden, wenn er endete.

Mit zu schmalen Schlitzen verengten Augen ließ ich meinen Blick durch den Raum gleiten und kämpfte gegen den Drang an, sie zu schließen. Eine dünne Staubschicht hatte sich auf dem Boden und an den Fensterscheiben gebildet, durch die nun vermehrt Sonnenstrahlen fielen. Im goldgelben Licht tanzten winzige Staubflocken durch die Luft. Offenbar hatte unsere Ankunft sie aufgewirbelt.

Das Haus war seit Monaten unbewohnt. Beim Verlesen des Testaments hatte ich erfahren, dass Tante Claire lange im Krankenhaus gelegen hatte, bevor sie gestorben war. Es muss schwer gewesen sein, das Haus, das sie so geliebt hatte, zu verlassen – im Wissen, es nie wieder betreten zu können. Ob sie allein gewesen war, als sie starb? Jäh plagten mich heftige Gewissensbisse. Nach der langen Funkstille, die vor allem durch meine Mutter entstanden war, hatte sich unser Kontakt auf Telefonate beschränkt. Ich hatte sie nicht einmal besucht.

Ein Klopfen an der Tür riss mich unsanft aus den Gedanken. Alarmiert fuhr ich aus dem Sessel, während dutzende Szenarien durch meinen Kopf schossen. War es Travis gelungen, uns trotz aller Vorkehrungen ausfindig zu machen? Hatte er womöglich sogar die Polizei hergeschickt? Wo war mein Fehler gewesen, der uns verraten hatte? Mit einem Mal raste mein Herz wie verrückt. Es fühlte sich an, als versuchte es, meiner Brust zu entspringen.

Vorsichtig trat ich an eines der Fenster und blickte durch die dünne Staubschicht hinaus. Meine müden Augen machten eine große männliche Person aus, die eindeutig nicht Travis war. Wie ein Polizist sah der Fremde ebenfalls nicht aus, es sei denn, er war inkognito unterwegs.

Ganz langsam öffnete ich die Tür. Nur ein Stück weit, um sicherzugehen – und um sie notfalls schnell wieder zuschlagen zu können. Der Fremde, der einen guten Kopf größer war als ich, trug ein schlichtes graues Holzfällerhemd und schien etwa in meinem Alter zu sein.

„Guten Morgen." Der Mann lächelte. Um seine Augen herum spielten feine Grübchen. „Ich habe Sie vorhin mit Ihrem Auto ankommen sehen, als ich mit meinem Hund vor der Tür war. Und ich dachte mir, ich begrüße mal die neuen Nachbarn."

Seine Stimme war freundlich und ein wenig rau.

„Das ist sehr nett von Ihnen. Danke." Unsicher lächelnd strich ich mir eine Haarsträhne hinter das Ohr.

„Ein schönes Haus haben Sie da gekauft", fügte er hinzu und versuchte, über meine Schulter hinweg einen Blick ins Innere werfen zu können.

„Danke", sagte ich erneut. „Aber ich habe es nicht gekauft. Ich habe es geerbt."

„Geerbt?!" Der Fremde riss ungläubig die Augen auf. „Das heißt, Sie sind …"

„Nami Sawyer. Ich bin die Nichte von Claire Johnson", antwortete ich.

Der Mann schien einen Moment lang seine Sprache verloren zu haben.

„Nami?", wiederholte er nach einer ganzen Weile, und ein leicht skeptischer Unterton schwang in seiner Stimme mit. „Du … wow, du hast dich verändert."

Ich runzelte die Stirn. „Tut mir leid, aber ich … ich verstehe nicht. Kennen wir uns?"

„Ich bin's … Jack!", erklärte der Mann und deutete unnötigerweise mit dem Zeigefinger auf sein Gesicht.

Ich spürte, wie mir die Kinnlade herunterfiel. Als ob sich ein Mensch in fünfzehn Jahren so sehr verändern konnte! Jack Montgomery – unmöglich! Nur mit viel Anstrengung gelang es mir, eine entfernte Ähnlichkeit zu jener Person mit diesem Namen zu erkennen, die in meinem Gedächtnis gespeichert war.

Aber hatte Tante Claire nicht berichtet, dass er Rose Village bereits vor Jahren verlassen hatte? Von einer Rückkehr in sein Heimatdorf wusste ich nichts. Das hätte Rose Village aus meiner Sicht eine Menge Minuspunkte eingehandelt. Instinktiv nahm ich eine abwehrende Haltung ein. Auch er verschränkte nun die Arme vor der Brust. Das Lächeln schwand fast zeitgleich aus unseren Gesichtern.

„Jack Montgomery …" Ich schüttelte ungläubig den Kopf. „Du siehst anders aus."

„Du auch. Du hast dich quasi halbiert", entgegnete er und spielte damit wenig charmant auf die paar Kilos Übergewicht an, die ich mir als Teenager angefuttert hatte.

„Und du hast dich offenbar verdoppelt", schloss ich trocken.

Aus dem hageren Jungen mit der unbändigen Haarmähne war ein Mann geworden. Und was für einer. Jack Montgomery – ich konnte es immer noch nicht fassen. Der Albtraum aller Mädchen hatte eine Transformation zum Traum aller Frauen hingelegt. Sein leicht welliges braunes Haar, der durchtrainierte Körper, den man unter der Kleidung erahnen konnte, und der dunkle Dreitagebart verliehen ihm ein leicht finsteres Erscheinungsbild, während seine leuchtend blauen Augen mich schamlos fixierten. Trug er etwa Kontaktlinsen? Ich konnte mich nicht daran erinnern, dass sie früher so blau gewesen waren.

„Ja … also …", brachte ich hervor und schaffte es endlich, den Blick von ihm abzuwenden. „Nett, dass du hier warst. Wirklich nett. Aber ich muss jetzt hier weitermachen."

Wobei nett eines der Adjektive war, die diesen Kerl am wenigsten beschrieben. Ich wollte Jack gerade ganz ungalant die Tür vor der Nase zudrücken, als sich eine kleine Gestalt von hinten anschlich und neugierig durch den Spalt hinauslugte. „Wer ist das, Mommy?"

Großartiges Timing, Codey! Ich biss mir auf die Zunge.

„Mein Sohn Codey – ein alter Bekannter namens Jack“, stellte ich die beiden widerwillig einander vor. „Jack wollte gerade gehen.“

„Hallo!“ Codey winkte ihm fröhlich zu. „Und das ist Nolan!“, verkündete er und schob die Tür ein wenig weiter auf. Widerstrebend ließ ich ihn gewähren.

Nolan, der im Wohnzimmer stand und die Einrichtung skeptisch betrachtete, ließ sich bloß zu einem Nicken herab.

„Mein kleiner Bruder“, sagte ich knapp.

„Dein Bruder?“, wiederholte Jack erstaunt. Er betrachtete Nolan eine Weile lang sichtbar überrascht, bevor er mir wieder in die Augen sah.

Ich nickte.

„Also hat deine Mum noch mal geheiratet?“, schlussfolgerte er.

„Nein.“ Ich schüttelte den Kopf und senkte meine Stimme ein wenig. „Nolans Vater war nicht lange bei uns. Sie hat ihn allein großgezogen. Als er zwei war, bin ich ausgezogen.“ Ich nestelte an meinen Haaren herum, wie immer, wenn ich mich unwohl fühlte. „Wie auch immer. Ich muss hier weitermachen, Jack. Man sieht sich.“

Leider.

„Warte!“ Jack setzte schnell einen Fuß in die Tür, bevor ich sie zuschlagen konnte. „Ich wollte mir gerade ein paar Pancakes in die Pfanne hauen. Möchtet ihr rüberkommen und ...“

„Jaaa, Pancakes!“, fiel Codey ihm jubelnd ins Wort.

„Danke, aber wir haben schon gefrühstückt“, lehnte ich höflich, aber distanziert ab.

Er brauchte nicht zu glauben, dass ich auf seine Freundlicher–Nachbar–Masche hereinfiel. Es gab so einiges, was ich lieber tun würde, als mit Jack Montgomery Pancakes zu essen. Zur Wurzelbehandlung gehen zum Beispiel – ohne Betäubung.

„Gar nicht wahr, wir haben noch nicht gefrühstückt!“ Codey zupfte ungeduldig an meinem Kleid. „Du sagst doch immer, man darf nicht lügen, Mommy!“

Ich presste meine Lippen aufeinander, während Jack sich ein Lachen zu verkneifen schien. So sehr ich Codeys Redseligkeit und seinen großen Wortschatz unter normalen Umständen zu schätzen wusste, so unangenehm konnte beides in Situationen wie dieser sein.

Jack schmunzelte. „Wie alt ist er?“

„Dreieinhalb“, antwortete ich eintönig.

Wieso ging er nicht einfach?

„Ein cleverer kleiner Kerl“, schloss Jack.

„Ja.“ Ich rang mir ein schmallippiges Lächeln ab, umfasste Codeys Arm und zog ihn mit sanfter Gewalt von der Tür fort. „Ich muss jetzt wirklich weitermachen hier. Danke, dass du da warst.“ Ohne ein weiteres Wort von ihm abzuwarten, drückte ich die Tür endlich ins Schloss.

Mit einem Aufstöhnen lehnte ich mich daran und verbarg kurz die Hände in meinem Gesicht. Jack Montgomery. Ausgerechnet! Nur allzu lebendig war die Erinnerung an den schmächtigen Jungen mit dem gemeinen Grinsen im Gesicht in meiner Erinnerung gespeichert. Das Gefühl, wenn er in der fünften Klasse an meinen Zöpfen gezogen hatte und der Geschmack von billigem Bier waren mit einem Mal so gegenwärtig, dass sich mein Magen krampfhaft zusammenzog. Abgesehen von Travis war er der Mensch, den ich in meiner aktuellen Situation am wenigsten sehen wollte. Nicht nach allem, was geschehen war.

Nolan räusperte sich geräuschvoll. Sein Blick war auf mein Gesicht gerichtet, die typische kleine Falte, die stets seine Skepsis verriet, auf der Stirn, die Kopfhörer noch immer in den Ohren. Schnell bemühte ich mich, eine sorglose Miene aufzusetzen.

„Am besten holen wir erst mal alles aus dem Wagen, bevor der zu Staub zerfällt", schlug ich vor. „Später können wir noch ans Meer gehen. Das können wir ab jetzt jeden Tag machen", setzte ich mit munterer Stimme hinzu.

„Toll." Nolans Stimme triefte geradezu vor Sarkasmus, bevor er sein Handy aus der Hosentasche zog, sich von mir abwandte und die knarzenden Treppenstufen wieder emporstieg.

Codey musterte mich aufmerksam.

„Es könnte kaum besser laufen", sagte ich zu ihm und zwinkerte ihm zu.

Er kicherte. Seufzend machte ich mich daran, all das, was ich vorhin in Eile in den Minivan getragen hatte, wieder auszuladen, während Codey auf einer der Verandastufen saß und mich aufmerksam betrachtete. Ich war froh, dass er die ganze Tragweite der langen Fahrt, das Zurücklassen von Travis und den Neuanfang in Rose Village noch nicht begreifen konnte und offen und neugierig auf das wartete, was noch geschehen würde. Nolans Wut würde ich aushalten können – müssen.

Müde schleppte ich die Bruchstücke unseres alten Lebens in das Haus, das Mittelpunkt unseres neuen werden sollte – ein paar kleine Anteile vom Hab und Gut, die ich nicht in Salem City hatte lassen wollen. Liebevoll legte ich meinen Laptop, mein Notizbuch und die Stiftesammlung auf den Esszimmertisch. Es folgten meine lieb gewonnenen Backutensilien: eine Muffinform, eine Rührmaschine, eine Handvoll Zubehör, die ich wahllos aus dem Schrank hinaus und unmittelbar in die große Tasche zu den Kuscheltieren hineingeschoben hatte. Dies waren die Dinge, die ich zuerst in den Wagen gebracht hatte – die am wichtigsten für mich waren.

Ich warf Codey seine über alles geliebte Dinosaurier-Kuscheldecke zu, und er breitete sie auf der Veranda aus. Es folgten Ordner voller Unterlagen, die sich mit den Jahren angesammelt hatten. Kopien, Versicherungen, Kontoauszüge ... so viel mehr als ich erwartet hatte zu haben. Gerade legte ich das Nachtlicht, ohne das Codey nicht schlafen konnte, zwischen ein Paket Waffeln und ein Sammelsurium an Ladekabeln auf dem Tisch ab, als mir jäh einfiel, was fehlte. Mir wurde heiß und kalt zugleich.

„Nein, bitte nicht", brachte ich heiser hervor. „Sie muss doch irgendwo hier sein."

Aber das war sie nicht. Nicht auf dem Tisch, nicht auf dem Boden zwischen all den anderen Sachen und auch nicht im Minivan. Wir hatten sie in Salem City vergessen. Wie hatte das nur passieren können? Mit kaltem Schweiß auf der Stirn schob ich alles, was ich aus dem Wagen geholt hatte, hin und her, obwohl ich wusste, dass ich nicht finden würde, was ich suchte.

Im selben Moment kam Nolan die Treppe herunter. „Mein Magen knurrt", teilte er mit, dann fiel sein Blick auf mein wahrscheinlich aschfahles Gesicht, und er hielt, das Geländer noch in der Hand, irritiert inne. „Ist was passiert?"

„Nolan, ich … es tut mir so leid", brachte ich hervor.

Nolan runzelte die Stirn. „Was tut dir leid?", fragte er alarmiert. Sein Blick glitt zu unseren Habseligkeiten herüber, die aufeinandergestapelt auf Tisch und Boden verstreut waren. Für den Bruchteil einer Sekunde wirkte er durcheinander, dann trat die Erkenntnis in seinen Blick, dicht gefolgt von bloßer Wut. „Du hast meine Gitarre dort gelassen?!"

„Wir müssen sie in all der Hektik vergessen haben", sagte ich leise.

„Du hast sie vergessen?!" Nolan schrie nun fast. Sein Gesicht nahm einen ungesunden dunklen Rotton an.

„Wir haben sie beide vergessen!", verteidigte ich mich instinktiv. „Du hättest sie genauso gut einpacken können!"

„Ich sollte Codey ablenken, erinnerst du dich nicht?" Nolan deutete mit einer übertrieben weit ausholenden Geste auf das Chaos im Wohnzimmer. „An all das hast du gedacht, an all diese … diese Decken, Nachtlichter, Plüschtiere und Bücher hast du gedacht? Aber nicht an das Einzige, was mir wichtig ist?!"

Ich versuchte zu schlucken, aber meine Kehle war wie zugeschnürt. „Wir kaufen eine neue Gitarre", versuchte ich ihn zu besänftigen.

„Eine neue Gitarre?" Nolan raufte sich die langen Haare. „Man kauft nicht einfach so eine neue Gitarre, Nami! Man kauft neue Nachtlichter, neue Bücher. Man kauft von mir aus auch einen neuen Fußball. Aber diese Gitarre ..." Seine Stimme brach. Mit unergründlicher Miene blickte er zu Boden und schüttelte den Kopf. Es fiel mir schwer, zu erkennen, ob die Wut oder die Traurigkeit in ihm überwog.

Lautlos trat Codey neben mich und schob seine kleine Hand in meine. Ich lächelte ihm beruhigend zu. Er hasste Streit. Jedes Kind tut das.

„Nolan", setzte ich sanft an. „Es tut mir ..."

„Es ist mir egal, ob es dir leidtut", fiel er mir mit erschreckend kalter Stimme ins Wort. Mit wenigen, weit ausholenden Schritten trat er zur Tür herüber und öffnete sie. „Das zeigt mir nur wieder, was für dich wichtig ist und was nicht. Und nur damit du es weißt ... ich hasse es hier jetzt schon!", schleuderte er mir entgegen und schlug die Tür so heftig hinter sich zu, dass Codey und ich zusammenfuhren.

Es dauerte einen Moment, bis ich mich wieder gefangen hatte und meinen Sohn aufmunternd anlächelte, obwohl mir selbst nach Weinen zumute war. Ausgerechnet seine Gitarre! Wo er doch kaum etwas anderes tat als Fußball zu spielen und Musik zu machen. Wie hatte ich etwas so Elementares vergessen können? An Codeys wichtigsten Dinge hatte ich gedacht – selbst an meine. Das schlechte Gewissen drückte mein Herz zusammen wie eine Faust, die sich um einen Anti–Stress–Ball legte.

„Alles gut. Er wird sich schon beruhigen", sagte ich mit sanfter Stimme zu Codey. „Alles gut."

Mit einem Blick aus dem Fenster sah ich Nolan, der dem Minivan ein paar gezielte Tritte versetzte, bevor er mit schnellen Schritten von dannen eilte. Auf der

Veranda des Nachbarhauses, in dem damals noch die uralte Mrs Foster gewohnt hatte, stand Jack mit einer überdimensional großen Tasse in der Hand und einem riesigen pelzigen Hund neben sich. Sein Blick war auf Nolan gerichtet, der in Richtung des kleinen Wäldchens verschwand, in dem ich als Kind gespielt hatte.

Und sofort hatte meine Laune einen neuen Tiefpunkt erreicht. Nicht nur dass Nolan mich wahrscheinlich für den Rest seines Lebens für die schlechteste große Schwester der Welt halten würde und Jack Montgomery wieder in Rose Village lebte ... nein, nun war dieser Kotzbrocken anscheinend auch noch mein direkter Nachbar. So hatte ich mir den Start in ein neues Leben nicht vorgestellt.

Kapitel 3

Cupcakes

Quälend langsam wurde der Teststreifen, den ich zwischen zwei zittrigen Fingern hielt, vom Urin durchtränkt. Das Blütenweiß änderte vollgesogen seine Farbe jäh in ein hässliches dunkles Beige. Es war wie ein Unfall; ich konnte nicht wegsehen, aber auch das Hinsehen fühlte sich schrecklich falsch und beängstigend an.

Auf der Packungsbeilage, die ich zuvor entfaltet hatte, stand geschrieben, dass man mindestens drei Minuten lang warten sollte, bis man das Ergebnis ablas. Doch noch während ich den schmalen Streifen auf ein Blatt Toilettenpapier legte und meine Hose wieder hochzog, erschien bereits der erste, dann ein zweiter Strich. Leuchtend rot und unübersehbar, wie der grelle Schriftzug auf einem aufdringlichen Reklameplakat. Für den Bruchteil einer Sekunde schien die Welt, meine Welt, stillzustehen, nur um sich dann umso heftiger, schneller und lauter weiterzudrehen. So schnell, dass ich das Gefühl hatte, nicht mehr mitzukommen.

Von einem plötzlichen Impuls geleitet, der ganz tief aus meinem Inneren kam, umfasste ich den Teststreifen, warf ihn zusammen mit dem Papier in die Toilette und betätigte die Spülung. Mein Herz raste so laut und schnell in meiner Brust, als würde es meinem Körper schon im nächsten Moment entspringen wollen. Jeder Schlag tat weh. Wie ein kleines Tier im Scheinwerferlicht starrte ich in die Toilette hinein und wartete, bis das laufende Wasser verebbt war. Endlich wurde das Geräusch der Spülung leiser und verstummte – der Teststreifen war verschwunden.

Geräuschvoll schlug ich den Deckel zu, setzte mich darauf und kämpfte gleichermaßen gegen die Tränen wie gegen den Würgereiz an. Das Blut in meinen Ohren pulsierte in einer derart enormen Lautstärke, dass es alles andere zu übertönen schien. Fast war ich sicher, dass man es bis ins Nachbarhaus würde hören können.

Meine Hände wanderten wie ferngesteuert auf meinen flachen, schmerzenden Bauch und legten sich warm und immer noch zitternd darauf. Unglaublich, dass etwas darin war. Dass jemand darin war.

Das würde alles verändern. Für immer.

„Nami?", drang eine Stimme durch die geschlossene Tür zu mir durch.

Ertappt fuhr ich zusammen. Es dauerte einen Moment, bis ich aus meinem Tagtraum, aus meiner Erinnerung, zurück in das Hier und Jetzt fand. Mein Herz raste, als wäre es tatsächlich just in diesem Moment geschehen. Dabei lagen Jahre zwischen jenem Tag und dem heutigen. Stattdessen hatte ich in Gedanken den Wasserhahn aufgedreht und meine Hände unter das eiskalte Wasser gehalten. Sie fühlten sich nun ein wenig taub an.

„Nami!" Nolans Stimme bebte vor Ungeduld. Nun donnerte er auch noch mit der Faust an die Tür des Badezimmers, in dem ich mich eingeschlossen hatte. „Beeil dich endlich! Andere Leute wollen auch mal pinkeln."

„Klar", antwortete ich mit viel zittriger Stimme als gewollt und benetzte mein Gesicht kurz mit Wasser, bevor ich nach dem Handtuch griff. Erst als ich es darin verbarg, wurde mir klar, dass es keines meiner Handtücher war, sondern Tante Claires. Obwohl sie nie ein Freund von Weichspüler gewesen war und alles nur mit geruchsneutralem Waschmittel für sensible Haut gewaschen hatte, hatte ihre Wäsche immer einen ganz eigenen Duft gehabt. Ein Hauch davon ging auch von diesem Handtuch noch aus.

Liebevoll hängte ich es zurück an den Haken und schloss die Tür auf. Die Frage, ob Nolan wegen der Sache mit der vergessenen Gitarre noch wütend auf mich war, erübrigte sich beim Anblick seines Gesichts. Er mied meinen Blick und hatte die Lippen zu einem schmalen Strich fest aufeinandergepresst.

„Du bist wieder da", stellte ich unnötigerweise fest.

Nolan reagierte nicht auf meine Ansprache. Mit vor dem Oberkörper verschränkten Armen trat er an mir vorbei, schloss die Tür hinter sich und drehte den Schlüssel herum. Ich unterdrückte ein Aufseufzen. Das würde er mir nie verzeihen.

„Ich bin mit dem Aufräumen jetzt fast fertig", sagte ich in Richtung der verschlossenen Tür. „Die Waschmaschine und der Trockner funktionieren einwandfrei, und auch sonst ist erst mal eigentlich alles hier, was wir brauchen. Spülmittel, Duschgel, Nudeln, Seife, Kaffeebohnen, Dosensuppe, D...", begann ich aufzuzählen, doch die Toilettenspülung unterbrach mich abrupt mitten im Wort.

Ich verweilte noch einen Moment vor der Tür, in der Erwartung, dass Nolan womöglich doch noch herauskommen und zu einem Gespräch bereit sein würde. Doch stattdessen folgte dem Geräusch der Toilettenspülung das der Dusche.

„Gut, dann ... gute Nacht, Nolan", sagte ich und wandte mich um.

Es war gerade einmal achtzehn Uhr und noch hell draußen, und doch konnte ich mich nicht erinnern, je zuvor in meinem Leben so müde gewesen zu sein wie in diesem Moment. Die durchgemachte Nacht forderte vehement ein, nachgeholt zu werden. Mit schweren Beinen und einem langgezogenen Gähnen schlurfte ich ins Schlafzimmer und legte mich zu Codey in Tante Claires Bett. Dass er an diesem Tag nach all den neuen Eindrücken so früh eingeschlafen war, kam mir nur gelegen.

Genüsslich zog ich mir die Decke bis unter das Kinn, schloss die Augen und versuchte, das Knurren meines Magens zu ignorieren. Im Gegensatz zu Codey hatte ich nichts als ein paar klebrige Waffeln, Energydrinks und einen Müsliriegel im Bauch. Doch die Müdigkeit war stärker als der Hunger. Viel stärker.

Am nächsten Morgen dauerte es eine Weile, bis ich mich daran erinnerte, wo ich war. Mit einem Mal war alles wieder da: das hektische Zusammenpacken unserer Habseligkeiten, die Fahrt in dem klapprigen Minivan, Nolans vergessene Gitarre und sogar Jack Montgomery, der für den Fiesling, der er war einfach viel zu gut aussah. Oder gewesen war? Nein. Ich verwarf den Gedanken, noch bevor ich ihn ganz zu Ende gedacht hatte.

Menschen ändern sich nicht. Egal, wie oft sie es sagen.

Einen Moment lang blieb ich noch in Tante Claires weiß bezogenem Bett liegen und betrachtete Codey, der in Embryostellung neben mir lag und ganz tief und fest schlief. Mit den blonden Locken, die ihm ins Gesicht fielen, sah er aus wie ein kleiner Engel. Den markanten Schmollmund, das spitz zulaufende Kinn und die schmale Nase hatte er von Travis, die großen blauen Augen von mir.

Erholt vom Schlaf und von einer plötzlichen Welle der Motivation erfasst, schlich ich mich aus dem Schlafzimmer und in die Küche hinein. Ich suchte in Tante Claires Vorratsschränken zusammen, was ich brauchte und begann, einfach drauflos zu backen. Wann ich das zum letzten Mal getan hatte, vermochte ich gar nicht mehr zu sagen – nur so viel: Es war lange her. Früher hatte ich ständig gebacken. Ganze Tage hatte ich in der Küche verbracht und geradezu Back–Marathons abgehalten. Diese Tätigkeit gab mir etwas, was mir nichts anderes geben konnte. Sie beruhigte mich, erdete und entspannte mich. Und abgesehen davon – bei aller Bescheidenheit – ich buk einfach unheimlich gut.

Als ich gerade ein Blech mit Cookies in den Ofen geschoben hatte und einen von etwa dreißig Cupcakes zu verzieren begann, betraten Nolan und Codey die Küche. Beide sahen verschlafen aus.

„Er hat nach dir gerufen. Mehrfach!", grummelte Nolan mit einem unüberhörbar vorwurfsvollen Unterton in der Stimme.

„Oh, tut mir leid, Baby." Ich nahm Codey auf den Arm und drückte ihm einen Kuss auf den Kopf. „Hast du gut geschlafen?"

Er nickte und schmiegte sich an mich. Er war noch ganz warm vom Bett. Ich setzte ihn auf die Arbeitsfläche und fuhr damit fort, den Cupcake zu verzieren. Die hübsche weiße Creme zog sofort Codeys Aufmerksamkeit auf sich.

„Und du, Nolan?"

Nolan antwortete mir nicht.

„Wie lang gedenkt der feine Herr denn, nicht mit mir zu sprechen?", erkundigte ich mich, ohne ihn anzusehen.

Nolan überhörte meine Frage geflissentlich. Im Augenwinkel sah ich, wie er in Richtung des Backofens nickte, in dessen Innerem meine Cookies allmählich zu ihrer vollständigen Größe anschwollen.

„Frühstück?", murmelte er.

„Nein. Ich habe Pancakes gemacht." Mit einer weit ausholenden Handbewegung deutete ich auf den Teller auf der Arbeitsfläche, auf dem ich kurz zuvor mehrere extrem fluffige Pancakes aufeinandergestapelt hatte. „Tante Claire hat Unmengen an Mehl, Zucker, Margarine und so weiter im Vorratsschrank. Sie hat genauso gern gebacken wie ich."

„Wenn du eine Gitarre zwischen dem ganzen Kram findest, kann ich deine Begeisterung vielleicht teilen", brummte Nolan, nahm sich einen Pancake und stapfte wieder die Treppen hinauf. Kein Teller, kein Besteck, kein Ahornsirup.

Ich verkniff mir jeglichen Kommentar. Dass die erste Zeit mit ihm in Rose Village nicht einfach werden würde, hatte ich erwartet. Da waren Tischmanieren gerade wirklich das geringste Problem. Nolan war von Grund auf nicht unbedingt der pflegeleichteste

Teenager – nicht früher, nicht nach Mutters Tod und seinem Einzug bei uns und schon gar nicht jetzt, da ich ihn einfach gänzlich entwurzelt hatte.

„Wir beide essen zusammen am Tisch, okay?" Ich hob Codey von der Arbeitsfläche und trug die Pancakes, Teller und Gabeln sowie ein Glas Ahornsirup, das ich in Tante Claires Vorratskammer gefunden hatte, ins Wohnzimmer. Mit einer Karaffe voll Wasser machten wir es uns am Esstisch gemütlich, wo die Frühlingssonne warm durch das Fenster fiel.

Während ich Codey dabei zusah, wie er genüsslich und so sorgenfrei wie nur ein kleines Kind sein konnte, einen Pancake nach dem anderen verputzte, versuchte ich den Gedanken an den bevorstehenden Montag in weite Ferne zu schieben. Ich würde Nolan in der High School anmelden müssen. Da Rose Village keine eigene Schule besaß, würde er im Nachbarort unterrichtet werden – wie ich in seinem Alter. Doch nun würden wir erst mal den Samstag genießen – irgendwie.

Während ich den Tisch abräumte und Tante Claires gutes Geschirr behutsam in die Spüle stellte, baute Codey sich auf dem Sofa eine Höhle aus Kissen. Ich ließ heißes Spülwasser ein und betrachtete ihn eine Weile dabei. Der Anblick machte mein Herz gleichermaßen leicht wie schwer. Es war so gut, zu wissen, dass er mit seinen dreieinhalb Lebensjahren noch nicht ansatzweise verstand, was hier gerade geschah und weshalb wir hier waren. Dass unser Leben in Salem City ein Ende hatte und unsere Zukunft in Rose Village stattfinden würde.

Und doch – er würde seinen Dad vermissen. Travis war nie ein Vater wie aus dem Bilderbuch gewesen. Er war selten zu Hause gewesen, und sowohl die Erziehung als auch die Pflege unseres Sohnes hatten komplett in meiner Hand gelegen. Und doch hatte Codey immer über das ganze Gesicht gestrahlt, wenn Travis das Haus betreten hatte. Sein Vater hatte nie Nein gesagt zum Fernsehen, zu Süßigkeiten, zum länger Wachbleiben. In Codeys Erinnerung würde er immer der Coolere von uns beiden sein. Und das war okay so, auch wenn es nicht der Realität entsprach. Denn dass Codey Travis' dunkle Seite nie kennengelernt hatte, war mit verantwortlich dafür, dass er das unbeschwerte Kind sein konnte, dass er nun einmal war.

Ich spülte die Teller und meine Backutensilien. Ich würde eine Spülmaschine kaufen müssen.

Codey schaltete den Fernseher an, und ich erkannte die Melodie einer seiner Lieblingsserien, in der eine Handvoll sprechender Autos für Recht und Ordnung in ihrer Stadt sorgten. Als das Polizeiauto seine Sirene aufheulen ließ, zuckte ich unwillkürlich zusammen und ließ fast einen Teller fallen. Dabei war es eigentlich nicht der Ton der Sirene, der in meiner Erinnerung dunkel behaftet war. Es war das Blaulicht.

Ich hatte es durch die halb gläserne Haustür gesehen, noch bevor ich sie geöffnet hatte. Und merkwürdigerweise hatte ich gewusst, was die Polizisten mir sagen würden. Vorsichtig hatte ich die Tür geöffnet, nur einen Spalt weit, und die eiskalte Abendluft war sofort an mir vorbei in den Flur gekrochen, hatte sich dort ausgebreitet und das Haus erfüllt.

„Mrs Sawyer?" Der jüngere der beiden Polizisten hatte sich zum Gruß an die dunkelblaue Barettmütze getippt. Ein Lächeln kam ihm nicht über die Lippen.

Beiden blickten ernst drein. Ein stückweit hinter ihnen stand eine dritte Person, ein Mann mit dunklem Mantel und dicker Brille. Ein Seelsorger, das hatte ich sofort gewusst.

Das ist ja wie im Fernsehen, war es mir durch den Kopf geschossen. Alles hatte sich mit einem Mal so surreal angefühlt, fast schon skurril. Wie ferngesteuert hatte ich ganz langsam mit dem Kopf genickt, und es hatte sich so angefühlt, als wenn ich mir selbst dabei zusehen würde.

„Mrs Sawyer, es geht um Ihre Mutter. Es gab einen Unfall."

Der Rest der Worte des Polizisten war nicht mehr zu mir durchgedrungen, denn ich hatte Nolan entdeckt, der bleich und angespannt auf der Rückbank des Wagens gesessen hatte.

„Nehmen Sie ihn mit?", hatte ich mich selbst fragen hören, ganz ohne zu wissen weshalb.

„Nein." Der Polizist hatte nicht erstaunt darüber gewirkt, dass ich ihm ins Wort gefallen war. „Wir würden ihn gerne in Ihre Obhut übergeben, falls Sie damit einverstanden sind. Schließlich ist er …"

„Ja." Ich hatte genickt, ohne den Blick von Nolan abzuwenden. „Holen Sie ihn aus dem Wagen. Sofort."

Keine Sekunde länger hatte ich diesen Anblick ertragen können, wie er dasaß. Ein Häuflein Elend auf dem Sitzplatz eines Verbrechers.

Die Erinnerung verschwamm vor meinem inneren Auge zu einer grauen Wolke, und ich erschauderte unwillkürlich. Obwohl meine Hände im heißen Spülwasser steckten und die Frühlingssonne warm durch das Fenster strahlte, war mir plötzlich kalt. Im

Hintergrund kicherte Codey über das tollpatschige Feuerwehrauto.

Seufzend ließ ich das Spülwasser ablaufen, trocknete das Geschirr ab und gesellte mich zu meinem Dreijährigen. Ich würde heute einkaufen gehen müssen. Zwar gab es eine Menge Konserven sowie trockene Lebensmittel wie Mehl und Nudeln, aber natürlich fehlte es nach der langen Zeit, in der das Haus leer gestanden hatte, an Obst, Gemüse, Fleisch und Aufschnitt. Ein Frühjahrsputz würde auch nicht schaden. Und hier und da standen kleinere Renovierungsarbeiten an.

Die Treppenstufen knarzten, als Nolan mit großen Schritten herab kam, um sich einen weiteren Pancake zu nehmen.

„Was hast du mit den ganzen Cupcakes vor?" Er trug sein Baseballcap falsch herum auf dem Kopf und legte besonders viel Gleichgültigkeit in seine Stimme. Nur noch wenige Zentimeter Körpergröße fehlten ihm, bis er mich eingeholt haben würde. Der Gedanke machte mich wehmütig. Vor meinem geistigen Auge saß er noch als Zweijähriger in der Latzhose auf dem Küchenboden und spielte mit Autos.

„Ich dachte, wir gehen damit durch das Dorf und bringen den Nachbarn ein paar vorbei", erklärte ich mein Vorhaben.

„Wieso?" Nolan hob eine Augenbraue.

Ich seufzte. „Weil das so gemacht wird."

„Ich würde meine rechte Pobacke darauf verwetten, dass du nie für irgendwelche Nachbarn in Salem City gebacken hast", merkte Nolan an.

„Habe ich auch nicht." Schwungvoll stand ich vom Sofa auf, fuhr Codey noch einmal durch die seidigen

Locken und wandte mich Nolan zu. „Aber in Rose Village macht man das eben so. Und dieser hier ...", ich nahm einen besonders hübsch verzierten Cupcake und legte ihn Nolan sanft in die Hand, „... ist für dich."

Nolan betrachtete den Cupcake einen Moment lang von allen Seiten, fast so, als erwarte er, davon angesprungen zu werden.

„Eine essbare Entschuldigung?"

„So was in der Art."

„Ich werde ihn essen", erklärte er langsam und biss genüsslich hinein. „Und über das andere denke ich noch nach."

„Damit kann ich leben", sagte ich mit einem Kloß im Hals.

Wenig später schaltete ich den Fernseher aus und klatschte geschäftig in die Hände. Codey stöhnte auf.

„Das war meine größte Lieblingsfolge auf der ganzen Welt", murmelte er vorwurfsvoll.

„Kommt schon!" Ich deutete auf die Haustür. „Machen wir uns ein paar Freunde hier."

Mit demselben missmutigen Gesichtsausdruck schlüpften Nolan und Codey in ihre Schuhe, während ich die Cupcakes auf einem großen Teller drapierte. Wir traten auf die Veranda, und eine laue Frühlingsbrise empfing uns.

In eben diesem Moment verließ Jack sein Haus. Natürlich. Als hätte er nicht eine Minute später oder früher aufbrechen können. Er führte seinen riesigen hellen Hund an der Leine, der neben endlos langen Beinen und spitzen Zähnen, die er beim Hecheln offenbarte, aus einer ganzen Menge Fell zu bestehen schien.

Als Jack uns erblickte, winkte er, lächelte und kam zu meinem Unmut direkt auf uns zu. Kurz zog ich in Erwägung, zurück ins Haus zu laufen, doch das wäre wahrscheinlich noch unangenehmer gewesen als einfach so zu tun, als wäre nichts. Wieso war er nicht einfach in der Stadt geblieben, für die er Rose Village damals verlassen hatte?

„Hallo", grüßte ich nebensächlich.

„Hallo." Er blieb vor uns stehen und musterte erst mich, dann die Jungs und schließlich den Teller in meiner Hand.

Bei Jacks Anblick wurde mir heiß und kalt zugleich. Äußerlich gleichgültig dreinblickend fragte ich meinen Körper innerlich, ob er noch alle Tassen im Schrank habe. Heiß und kalt beim Anblick von Jack Montgomery? Kalt ... okay. Aber heiß? Nur weil er heiß aussah, ein charmantes Lächeln, tolle Muskeln und schöne Augen hatte? Ich dachte an das kleine Arschloch, das mich damals vor versammelter Klasse ausgelacht hatte, weil ich eine Zahnspange trug, und plötzlich ging es wieder mit der Hitze.

„Du trägst gerne Kleider. Wie sie", sagte Jack und ließ seinen Blick schier wohlwollend über meinen Körper wandern.

Ich hatte erwartet, dass er eine Bemerkung über die Cupcakes und nicht über mein Erscheinungsbild machen würde. Einen Moment lang fehlten mir die Worte.

„Tante Claire ... ja", sagte ich schließlich langgezogen. „Sie hat Kleider geliebt. Was das angeht, komme ich wohl wirklich nach ihr." Ich nickte gedankenverloren.

Zuerst war es eine Art Trauerbewältigung gewesen, nachdem mein Dad gestorben war. Dann hatte es sich zu einem stillen, aber offensichtlichen Protest entwickelt – und schließlich zu einer Lebenseinstellung. Ich besaß, abgesehen von einer Menge Leggins, nicht eine einzige Hose. Nur Kleider über Kleider für alle Jahreszeiten und Anlässe. Kleider mit Taschen, Kleider mit Reifrock, Kleider mit Mustern und ohne. Mitgenommen hatte ich nur einen Bruchteil davon.

Um mir nicht anmerken zu lassen, was die Bemerkung in mir ausgelöst hatte, strich ich den senfgelben Stoff meines Frühlingskleides, das mir bis knapp über die Knie reichte, glatt.

Codey hüpfte um den Hund herum. Ein Schauder jagte mir über den Rücken.

„Codey, weg da!", warnte ich ihn mit erhobener Stimme.

„Alles gut." Jack tätschelte den riesigen Schädel des Tieres und lächelte Codey beruhigend zu. „Der alte Duke tut keiner Fliege was zuleide. Du kannst ihn jederzeit streicheln, wenn du möchtest."

Mit einem unguten Gefühl in der Magengegend sah ich dabei zu, wie Codey unter Jacks Augen zaghaft die Ohren des Ungetüms berührte. Nolan entfernte sich mit tief in den Hosentaschen versenkten Händen ein wenig von uns und murmelte, dass er sich die öde Gegend ansehen wollen würde.

„Und du bist ... alleine hier mit den beiden Jungs?", versuchte Jack unser stockendes Gespräch wieder zum Laufen zu bringen.

Diese warme, sanfte Stimme brachte mich innerlich zur Weißglut. Wieso gab er sich für jemanden aus, der er nicht war?

Ich nickte schweigend.

„Das tut mir leid, Nami. Wenn ihr etwas braucht ...“, setzte er an, hielt kurz inne und schien nachzudenken. „Also ... in Rose Village hilft jeder jedem gern.“

„Ich weiß.“

„Gut.“ Jack musterte mich. „Und? Brauchst du jetzt gerade irgendetwas?“

„Na ja ... wir brauchen ein Bett“, gab ich zu. „Nolan braucht eins.“

„Okay.“ Jack nickte, und kurz folgte sein Blick Nolan, der sich in die entgegengesetzte Richtung bewegte und einen Stein vor sich her trat. „Ich baue ihm eins.“

„Du ... baust ihm eins?“

„Aber ja.“ Jack lächelte milde. „Fast alles in meinem Haus ist selbst gebaut. Was ist mit dem Kleinen?“ Er deutete auf Codey. „Braucht er auch ein Bett?“

„Nein, er schläft bei mir“, antwortete ich. „In Tante Claires Bett.“

Jack nickte bedächtig.

„Schön. Das würde sie sicher freuen. Und was machst du so?“, setzte er hinzu, als wollte er unbedingt das Gespräch in Gange halten. „Beruflich, meine ich.“

„Ich schreibe“, antwortete ich einsilbig.

Jack nickte anerkennend und fuhr sich mit der Hand über seinen rau aussehenden Bartansatz.

„Worüber?“, erkundigte er sich.

„Über das Leben.“ Ich unterdrückte ein Aufseufzen und blickte auf den mit Cupcakes vollgestellten Teller in meinen Händen, der allmählich schwer wurde. „Ich glaube, dein Hund will jetzt los. Und wir müssen auch weiter. Wir verteilen ein paar Cupcakes an die Nachbarschaft. Zur Begrüßung. Nimm dir einen.“

„Gern." Mit seiner freien Hand nahm Jack einen der Cupcakes vom Teller, biss hinein und kaute mit nachdenklichem Blick. An seiner Oberlippe blieb eine Spur weißer Creme zurück. „Danke. Der ist köstlich."

Ich nickte und bedeutete Codey mit einem Nicken, weiterzugehen. Das Gefühl, dass Jack uns mit dem Blick folgte, kribbelte in meinem Nacken.

„Wo ist Nolan?", fragte ich Codey.

Der zuckte mit den Schultern.

„Kriegen wir auch einen Hund?", fragte er fröhlich.

„Auf gar keinen Fall!", antwortete ich voller Überzeugung. Ich und ein Hund? Im Leben nicht!

Etwa zehn Meter neben unserem freistehenden Haus befand sich das Haus von Jack. Das nächste Haus, an das wir gelangten, war eines, in dem ich früher oft zu Besuch gewesen war.

Mit einem prickelnden Gefühl der Vorfreude im Bauch wartete ich, bis Codey auf die Klingel gedrückt hatte und ein melodischer Ton erklang. Es dauerte eine Weile, bis die Tür geöffnet wurde.

Wenn man sagt, dass Menschen sich trotz vieler, vieler Jahre, in denen man einander nicht gesehen hat, nicht verändert haben, dann heißt das nicht, dass sie nicht älter geworden sind. Es bedeutet auch nicht, dass sich ihr Gewicht, ihr Kleiderstil, ihre Frisuren nicht gewandelt haben. Sie sind immer noch derselbe Mensch – mit demselben Lachen, derselben Aura und derselben Mimik wie früher.

Das wurde mir in jenem Moment bewusst, in dem Maha und ich einander ansahen, den Bruchteil einer Sekunde lang beide starr vor Staunen, Überraschung, Freude. Dann ließ sie einen langgezogenen Schrei los, sprang über die Türschwelle, geriet ins Straucheln und umarmte mich, so gut das mit dem vollen Teller zwischen uns eben ging.

„Nami!", brachte sie atemlos hervor, und es klang wie eine Mischung aus Vorwurf und Aufregung. Dann wandte sie sich zum Haus um, dessen Tür nach wie vor offen stand, und brüllte: „Mom, es ist Nami!"

Sie nahm mir den Teller ab, stellte ihn auf den kleinen Tisch auf der Veranda und umarmte mich ein zweites Mal. Zaghaft strich ich mit den Händen über ihren Rücken. Ich hatte mich nicht ein einziges Mal bei ihr, meiner besten Freundin, gemeldet. Nicht ein Mal.

„Dürr bist du geworden." Sie hielt mich ein Stück weit von sich, betrachtete mich nachdenklich und schüttelte den Kopf, als könne sie immer noch nicht glauben, dass ich leibhaftig vor ihr stand. „Und ein richtiger Stadtmensch." Als ihre Augen Codey entdeckten, strahlte sie erneut und rückte nebenbei ihr Kopftuch gerade, das bei der stürmischen Begrüßung ein wenig verrutscht war. Wie damals schon war es farblich perfekt auf die Kleidung abgestimmt, die sie trug. Ihr Gesicht war rundlicher geworden, sie wirkte ein wenig müde und statt des süßlichen Parfums von damals roch sie nach Essen.

„Und du bist ...?", fragte sie mit sanfter Stimme.

„Codey", antwortete Codey leise und suchte verlegen meinen Blick.

„Er ist so süß." Maha lächelte. „Und die Cupcakes sehen toll aus! Wie schön, dass du wieder hier bist."

Keine Vorwürfe, keine unangenehmen Nachfragen, keine Tür, die sich vor meiner Nase schloss, weil ich nach so vielen Jahren plötzlich wieder davor stand.

„Wir sind gerade dabei, die Nachbarschaft ein wenig zu erkunden", erklärte ich und drückte Maha zwei Cupcakes in die Hand.

„Mrs Ahmad", brachte ich hervor, als Dilan Ahmad, Mahas Mutter, in der Tür erschien. Dass sie im Rollstuhl saß, wusste ich von Tante Claire. Die Trübheit ihrer einst strahlend grünen Augen ließ vermuten, dass sie zudem fast blind war. Ich erinnerte mich an ihre Kochkünste, die bunten Bilder, die sie gemalt hatte und an die Musik, zu der sie mit uns wie wild getanzt hatte. Es fühlte sich bedrückend an, dass diese lebhafte, fröhliche Frau, die nach dem frühen Tod ihres Mannes zwei Töchter allein großgezogen hatte, nun so eingeschränkt war. So alt. So nah am Ende des Lebens.

„Nami Johnson, mein liebes Kind", murmelte sie, schnalzte mit der Zunge und machte eine knappe Handbewegung, um mich zu sich zu winken.

„Sawyer." Ich machte einen Schritt auf sie zu und nahm die Hand, die sie mir entgegenstreckte, in meine. Ihr Blick schien durch mich hindurchzugleiten. „Ich heiße jetzt Sawyer."

Das noch verkniff ich mir.

„Es ist, wie ich immer gesagt … ", Mrs Ahmad tätschelte meine Hand, „… wer einmal gelebt in Rose Village, immer wieder kommt hierher zurück. Immer wieder. Und wenn nur zum Sterben. Rose Village ist hier drin." Sie deutete auf ihr Herz. „Ist nicht wie andere Dörfer. Ist nicht wie große Stadt mit viele Menschen in Häuser wie Betonkasten."

Ich nickte und fügte schnell ein „Ja" hinzu, da ich mir unsicher war, ob sie das Nicken gesehen hatte. Wäre meine Ehe nicht aus dem Ruder gelaufen, wäre ich nicht nach Rose Village zurückgekehrt.

„Wir haben Cupcakes gebacken, um uns ein wenig in der Nachbarschaft vorzustellen", erklärte ich. „Mein Bruder Nolan ist mit uns hierher gezogen. Er ist gerade dabei, die Gegend ein wenig auf eigene Faust zu erkunden."

„Nett ... so nett." Mrs Ahmad drückte meine Hand noch einmal, bevor sie sie losließ.

Maha reichte ihr einen der beiden Cupcakes, die ich ihr gegeben hatte.

„Wenn ihr mögt, kann ich euch begleiten", schlug sie fröhlich vor. „Dann können wir uns mit dem Tragen abwechseln." Sie deutete auf den Teller. „Und vielleicht klaue ich dir den ein oder anderen."

„Das Angebot nehme ich sehr gerne an", antwortete ich mit einem Lächeln. „Machen Sie es gut, Mrs Ahmad. Wir werden uns sicher in Zukunft öfter sehen. Schließlich sind wir jetzt Nachbarn."

„Pass auf dich auf, meine Liebe", sagte sie sanft und rollte rückwärts zurück ins Haus.

Etwas befangen, denn immerhin hatte ich Maha seit über einem Jahrzehnt nicht gesehen und damals nicht einmal die Möglichkeit gehabt, mich zu verabschieden, machte ich mich an ihrer Seite auf den Weg durch Rose Village. Das Dorf war mir auf der einen Seite so vertraut, als hätte ich es nie verlassen – auf der anderen jedoch fühlte ich mich ein wenig wie ein ungebetener Besucher, wie ein Eindringling an diesem friedlichen Fleckchen Erde. Es war so still hier. So hell. Und statt unzähliger, dicht aneinander gedrängter Häuser waren hier fast alle Grundstücke freistehend. Ob wir hier glücklich werden würden? Ob wir hier frei sein könnten? Oder ob es womöglich ein Fehler gewesen war, hierher zu kommen und Salem City, Travis und unserem vertrauten Leben den Rücken zu kehren?

Schnell verdrängte ich den Gedanken und versuchte, mich auf Mahas Plauderei einzulassen, der ich bisher kein Gehör geschenkt hatte. Nolan stieß zu uns, immer noch einen Stein vor sich her tretend und mit genervtem Gesichtsausdruck.

„Hier gibt es Hühner", sagte er und rümpfte die Nase, als wäre das etwas Schlechtes. „Und Schafe."

„Kleiner Kulturschock, was?", neckte ich ihn. „Nolan, das ist meine Freundin Maha. Maha, das ist mein Bruder Nolan", stellte ich die beiden einander vor.

„Freut mich, dich kennenzulernen." Maha schüttelte lächelnd Nolans Hand. „Wie alt bist du, Nolan?"

„Ich bin vierzehn", antwortete er.

„Vierzehn!" Maha nickte und warf mir einen Seitenblick zu. „Ein spannendes Alter. Ich glaube, meine Mum hätte mich am liebsten an der nächsten Raststätte ausgesetzt, als ich vierzehn war." Sie lachte hell. „Erinnerst du dich an diese Klassenfahrt, als ich mit dem Feuerzeug den Feueralarm ausgelöst habe und die mich zurück nach Hause geschickt haben? Dabei war das gar nicht meine Idee, sondern deine!"

Wir lachten beide. Maha war ein pflegeleichter Teenager gewesen, angepasst und höflich, und die wenigen Auffälligkeiten hatte sie fast alle mir zu verdanken.

„Und? Hast du deinen direkten Nachbarn schon kennengelernt?", fragte sie schließlich.

„Du meinst Jack?" Ich zog die Nase kraus.

Maha kicherte. „Er ist ein guter Mann, Nami. Hilfsbereit, höflich, ehrlich …“

„Du weißt aber schon, dass wir hier von Jack Montgomery sprechen?“ Ich warf ihr einen zweifelnden Seitenblick zu. „Jack Montgomery, der in seinen besten Zeiten dein Biobuch angezündet, Heather den Zopf abgeschnitten und den Mathelehrer zum Weinen gebracht hat?“

Maha lachte, und ich musste den Drang unterdrücken, ihr zu sagen, dass daran nichts, aber auch absolut gar nichts lustig war. Jack hatte ganz Rose Village das Leben schwer gemacht.

„Er hat sich geändert, Nami. Wie wir alle“, bekräftigte sie entschlossen.

„Menschen ändern sich nicht.“

„Oh, wenn du dich da mal nicht irrst …“

Als wir an das nächste Haus gelangten, Nolan sich wieder etwas von uns entfernte, als hoffte er, nicht mit mir gemeinsam gesehen zu werden, und Codey ein paar Meter vorlief, räusperte Maha sich vernehmlich.

„Und du denkst tatsächlich, sie würden es nicht bemerken?“, fragte sie mit gesenkter Stimme.

Unwillkürlich verlangsamte ich meine Schritte.

„Du hast nicht gedacht, dass ich es weiß, hm?“ Maha schnalzte mit der Zunge. „Natürlich weiß ich es. Ich wusste es von Anfang an. Oder habe es zumindest geahnt. Und selbst wenn dem nicht so wäre – spätestens jetzt, da du zurück bist, wäre es mir klar geworden.“

Ich versuchte zu schlucken, aber meine Kehle war wie zugeschnürt. Kopfschüttelnd wurde ich wieder schneller.

„Ich weiß nicht, wovon du sprichst", erklärte ich das Gespräch für beendet.

Nein. Maha irrte sich. Sie musste sich irren. Nur weil sie es wusste, hieß das nicht, dass das noch irgendjemand anders tat. Ich hatte einen Neuanfang in Rose Village geplant, ein völlig neues Leben – und nicht das Auferstehen des alten. Und auch wenn Faktoren hinzugekommen waren, die ich nicht mit einberechnet hatte – mein Geheimnis würde in Rose Village sicher sein ...

Kapitel 4

Einfach gut sein

Den Kopf tief in den Nacken gelegt, die Augen geschlossen und mit tiefen, ruhigen Atemzügen versuchte ich, das Meer in mich aufzunehmen. Den Geruch. Den Geschmack. Das Gefühl. Ich versuchte, das sanfte Rauschen der Wellen in meinen Ohren so laut werden zu lassen, dass es alles andere übertönte: alle Geräusche, alle Gedanken, alle Sorgen. Wie früher.

Aber es war nicht wie früher. Es hatte sich verändert. Ich hatte mich verändert. Die Fähigkeit, hier am Meer alles andere vergessen zu können, hatte ich irgendwo zwischen Rose Village, Salem City und dem, was sich Leben nennt, verloren. Ein Stück Unbeschwertheit, ein Stück Jugend, vielleicht sogar ein Stück meiner selbst. Ich öffnete die Augen und stellte zu meinem Erstaunen fest, dass sie feucht geworden waren. So sehr, dass der Anblick der See vor mir zu undeutlichen Flecken verschwamm.

Unsanft fuhr ich mir mit dem Armrücken über die Augen. Für diese Tränen war hier kein Platz. Ich hatte viel zu viel Verantwortung, um diese Art der Schwäche zuzulassen. Etwas beschämt lächelte ich Maha zu, die mit sanftem Druck eine Hand auf meiner Schulter ruhen und sich nichts anmerken ließ.

„Sind noch Cupcakes da?", fragte sie in die Stille hinein.

„Nein." Ich schüttelte den Kopf und blinzelte die restlichen Tränen weg. „Du hast alle gegessen. Und eine Handvoll haben wir in der Nachbarschaft verteilt. Den geringeren Teil."

Maha lachte rau. Ihr Lachen klang noch immer, als wäre sie fünfzehn Jahre alt. So, als müsste sie dringend weniger rauchen, dabei hatte sie nie in ihrem Leben auch nur an einer Zigarette gezogen.

Schweigend sahen wir Codey dabei zu, wie er mit seinen Schuhen Rillen in den Sand zog. Nolan hatte sich einige Meter von uns entfernt niedergelassen und betrachtete reglos das Meer. Die Arme hatte er um seine langen dünnen Beine geschlungen, das Haar hing ihm in feinen dunklen Strähnen im Gesicht. Nichts an ihm erinnerte mehr an den kleinen, pummligen Jungen mit dem blonden Pagenschnitt, der er einst gewesen war. Er war geradezu aus sich selbst herausgewachsen.

„Ein junger Erwachsener", bemerkte Maha leise, als hätte sie meine Gedanken gelesen.

„Ja." Ich unterdrückte ein Aufseufzen. „Da merkt man erst mal, wie alt man selbst geworden ist. Er war immer so klein und dann ... bumm ...", ich klatschte in die Hände, „... plötzlich ist er einssechzig und kann mir fast auf den Kopf spucken. Weißt du, Maha, ich habe überhaupt keine Ahnung, ob ich es alleine schaffe, einen Teenager großzuziehen."

Bevor ich darüber hatte nachdenken können, hatte ich es bereits ausgesprochen. Und nun schienen sie wie eine Wolke zwischen uns in der Luft zu hängen, meine sorgenvoll behafteten Worte. Travis nach all der Zeit zu verlassen, in der ich gedacht hatte, es nie zu können, war das eine – die Verantwortung für alles plötzlich gänzlich allein zu tragen das andere.

Mahas Blick aus rehbraunen Augen glitt eine Weile lang über das Meer, bevor sie mich fast schon weise ansah. „Das schaffst du schon", sagte sie dann voller Zuversicht. „Da bin ich mir zu hundert Prozent sicher."

Wir lächelten einander zu. Maha strahlte immer noch diese intelligente, ruhige Wärme aus, von der ich schon als Kind und später noch als Jugendliche profitiert hatte. Im Gegensatz zu mir war sie dafür bekannt gewesen, immer einen kühlen Kopf zu bewahren und gut vorbereitet zu sein.

Ihre samtene Haut schimmerte im Sonnenlicht. Wir waren seit Stunden zusammen unterwegs, und nicht ein einziges Mal hatte sie gefragt, was mich wieder hierher zurückgeführt hatte. Je mehr Zeit verging, umso entspannter wurde ich in Anbetracht der Tatsache, dass ich sie nicht würde anlügen müssen – oder schlimmer noch – ihr die Wahrheit würde sagen müssen. Denn wann (und ob überhaupt) ich bereit dafür sein würde, über Travis, Salem City und die letzten Wochen zu sprechen, wagte ich noch nicht einmal zu erahnen.

Als wir zurück zum Haus kamen und ich gerade den Haustürschlüssel ins Schloss steckte, zupfte Codey an meinem Kleid. „Der Mann winkt uns."

Ich folgte der Richtung, in die sein ausgestreckter kleiner Finger wies, mit dem Blick und sog lautstark Luft ein. Jack! Natürlich. Er hatte seine Tür ein Stück weit geöffnet und winkte uns mit einer weit ausholenden Bewegung zu sich.

„Hallo, Nachbarn!", rief er. „Kommt ihr kurz rüber wegen des Bettes?"

„Wegen des Bettes?", wiederholte Nolan und warf mir einen skeptischen Blick zu.

„Er will dir ein Bett bauen", erklärte ich mit deutlich hörbarer Gereiztheit in der Stimme. Warum war ich auch so blöd gewesen, das anzusprechen? Ich hätte auch einfach den Mund halten können. Mal wieder rief ich mir den Leitsatz Erst denken, dann reden ins Gedächtnis. Viel zu selten beherzigte ich ihn.

Widerwillig trottete ich auf Jack zu, während Codey an meiner Hand auf– und absprang und Nolan uns mit tief in den Taschen versenkten Händen folgte.

„Aber nur fünf Minuten", murmelte ich vor mich hin.

Jack empfing uns mit einem warmen Lächeln. Obwohl es erst Frühling war und die Sonne noch nicht die Kraft hatte, die sie im Sommer haben würde, fiel mir auf, wie gebräunt er bereits aussah (nicht nur im Gegensatz zu mir, die generell marmorweiß war und in den Sommermonaten diverse Nuancen in Krebsrot durchlief – auch im Gegensatz zu anderen Menschen).

Ob er auf die Sonnenbank ging? Bräunungscreme benutzte? Einfach gute Gene hatte? Erstaunt über meine eigenen Gedankengänge schüttelte ich den Kopf. Dann war er eben gebräunt. Und wenn schon – das konnte mir doch egal sein. Mehr noch – es war mir egal.

„Hi, Leute", begrüßte er uns lässig, während der pelzige Riesenhund einen guten Meter entfernt von ihm tief und fest schlief. „Kommt rein. Wie geht's?", wandte er sich an Nolan.

„Na ja … ich habe meine Gitarre verloren", antwortete Nolan mit einem unübersehbar vorwurfsvollen

Seitenblick auf mich, während er Jack durch die schwingende Verandatür ins Innere des Hauses folgte.

Zaghaft betrat auch ich das Haus. Ich war oft bei Mrs Foster zu Besuch gewesen, und doch fühlte es sich an, als würde ich diese Tür zum ersten Mal durchschreiten. Ich erinnerte mich an steinharte, wahnsinnig süße Kekse mit Zuckerkruste, Tee mit einem Schuss Milch und Honig und die alte Katze, die den ganzen Tag schnurrend auf der Fensterbank gelegen hatte.

„Jeder Mann verliert irgendwann in seinem Leben mal eine Gitarre. Das gehört dazu", sagte Jack weise und ließ die Tür hinter Codey und mir ins Schloss fallen.

„Können wir sie … anlehnen?", fragte ich und fächerte mir mit der flachen Hand etwas Luft zu. „Es ist warm hier drinnen."

„Warm? Sag bloß, du bist keine Frostbeule mehr. Wie die Zeiten sich ändern … aber ja … okay. Klar können wir sie angelehnt lassen." Jack schien verwirrt, kam meiner Bitte aber nach und öffnete die Tür einen Spalt weit.

„Jeder Mann verliert irgendwann in seinem Leben mal eine Gitarre?", wiederholte Nolan trocken. „Davon höre ich heute zum ersten Mal."

„Als ich meine verlor, war ich siebzehn." Jack zwinkerte mir zu, und ich fragte mich, ob er noch über Gitarren sprach. Er trug ein grau meliertes Shirt, das an seinen muskulösen Oberarmen etwas spannte. Bevor er bemerken konnte, dass ich ihn musterte, wandte ich den Blick ab und nahm das Innere des Hauses in Augenschein.

Erstaunt hielt ich den Atem an. Hatte ich auch zuvor noch die Erinnerung an die altmodische Einrichtung von Mrs Foster inklusive Katzenhaaren im Kopf und höchstens erwartet, dass hier und da ein paar Pizzaschachteln herumlagen, während es muffig nach Männerhöhle roch, wurde ich angenehm überrascht.

Dieses Haus hatte keinen Geruch, es hatte einen Duft. Es roch nach Holz, nach Zitrone, nach Kaffeebohnen und ein kleines bisschen rußig.

Und – wow – die Einrichtung! Begeistert trat ich weiter hinein und drehte mich um mich selbst. Jack hatte das alte Gebäude völlig neu aufleben lassen. Der breite Kaminsims, die gemütlich aussehende Couch aus Paletten mit dutzenden von Kissen, der edle Parkettboden und die Wohnwand aus einzelnen übereinander aufgehängten schmalen Brettern, an denen der große Fernseher prangte – alles fügte sich zusammen wie ein Puzzleteil ans andere.

„Hier sieht es toll aus", bemerkte ich.

„Du klingst erstaunt." Jack grinste. „Was hast du erwartet? Eine muffig riechende Männerhöhle voller Pizzaschachteln?"

„So etwas in der Art."

Woher wusste er das?

„Einen Großteil davon habe ich selbst gemacht", erklärte Jack.

„Du hast das gemacht?", wiederholte ich aufrichtig beeindruckt.

Jack nickte. „Ich habe geschickte Hände."

„Ja, das glaube ich."

Oh Gott! Das hatte ich gerade nicht wirklich gesagt …

Sein Grinsen und Nolans Augenverdrehen jedoch waren der eindeutige Beweis dafür, dass dem so sein musste. Hitze stieg in mir auf. Ich spürte, wie meine

Wangen sich rosa färbten. Warum machte Jacks Anwesenheit mich so nervös? Ich meine … er war Jack! Jack Montgomery. Der fieseste Fiesling des Planeten. Oder zumindest der fieseste Fiesling aus Rose Village. Es war paradox: Wenn ich ihn ansah, sah ich einerseits den boshaft grinsenden schmächtigen Jungen mit Pickeln im Gesicht und struppigen Haaren, der mehr als gemein zu mir gewesen war – andererseits aber auch diesen charmanten, gutaussehenden Mann, zu dem er geworden war. Verdammt! Das irritierte mich. Ich wollte ihn nicht mögen. Ihn nicht heiß finden. Und vor allem wollte ich nicht, dass Jack glaubte, ich würde ihn mögen oder heiß finden.

„Wie viele Einwohner hat dieses Kaff eigentlich?", erkundigte Nolan sich mit betont gelangweiltem Unterton in der Stimme, als vor dem Haus ein tiefes Bellen zu hören war.

„Sechshundert", antwortete Jack. Er trat zur einen Spalt weit angelehnten Tür, öffnete sie, pfiff kurz, und der große zottelige Hund trottete an uns vorbei, um sich mit einem tiefen Seufzer auf dem Sofa auszubreiten. Als Jack die Tür wieder ins Schloss warf, zuckte ich unwillkürlich zusammen. Er schien es nicht zu bemerken.

„Euch eingerechnet sind es sechshundertdrei. Außerdem gehören ein Polizist, der seinen Job sehr ernst nimmt, ein dauerhaft betrunkener Jogger, die älteste Frau des Landes und ein aggressiver Schwan dazu. Um Letzteren würde ich euch empfehlen einen großen Bogen zu machen. Stimmt's, Duke?"

Das Untier verbarg seinen Kopf zwischen zwei Kissen, als hätte es jedes Wort verstanden. Ich linste zur Tür hinüber.

„Außerdem wohnen hier ein selbst ernannter Sheriff, der für Recht und Ordnung sorgt und gerne mal mit dem Polizisten aneinandergerät ...", fuhr Jack redselig mit seiner Aufzählung fort und lehnte sich lässig an den Türrahmen, „... ein ganz besonders hilfsbereiter Mensch namens Robert und zwei ältere Ladys namens Betty und June, die jeden Privatdetektiven vor Neid erblassen lassen würden. Wenn ihr irgendetwas wissen wollt, egal was, dann wendet euch an die beiden. Die wissen mehr über die Leute als die Leute selbst über sich."

Nolan atmete lautstark Luft aus. Er schien unsicher, ob Jack scherzte oder es ernst meinte, doch dieser blickte nicht drein, als würde er sich das alles gerade erst zusammenreimen.

„Klingt wie eine schräge Serie", merkte Nolan Nase rümpfend an.

„Oh, glaub mir ...", Jack nickte bedächtig, „... es ist besser als das. Setzt euch doch." Er deutete auf die kleine Sitzecke, die aus einem Holztisch und vier schlichten weißen Stühlen mit Holzgestell bestanden. Selbst die getöpferte Obstschale darauf sah aus, als hätte Jack sie selbst gemacht. Angeber ...

„Oh, wir haben nicht wirklich viel Zeit", schlug ich sein Angebot aus.

„Ich will den Hund streicheln!" Codey streckte seine Hände aus, ließ seine Finger kreisen und begann bereits in der Luft mit dem Kraulen.

„Oh, ich weiß nicht, Codey. Lieber nicht." Ich warf dem Hund einen kurzen Blick zu und schüttelte den Kopf. Ausgestreckt nahm er fast die ganze Couch ein. Er war mir einfach nicht geheuer. „Ich bin mir nicht mal sicher, ob das wirklich ein Hund ist. Sieht eher aus wie eine mutierte Kreuzung aus Eisbär und Pony."

Jack lachte. „Duke ist eine Mischung aus Dobermann, Kangal und Bernhardiner. Aber von der Größe her kann er sicher fast mit einem Shetlandpony mithalten." Er lächelte verständnisvoll. „Du kannst wirklich unbesorgt sein, Nami. Duke ist der liebste Hund der Welt."

„Um auf das Bett zurückzukommen ..." Ich räusperte mich und versperrte Codey mit meinen Beinen den Weg zu Duke, ohne Jack aus den Augen zu lassen. Mit einem Mal fühlte ich mich mehr als unwohl in seiner Gegenwart. Die verständnisvolle Heuchelei konnte doch nur aufgesetzt sein. So war ein Jack Montgomery nicht.

„Ich kann auch einfach eins kaufen", sagte ich. „Ich muss sowieso einiges besorgen, um das Haus auf Vordermann zu bringen. Da sind die Ausgaben für ein Bett wirklich das kleinere Übel." Mit einer schnellen Bewegung legte ich meine Hand auf Codeys Schulter und drehte ihn so um, dass er zur Tür blickte. „Also mach dir keinen Stress. Ich kümmere mich selbst darum. Ernsthaft."

Jack wirkte erstaunt. „Aber ich mache das gern. Wirklich. Mir macht das nichts aus", entgegnete er.

„Nein!" Ich schüttelte den Kopf und fuhr mir mit der flachen Hand über die Stirn. Verdammt. Ich schwitzte. „Nein, danke. Wir müssen jetzt los. Komm, Nolan."

Mit einigen wenigen weit ausholenden Schritten trat ich zur Tür und zog Codey, der lautstark protestierte, weil er unbedingt das Eisbär-Pony streicheln wollte, hinter mir her. Nolan folgte uns schlurfenden Schrittes und mit resigniertem Gesichtsausdruck.

Ich öffnete die Tür. Warme, frische Luft schlug mir entgegen. Ich atmete langsam ein und wieder aus. So tief, dass es beinahe wehtat. Fast war mir ein wenig schummrig zumute. Ich hielt mich am Türrahmen fest.

„Nami, alles in Ordnung?", erkundigte Jack sich leise. Seine Stimme war viel näher an meinem Ohr, als ich erwartet hatte. Ich fuhr zusammen. „Alles bestens", bemühte ich mich so gleichgültig wie möglich zu antworten. „Mir ist nur warm. Und ich möchte nach Hause."

„Du bist total blass." Jack legte mir eine Hand auf die Schulter. „Kann ich dir ein Glas Wasser anbieten?"

Seine Stimme war sanft, sein Blick verständnisvoll, ja fast schon besorgt. Plötzlich widerte diese Masche mich einfach nur noch an.

„Verdammt, Jack, ich wohne nebenan! Ich kann mir selbst ein Glas Wasser anbieten!", brach es aus mir heraus.

Jack zog die Hand von meiner Schulter, als hätte er sich verbrannt. Ich schob Nolan und Codey, die angesichts meiner Reaktion beide erstaunt dreinblickten, aus dem Haus.

„Geht schon mal vor", verlangte ich und sah ihnen schweigend dabei zu, wie sie nebeneinander Richtung Haus trotteten. Dann drehte ich mich betont langsam zu Jack um.

Er blickte verdutzt drein. „Ich wollte nur nett sein", sagte er rau.

„Nett?“ Ein unfrohes Lachen verließ meine Lippen. „Du und nett? Was spielst du da eigentlich für ein Spiel, Jack Montgomery?“ Meine Stimme war leise. Sie klang so gar nicht nach mir, sondern ganz schön bösartig.

„Ein Spiel? Ich verstehe nicht …“ Jack hob die Schultern und ließ sie mit verständnislosem Kopfschütteln wieder sinken.

„Du verstehst mich also nicht. Gut, dann habe ich eine Information für dich: Du … bist … nicht … nett! Du bist hinterhältig und zerstörerisch und anscheinend hast du keine Ahnung, was du …“, ich wollte mir sagen, besann mich aber schnell eines Besseren, „… allen hier angetan hast.“

„Das ist lange her, Nami.“ Jack blickte drein, als hätte ich ihm mit voller Wucht ins Gesicht geschlagen. „Vielleicht versuchen manche Menschen die Fehler ihrer Vergangenheit wieder gutzumachen, indem sie ganz einfach nur … gut sind? Schon mal daran gedacht?“

„Nein.“ Ich schüttelte heftig den Kopf. „Ich glaube nicht daran, dass Menschen sich ändern können.“

„Man kann sich ändern. Jeder kann sich ändern“, beharrte Jack. „Aber nicht, ohne sich ehrlich und emotional selbst zu reflektieren.“

„Menschen ändern sich nicht“, wiederholte ich. „Das können sie nicht. Es ist schlichtweg unmöglich. Und ausgerechnet du, Jack Montgomery, wirst mich nicht vom Gegenteil überzeugen können.“

Jack musterte mich einen Augenblick lang mit einem Ausdruck, der irgendwo zwischen tiefem Bedauern und aufkommendem Zorn zu liegen schien, dann wandte er den Blick ab und starrte auf meine Schuhe.

„Wenn das so ist, dann brauche ich wohl gar nichts mehr zu sagen …“, murmelte er, „… außer es tut mir sehr leid für dich, dass du so denkst. Dass du zu jemandem geworden bist, der glaubt, so denken zu müssen. Die Nami, die ich in Erinnerung habe, war nicht so engstirnig.“

Ich biss mir auf die Unterlippe. Als hätte er mich jemals gekannt! Als hätte er sich jemals die Mühe gemacht, mich kennenzulernen!

„Aber du kannst deinen Frust und deine Wut auf mich, die Welt und wen auch immer so viel an mir auslassen, wie du willst.“ Jack hob langsam den Blick und sah mir mit seinen strahlend blauen Augen nun fester und ernster denn je direkt in meine. „Das wird mich nicht daran hindern, einfach … gut zu sein. Und auch nicht daran, euch zu helfen.“

Sprachlos erwiderte ich seinen Blick. Ich hatte mit einigen Reaktionen gerechnet, aber nicht mit dieser. Er nickte mir zum Abschied knapp zu, trat zurück und schloss die Tür direkt vor meiner Nase.

Einen Moment lang blieb ich wie angewurzelt stehen. Hatte ich gerade Jack Montgomerys Gefühle verletzt? Jack Montgomery hatte Gefühle?

Es dauerte etwas, bis ich mich wieder gefangen hatte und Nolan und Codey zurück ins Haus folgen konnte. Eine merkwürdige Mischung aus Wut, Verwunderung und etwas, das ich nicht zuordnen konnte, erfüllte mich, als ich in die immer noch nach frischem Gebäck duftende Küche trat, und verfolgte mich den Rest des Tages über.

Am nächsten Morgen lag ein feiner Nebelvorhang über Rose Village. Winzige kleine Tröpfchen hingen in der Luft, und irgendwie schien der Nebel nicht nur die Sicht auf weit Entferntes, sondern auch das Gehör zu dämpfen. Rose Village war still an diesem Morgen.

„Bist du fertig mit dem Frühstück, Codey?", erkundigte ich mich, riss meinen Blick vom Fenster los und räumte seine Müslischüssel vom Tisch. „Schläft dein Onkel immer noch?"

Codey nickte und eilte die Treppen hinauf, wobei er extra fest auf die lauter knarzenden Stufen trat. Anscheinend genoss er das Geräusch. Ich erinnerte mich daran, dass ich es als Kind genauso gemacht hatte und musste schmunzeln. Die dritte, die siebte, die elfte und zwölfte Stufe knarzten am tollsten.

Ich hörte, wie oben die Tür geöffnet und wieder geschlossen wurde. In seinem Zimmer, das so kurz nach unserem Einzug noch nicht wirklich Gestalt angenommen hatte und nach wie vor wie das Bügelzimmer aussah, das es für Tante Claire gewesen war, gefiel es Codey so gut, dass er erstmalig stundenlang darin spielen konnte. Was in Salem City nie funktioniert hatte, war in Rose Village scheinbar überhaupt kein Problem mehr.

Doch was Codey so leichtzufallen schien, fiel mir umso schwerer. Obwohl mir voll und ganz bewusst war, dass ich die Eigentümerin dieses Hauses war, kam ich mir darin immer noch wie ein Gast vor. Ich hatte Tante Claires Brief gelesen, hatte das Testament vorgelesen bekommen, das Erbe angenommen. Es war mein Haus, mein Besitz, mein Zuhause.

Es war mir vertraut, jede einzelne verdammte Ecke darin war mir vertraut, und dennoch – es war so viel Zeit vergangen, seit ich von hier fortgegangen war. Und mich ließ das Gefühl partout nicht los, dass Tante Claire jederzeit durch die Tür treten und mich und die Jungs nach diesem kurzen Urlaub zurück nach Hause verabschieden würde.

Ob es sich jemals zu hundert Prozent richtig anfühlen würde, diese Haustür aufzuschließen? In diesem Bett zu schlafen? An diesem Tisch zu essen? Nichts wollte ich mehr, als Salem City und alles, was dazu gehörte, aus meinem Leben zu verbannen, hinter mir zu lassen. Und trotzdem war die Vorstellung nahezu surreal, von nun an für immer hierher statt dorthin zu gehören.

Gedankenverloren räumte ich das Müsli und die Milch zurück an ihre Plätze, wischte den Tisch mit einem feuchten Tuch ab, mit einem trockenen Geschirrtuch hinterher und blickte wieder hinaus in den Nebel, als es plötzlich vehement an meine Tür klopfte.

„Wer da?“, rief ich. Mein Herz begann instinktiv schneller zu schlagen.

„Mach auf! Ist schwer!“, drang es dumpf zu mir hervor.

Das konnte doch wohl nicht wahr sein … ungläubig hängte ich das Geschirrtuch an den Ofen, trat zur Tür und öffnete sie schwungvoll. Ohne abzuwarten trat Jack ein, gefolgt von Robert, den ich sofort erkannte, auch wenn er älter und sein Bauch größer geworden war. Mit einem massiven hölzernen Bettgestell inklusive Lattenrost machten sich die beiden nach einem kurzen Nicken und ohne weitere Erklärungen auf in Richtung Treppe.

Sprachlos sah ich ihnen dabei zu, wie sie das Bett unter sichtlicher Anstrengung hochtrugen. Erst als sie ganz oben angekommen waren und ich einen Überraschungslaut aus Codeys Mund hörte, fiel mir auf, dass die Haustür immer noch sperrangelweit offen stand. Schnell schloss ich sie und machte mich daran, ihnen zu folgen, während Codey den beiden Männern völlig entspannt dabei zusah, wie sie das Bett in Nolans Zimmer abstellten.

Der sah aus, als wäre er erst Sekundenbruchteile zuvor aufgewacht. Mit zu schmalen Schlitzen verengten Augen ließ er seinen Blick über Jack, Robert, Codey, mich und das Bett gleiten und richtete sich auf dem kleinen Sofa, auf dem er lag, gähnend auf. Er rieb sich die Augen, als wäre er unsicher, ob er ihnen trauen konnte.

„Eine Matratze fehlt noch", stellte Jack sachlich fest.

„Was ...", setzte Nolan an, unterbrach sich jedoch selbst und warf mir einen hilflosen Blick zu. „Nami?"

„Jack, ich sagte, ich kümmere mich um das neue Bett", ergriff ich das Wort.

„Und ich sagte, ich kümmere mich darum."

Jack und ich starrten einander einen Moment lang ernst an. Als Robert sich räusperte, wandten wir beide den Blick voneinander ab und richteten unsere Aufmerksamkeit auf ihn.

„Schön, dich wiederzusehen, Kleines", sagte Robert, zog sich die Kappe aus, wischte sich den Schweiß von der Stirn und strahlte mich an. Sein Haar war lichter geworden.

Dads Haar wäre jetzt sicher auch lichter ...

„Wie geht's dir, Robert?" Ich versuchte, die skurrile Tatsache, dass wir zu viert neben dem immer noch im Halbschlaf dasitzenden Nolan standen, beiseitezuschieben und erwiderte das Lächeln. „Das sind mein Sohn Codey und mein Bruder Nolan. Danke, dass du Jack geholfen hast, das abgelehnte Bett ...", ich warf Jack einen scharfen Blick zu, „... hochzutragen. Was machen deine Mädchen? Und deine Frau?"

„Oh ...", Robert setzte mit betretenem Blick seine Kappe wieder auf. Einen Moment lang nestelte er mit seinen dicklichen Fingern daran herum, und mir wurde sofort klar, dass ich etwas Falsches gesagt hatte.

„Weißt du, Kleines ...", fuhr er mit belegter Stimme fort, „... Dana ist im vergangenen Frühjahr gestorben. Nach langer, schwerer Krankheit." Er atmete wiederholt tief ein und wieder aus, dann lächelte er, als wäre nichts geschehen. „Eve hat geheiratet und im Februar einen gesunden Jungen auf die Welt gebracht. Dillan heißt er. Sie wohnen drüben in New Jersey. Haben da ein Häuschen gekauft mit Garten und Golden Retriever und allem Drum und Dran. Und Darla, unser helles Köpfchen, studiert in Yale. Sie hat nach wie vor nur ihre Noten und Bücher im Kopf. Ist nichts dran an ihr. Sage ihr ständig, sie soll mehr essen, aber ihr jungen Mädchen seid ja heutzutage fast alle solche Bohnenstangen."

„Das klingt toll", sagte ich mit einem Kloß im Hals.

Vor meinem inneren Auge sah ich Robert, Dana, Mum und Dad, wie sie im Sommer auf der Veranda saßen und gemeinsam Karten spielten und lachten, während wir Kinder Fangen spielten. Einen Wimpernschlag später war Robert nun der Einzige des Quartetts, der noch lebte. Und ich das einzige der vielen spielenden Kinder von damals, das sein Leben nicht im Griff hatte.

„Nami?" Nolan, der sich die Decke bis unter das Kinn gezogen hatte und leicht zusammengesunken auf der kleinen Couch saß, bedachte erst Jack und Robert, dann mich mit einem ungläubigen Blick. „Danke für das Bett und so ... echt ... aber können die ganzen Leute vielleicht jetzt aus meinem Zimmer verschwinden?"

„Oh ... natürlich." Ich nickte. „Du hast vollkommen recht. Wir gehen runter in die Küche."

„Ich verschwinde, ihr Lieben. Habe sowieso noch eine Menge zu tun." Robert winkte lächelnd in die Runde, die freie Hand auf seinem ausufernden Bauch ruhend. „Macht's gut."

„Mach's gut, Robert", sagte ich, und er drückte mir einen Kuss auf die Wange.

„Also, ich habe noch Zeit für eine Tasse Kaffee", merkte Jack an.

„Natürlich hast du das." Ich verdrehte die Augen, nahm Codey auf den Arm, ließ Jack vor mir aus dem Zimmer gehen und zog die Tür hinter mir zu.

„Im Keller müsste noch mindestens eine Matratze sein. Claire hat so gut wie nie etwas weggeworfen", merkte Jack an.

„Was?" Ich zog die Nase kraus. Es missfiel mir, dass er meine Tante offensichtlich besser gekannt hatte als ich.

„Ja, der Keller ist riesig." Jack bemerkte mein Unbehagen nicht. „Ich kenne dieses Haus in– und auswendig."

„Ach ja?"

„Ja. Eine Weile lang habe ich hier quasi gewohnt. Mit achtzehn, neunzehn muss das gewesen sein. Claire hat mir das damals sozusagen aufgezwungen, ich hatte gar keine Wahl." Ein kurzes Lächeln huschte über sein Gesicht. „Sie hat gespürt, wenn es jemandem nicht gutging. Claire hat mir Essen angeboten, mich mit zum Friseur genommen …"

„Das hat sie nie erwähnt", merkte ich skeptisch an.

„Weil sie es mir versprochen hat", sagte er schlicht.

„Ja, kann sein. Keine Ahnung. Trotzdem, ernsthaft, Jack … was tust du da eigentlich?"

Jack runzelte die Stirn. „Ich verstehe die Frage nicht. Ein Bett rüberbringen, an dem ich die ganze Nacht gearbeitet habe."

„Das sehe ich!", setzte ich an, als wir am Fuß der Treppe ankamen. „Ich meine …"

„Fichte. Das Bett besteht aus Fichtenholz. Riecht wie ein frisch gefällter Tannenbaum", unterbrach Jack mich, und sein Blick glitt einen Moment lang durch mich hindurch, als würde er plötzlich träumen.

Fast war es sympathisch, wie schwärmerisch er über den Geruch des Holzes sprach. Fast. Denn er war nach wie vor Jack Montgomery. Ich musste an mich halten, ernst zu bleiben.

„Ich meine …", wiederholte ich so distanziert wie möglich und setzte Codey ab, der hüpfend Richtung Couch verschwand. „Was tust du?"

„Gut sein", antwortete Jack bedächtig, und es klang fast so, als würde er mich mit seinen Worten aufziehen wollen. „Einfach nur gut sein."

Kapitel 5

Annäherungsversuche

„Mach's gut! Viel Spaß! Ich hole dich dann um …"

„Ich weiß, Nami!" Nolan warf sich seinen Rucksack über die linke Schulter und verdrehte die Augen. „Kannst du nicht einfach … fahren? So wie alle anderen auch? Ich weiß, du bist schon dreißig und hast keine Ahnung davon, aber heutzutage nennt man das, was du da tust, peinlich." Mit diesen Worten schlug er die Tür des klapprigen Minivans zu, schüttelte noch einmal den Kopf und marschierte Richtung Schule.

Unwillkürlich erinnerte ich mich an seine Einschulung. Ich hatte mir einen Tag dafür freigenommen und eine Torte in Auftrag geben lassen. Seine Wangen waren vor Aufregung ganz rot, seine Augen von einem fast fiebrigen Glanz erfüllt gewesen. Er hatte meine und Moms Hand so fest gehalten, dass es fast wehgetan hatte. Und nun, einen gefühlten Atemzug später, war ich peinlich, weil ich mich von ihm verabschiedet hatte. So schnell konnte es gehen.

Als aus dem Auto hinter mir ein ungeduldiges Hupen erklang, gab ich mir Mühe, mit meinem klapprigen Wagen und meinem peinlichen dreißigjährigen Ich vom Parkplatz zu verschwinden. Zum Glück war da noch Codey. Dem war ich nicht peinlich. Noch nicht. Entspannt saß er in seinem Kindersitz, ließ die Beine baumeln und malte mit dem angefeuchteten Zeigefinger Kreise auf die Fensterscheibe.

„Ich dachte ja nur, weil es sein erster Tag ist und so …“, rechtfertigte ich mich.

„Ja, okay.“ Codey erwiderte meinen Blick im Rückspiegel und nickte ernst, bevor er sich wieder der Fensterscheibe zuwandte.

Gutes Gespräch. Ich unterdrückte ein Aufseufzen. Als Nächstes stand ein Einkauf auf dem Programm. Zumindest, wenn ich es umgehen wollte, weiterhin von Tante Claires Trockenvorräten, Waffeln und Cupcakes zu leben und irgendwann ein Vitamindefizit davonzutragen.

Ich fuhr zurück nach Rose Village und steuerte den einzigen Supermarkt im ganzen Dorf an. Der Anblick des immer noch exakt gleich aussehenden, rot gestrichenen Gebäudes mit dem rostbraunen Dach weckte Erinnerungen. Vor meinem inneren Auge sah ich Maha und mich über den Parkplatz schlendern, jede mit einer Dose Cola in der Hand und dem Gefühl, unheimlich erwachsen zu sein. Ich musste schmunzeln. Wenn wir damals gewusst hätten, was es wirklich bedeutet, erwachsen zu sein – vielleicht hätten wir uns nicht so sehr danach gesehnt. Sicher hatte sich unser jüngeres Ich ein anderes Leben vorgestellt. Maha, die mit ihrer kranken Mutter immer noch allein in ihrem Elternhaus lebte, obwohl es einst ihr innigster Traum gewesen war, in Chicago Medizin zu studieren und dort in einer Notaufnahme zu arbeiten. Und ich, eine mittelmäßige Autorin, verwaist, einer unschönen Ehe entflohen, mit einem Kleinkind und einem Halbstarken an der Seite, buk wie eine Wahnsinnige und lebte im Haus meiner verstorbenen Tante.

Ich schüttelte die tristen Gedanken ab, parkte, stellte den Motor ab und drehte mich zu Codey um. Der Minivan gab ein Geräusch von sich, als würde er erschöpft aufstöhnen. Wer konnte es ihm verdenken?

„Wollen wir beide ein wenig einkaufen gehen?", fragte ich betont fröhlich.

„Können wir Cracker kaufen?" Codey steckte sich die Spitze seines Zeigefingers in den Mund, lutschte kurz daran und malte einen weiteren Kreis auf die Fensterscheibe.

„Klar können wir Cracker kaufen." Ich nickte. „Und Obst und Gemüse und Brot ..."

Hand in Hand steuerten wir auf den Eingang des Supermarktes zu. Es dauerte exakt so lange, bis ich einen Einkaufswagen geholt und die ersten drei Teile hineingelegt hatte, bis mich jemand erkannte.

„Nami! Bist du das wirklich?", ertönte eine männliche Stimme, und ich musterte den Mann fragend, der gerade im Begriff war, an mir vorbeizugehen, bevor er wie zu Eis erstarrt stehen blieb. „Wow! Robert hat erzählt, dass du zurück bist. Du hast dich ganz schön verändert. Habe dich nur an deinem Lächeln erkannt. Das sieht noch genauso aus wie damals."

„Jonas?" Ich lächelte zaghaft. In seinem Einkaufswagen saß ein kleines blondes Mädchen mit einer Packung Cornflakes und einem Teddybären im Arm.

„Ja, genau!" Er strahlte über das ganze rundliche, frisch rasierte Gesicht und tippte dem kleinen Mädchen auf die Schulter. „Sieh mal, Abby, das ist Nami. Sie war früher in Daddys Klasse und hat immer nur Einsen geschrieben. Das ist Abby, meine Tochter. Sag Hallo, Abby!"

Abby nuschelte ein schüchternes Hallo Richtung Boden und hielt sich ihren Teddybären vor das Gesicht.

„Ich bin Codey!", stellte Codey sich selbst alles andere als schüchtern vor.

„Freut mich, Codey." Jonas nickte, immer noch lächelnd, während eine unangenehme Stille eintrat.

„Ihr kommt aus der Stadt, was?", setzte er dann langsam hinzu.

Ich nickte.

„Ja. Hab' ich mir gedacht."

„Was hat uns verraten?"

„Na ja ...", Jonas zuckte die Achseln, „... ihr seht wie Stadtmenschen aus."

Ich blickte an mir herab. Ich trug ein graues langärmliges Kleid aus fließendem Jersey, dazu Sneakers (eines von zwei Paar Schuhen, die ich mit eingepackt hatte) und einen unordentlich gedrehten Dutt auf dem Kopf.

„Du siehst gut aus", merkte Jonas an. „Richtig gut. Hätte man früher nicht gedacht, dass du mal ..." Er unterbrach sich selbst, errötete leicht und fuhr sich mit der Hand durch das feine hellblonde Haar. „Also ich wollte damit nicht sagen, dass du ... also du siehst einfach ... du hast dich einfach verändert."

„Ja." Ich nickte, lächelte höflich und verkniff mir den Kommentar, dass Dreißigjährige selten noch genauso aussehen wie mit sechzehn. Wäre das der Fall, hätte Jonas nämlich auch kein Doppelkinn und würde sein Haar immer noch lang, schwarz gefärbt und mit viel Haargel vor dem rechten Auge drapiert tragen.

„Wir müssen jetzt leider weiter", beeilte ich mich zu sagen, bevor es zu weiteren Peinlichkeiten kam, und deutete auf den vor uns liegenden Gang. „Hat mich gefreut, dich wiederzusehen."

Jonas sah aus, als wäre er mindestens ebenso froh wie ich, die Unterhaltung beenden zu können. Er grinste noch einmal schräg, immer noch mit leicht geröteten Wangen, nahm die Hand seiner Tochter, um uns zum Abschied zuzuwinken und verschwand dann zwischen Konservendosen und abgepackten Backwaren.

Codey und ich tauschten einen Blick miteinander. Kurz war ich der Meinung, er fände die Situation ebenso schräg wie ich, dann verkündete er mit ernstem Gesichtsausdruck: „Nicht die Cracker vergessen!"

Eine gefühlte Ewigkeit, einen gut gefüllten Einkaufswagen und glücklicherweise keine weiteren Menschen, die mich erkannten – was womöglich daran lag, dass ich jeglichen Blickkontakt partout vermied – später verfrachtete ich Codey in seinen Kindersitz und schnallte ihn an. Mit einem XXL-Paket Cracker in der Hand wirkte er zufriedener denn je.

Mit dem Kofferraum voller Einkäufe setzte ich zurück und fuhr im Schritttempo auf das Ende des Parkplatzes zu. Fast hatte ich diesen verlassen, als ein kleiner zartgrüner Wagen links von mir abrupt aus seiner Parklücke zurücksetzte.

Brems!, schrie ich innerlich und hielt unwillkürlich die Luft an. Doch der kleine Wagen war zu schnell, ich zu langsam. Im nächsten Moment gab es einen Ruck und das laute, knirschende Geräusch von Metall, das gegeneinander donnerte, erfüllte die Luft.

Einen Moment lang war es ganz still, so als würde die Erde für den Bruchteil einer Sekunde aufhören sich zu drehen. Dann begann Codey zu weinen.

„Alles gut, Baby!“ Ich drehte mich zu ihm um und zwang mich zu einem beruhigenden Lächeln. „Nichts passiert.“

Codey ließ die aufgerissene Verpackung Cracker los und alles purzelte in den Fußraum, während er rot anlief und tränenlos schluchzte. Eilig schnallte ich mich ab, lehnte mich nach hinten und holte ihn zu mir nach vorn, um dann gemeinsam mit ihm auszusteigen. Die Fahrerin des anderen Wagens, eine adrett gekleidete Frau mittleren Alters, die nicht so aussah, als würde sie in Rose Village wohnen, war bereits ausgestiegen und besah sich das Heck ihres Wagens. Beide Scheinwerfer waren zersplittert und ein schmaler, länglicher Kratzer erstreckte sich über den gesamten Kofferraum.

„Ist bei Ihnen alles noch dran?“, erkundigte sie sich spitz und klang dabei fast, als wäre es meine Schuld, dass wir nun hier standen.

„Ich denke schon.“ Ich strich über Codeys Rücken, der seine Ärmchen um meinen Hals geschlungen hatte und immer noch leise vor sich hin wimmerte. „Er hat sich bloß ziemlich erschrocken.“

„Aha.“ Die Frau musterte Codey irritiert, so als würde sie ihn gerade erst bemerken, dann wandte sie sich wieder ihrem auf Hochglanz polierten Wagen zu. „Und Ihr Auto?“

„Oh ...“ Ich warf einen Blick auf den Minivan. „Eine Schramme mehr oder weniger macht da nicht wirklich einen Unterschied.“

„Ja. Das sehe ich. Hach, also dafür habe ich nun wirklich gerade keine Zeit“, stöhnte die Frau, die mir immer unsympathischer wurde, und seufzte theatralisch, während die anderen Autos, die den Parkplatz verlassen wollten, im Schneckentempo an uns vorbeifuhren. Die neugierigen Blicke blieben mir nicht verborgen.

„Also … rufen Sie die Polizei oder soll ich?"

„Bitte … was?" Ich runzelte die Stirn. „Wozu denn die Polizei?"

„Nun, es gab einen Unfall, und ich kenne Sie nicht. Ich werde mich auch zu keiner Schuld bekennen, solange mein Anwalt nicht informiert ist."

Mir wurde heiß und kalt zugleich. War auch gerade noch der Ärger über die ungeduldige Unfallverursacherin groß, so wurde mir plötzlich bewusst, dass die polizeiliche Meldung dieses kleinen Unfalls Travis auf meine Fährte führen könnte. Der Minivan gehörte mir, doch die Versicherungen für all unsere drei Wagen liefen auf ihn. Mein Herz begann unwillkürlich schneller zu schlagen. Ich hatte nie mit ihm über Rose Village gesprochen – damals, weil ich meine Vergangenheit hinter mir lassen wollte, und nun war ich froh, es nie getan zu haben. Sollte die Unachtsamkeit einer Fremden nun alles auffliegen lassen?

„Ich gebe Ihnen Geld", platzte es aus mir heraus.

Die Frau öffnete den Mund, um etwas zu entgegnen, schloss ihn aber sofort wieder. Offenbar hatte sie damit nicht gerechnet.

Ich zog die zusammengerollten Scheine aus der Tasche meines Kleides, die ich beim Einkauf nicht ausgegeben hatte. Ein Bruchteil des Geldes, das ich mitgenommen hatte, als ich aus Salem City geflohen war. Jahrelang hatte ich nicht verstanden, weshalb Travis so viel Bargeld im Haus aufbewahrte, anstatt es auf das Konto zu überweisen. Schlussendlich hatte ich beherzt zugegriffen, nicht wissend, wann ich wieder in der Lage sein würde, selbst Geld zu verdienen, um unseren Lebensunterhalt zu bestreiten.

„Sie … bieten mir Geld an, weil ich in Ihren Wagen gefahren bin?", wiederholte die Frau nun gänzlich fassungslos. Dass sie die Schuldfrage nicht beantworten wollte, bis ihr Anwalt informiert wäre, hatte sie offenbar vergessen.

Ich nickte ernst.

„Es sind nur etwa hundertfünfzig Dollar", setzte ich an. „Aber das ist gerade alles, was …"

„Können die Damen Hilfe gebrauchen?", unterbrach mich eine raue Stimme.

Was zum … fassungslos sah ich dabei zu, wie Jack Montgomery in unserer Mitte erschien. Fachmännisch begab er sich in die Hocke, nahm bei dem zartgrünen Kleinwagen Augenmaß und inspizierte meinen ohnehin schon völlig verbeulten und munter vor sich hin rostenden Minivan.

„Oh, Mr Montgomery", freute die Unfallverursacherin sich.

„Stets zu Ihren Diensten." Jack schenkte ihr sein strahlendstes Lächeln. „Mal wieder auf der Durchreise?"

„Ja, ich habe Mary–Ann besucht, und dann fiel mir auf dem Rückweg ein, dass ich keine Sahne mehr daheim habe. Dabei möchte ich heute Abend Lammragout zubereiten. Und was ist ein anständiges Lammragout schon ohne einen Spritzer Sahne?"

„Kaum genießbar", stimmte Jack ihr ernst zu, als wäre die Vorstellung, Lammragout ohne diesen bestimmten Spritzer Sahne zuzubereiten, absolut verrückt.

„Ganz genau." Die Frau nickte bekräftigend. „Aber dann tauchte diese junge Dame hier auf …", sie deutete in meine Richtung, „… und unsere Wagen kollidierten miteinander …"

„Ach, das kann ich mit zwei, drei Handgriffen richten, kein Problem", erklärte Jack selbstbewusst. „Das ist nur ein Lackschaden. Und die Scheinwerfer habe ich ruck-zuck ausgetauscht. Dafür brauchen Sie nun wirklich nicht das ganze Prozedere mit Polizei, Versicherung und und und anzuleiern. Viel zu aufwändig."

„Na, wenn Sie das sagen", antwortete die Frau zögerlich.

Zum ersten Mal seit ein paar Minuten hatte ich das Gefühl, wieder atmen zu können. Nun war ich mir fast sicher, dass ihre Entscheidung, die Polizei zu rufen, sich erübrigt hatte.

„Fahren Sie gleich einfach mit zu mir, dann kümmere ich mich sofort darum", bot Jack an und wischte damit ganz offensichtlich ihre restlichen Zweifel beiseite. Dann wandte er sich mir zu und streckte eine Hand nach mir aus, mit der er beinahe meine Schulter streifte. „Und bei dir alles gut?" Fast konnte man meinen, er war besorgt.

Ich nickte und trat einen kleinen Schritt zurück. „Wir haben uns nur erschreckt", sagte ich leise über Codeys Lockenkopf hinweg. Warum zitterte meine Stimme bloß so?

„Okay, gut." Jack fuhr sich mit der Hand durch die langen dunklen Haare. „Dann sieh zu, dass ihr beide sicher nach Hause kommt. Wir sehen uns, Nami."

„Okay. Danke", murmelte ich mit einem Kloß im Hals.

Nur gegen Codeys Willen gelang es mir, seine kleinen Ärmchen von meinem Hals zu lösen und ihn in seinem Kindersitz anzuschnallen. Der Schreck saß ihm immer noch tief in den Gliedern.

Auf der Rückfahrt wollte Jack mir partout nicht aus dem Kopf gehen. Wurde es jetzt etwa zur Gewohnheit, dass er mir aus der Patsche half? Der Gedanke ließ mich erschaudern. Nein, eine Nami Sawyer brauchte niemanden, der ihr ständig unter die Arme griff. Denn Nami Sawyer hatte beschlossen, ihr Leben selbst in die Hand zu nehmen.

Eine Woche nach unserem Einzug klopfte es am späten Freitagabend an die Haustür. Gerade noch müde und angenehm warm mit Codey unter eine Decke gekuschelt, sprang ich sofort auf und trat wie immer zuerst ans Fenster, um einen Blick auf den späten Besucher zu werfen. Ich hatte mir Mahas Gesellschaft gewünscht, aber insgeheim mit Jack gerechnet – und Letzterer war es tatsächlich. Was wollte er denn nun wieder? Mit einem Aufseufzen öffnete ich die Tür.

Auffallend lässig stand er auf der Veranda, den Ellenbogen auf das Geländer gestützt, eine der beiden dunklen Augenbrauen leicht in die Höhe gezogen.

„Kann es sein, dass du mir aus dem Weg gehst?", fragte er ohne jegliche Begrüßung.

„Wie bitte? Wie kommst du denn darauf?", entgegnete ich kühl.

„Höre ich da Sarkasmus?" Jack tat entsetzt.

„Vielleicht." Ich hob leicht die Schultern.

Jacks Lippen kräuselten sich. „Flirtest du etwa mit mir?", fragte er rau.

„Was? Nein!“, entgegnete ich erschrocken und verschränkte die Arme vor der Brust. „Ich flirte nicht. Mit überhaupt niemandem. Und mit dir erst recht nicht.“

„Das ist bedauerlich.“

„Nur die Wahrheit.“ Ich schob das Kinn vor. „Was willst du hier, Jack? Es ist spät. Die Jungs und ich sehen uns einen Film an.“

Das stimmte nicht ganz. Codey und ich sahen uns einen Film an, während Nolan mies gelaunt mit seinem Handy auf dem Sessel lag und sich bemühte, uns zu ignorieren, nachdem ich ihn zu einem Familien–Filmeabend verdonnert hatte.

„Ich war gerade mit Duke draußen, und da ist mir aufgefallen, dass dir zwei, drei Dachziegel fehlen“, erklärte Jack mit Blick nach oben. „Wahrscheinlich bei dem Sturm passiert, der hier vor einem Monat gewütet hat. Da ist einiges kaputtgegangen. Ich werde das morgen reparieren.“

„Macht so was nicht besser ein Dachdecker?“, zweifelte ich an.

„Mit ein wenig handwerklichem Geschick ist das schnell erledigt“, wiegelte Jack ab. „Und Dachdecker sind teuer.“

Ich schluckte.

„Was nicht heißen soll, dass ich glaube, dass du kein Geld hast.“ Jack hob abwehrend die Hände. „Ich denke nur, dass es unnötig ist, einen Dachdecker zu bezahlen, wenn man einen handwerklich begabten Freund hat.“

„Nachbarn“, korrigierte ich.

„Wenn die Dame darauf besteht ...“ Jack deutete eine kleine Verneigung an. Idiot! „Also sehen wir uns morgen. Ich bringe alles Nötige mit. Bei der Gelegenheit sehe ich mir dann auch den Rest des Hauses an. Claire hat es gehegt und gepflegt, aber alt ist es dennoch. Und Häuser mit einer langen Geschichte brauchen ab und an ein wenig mehr als nur Liebe und Pflege."

Sprachlos erwiderte ich seinen Blick. Er sah mich noch einen Moment lang an, dann nickte er knapp. „Dann bis morgen. Schlaf gut", sagte er, wandte sich von mir ab und machte sich auf den Weg zu seinem Haus, vor dem Duke bereits saß und in der Abenddämmerung auf ihn wartete. Kopfschüttelnd sah ich ihm nach.

Der nächste Tag brach an und wie versprochen erschien Jack bereits, während Codey und ich noch am Frühstückstisch saßen, in voller Arbeitsmontur bei uns. In dem dunkelblauen Overall sah er aus, als wäre er der Titelseite eines Katalogs für Arbeitskleidung entsprungen. Immer noch unsicher angesichts seiner offensichtlichen 180–Grad–Drehung, ließ ich ihn ein und bot ihm eine Tasse Kaffee an.

Jack setzte sich zu Codey an den Tisch. „Du bist aber schon früh wach", stellte er freundlich fest.

„Ja, wie mein Daddy", plapperte Codey. „Der arbeitet immer die ganze ...", er zog das A in die Länge wie Kaugummi und breitete die Arme aus, „... Nacht."

„Oh, wow", tat Jack erstaunt und bedachte mich mit einem kurzen Blick, als ich ihm den Kaffee reichte. Seine Hände waren überraschend warm.

„Codeys Vater ist Polizist", erklärte ich, ohne Jack in die Augen zu sehen und setzte mich wieder auf meinen Platz, wo meine halb aufgegessene Scheibe Brot mit Marmelade lag. Der Appetit war mir vergangen.

„Er erschießt böse Leute", begehrte Codey munter auf, formte mit den Händen eine Waffe und richtete sie auf Jack. „Peng peng peng!"

Jack tat erschrocken und nahm die Hände hoch. „Bitte nicht schießen, ich gehöre zu den Guten!", flehte er mit verstellter Stimme.

„Codey, lass das", bat ich sanft.

„Okay." Codey zuckte mit den Schultern, ließ seine imaginäre Waffe sinken und steckte sich den letzten Rest seines Frühstückstoasts mit Erdnussbutter und Marmelade auf einmal in den Mund.

„Danke für den Kaffee." Jack stellte seine Tasse auf dem Tisch ab und erhob sich. „Ich werde mich mal umsehen, wenn du nichts dagegen hast. Um zu überprüfen, wie viel hier gemacht werden muss."

„Ja. Ähm ... klar", antwortete ich schnell. Wieso fühlte sich das so unangenehm an? Schwungvoll stand ich ebenfalls auf und räumte meinen und Codeys Teller vom Tisch.

„Wo ist dein Hund?", fragte Codey.

„Duke ist zu Hause. Er schläft tief und fest", antwortete Jack, während er zuerst die Küche in Augenschein nahm.

„Kannst du ihn mitbringen, wenn du das nächste Mal zu uns kommst?", fuhr Codey fröhlich fort und folgte Jack in den Flur.

„Wenn deine Mutter nichts dagegen hat ...", antwortete Jack.

„Und wie ich etwas dagegen habe", sagte ich schnell, ehe Codey sich darauf versteifte, und sah vor meinem inneren Auge die hellen langen Haare des Ungetüms schon überall an den Wänden, auf dem Sofa und im

Bett kleben. Angewidert schüttelte ich mich. Jacks schwere und Codeys hüpfende kleine Schritte ließen die Treppenstufen knarzen. Offenbar hatte Jack in Codey einen Schatten gefunden, der ihm nun durch das gesamte Haus folgen würde.

Nachdem ich das Geschirr gespült und den Tisch abgewaschen hatte, erschienen die beiden wieder in der Küche. Codey hatte einen Zollstock in der einen, einen kleinen roten Schraubenzieher in der anderen Hand und ein seliges Lächeln im Gesicht.

„Jack hat gesagt, ich darf das behalten!", verkündete er laut. „Er ist voll cool!"

„Jack ist vor allem Frühaufsteher", grummelte eine raue Stimme hinter den beiden, und Nolan erschien im Türrahmen. Seine dunklen Haare standen zu Berge und er sah todmüde aus. „Hat denn hier niemand einen normalen Schlafrhythmus?"

„Ach komm schon, es ist fast sieben Uhr", zog ich ihn auf, wohl wissend, dass für Nolan der Samstag unter normalen Umständen selten vor Codeys und meinem Mittagessen begann.

„Ich habe mir erlaubt, die Rollladen in seinem Zimmer hochzuziehen", sagte Jack belustigt. „Um den Raum nach Schäden oder Mängeln abzusuchen."

„Und? Welche gefunden?", erkundigte ich mich besorgt.

„Nichts Besorgniserregendes", beruhigte Jack mich, setzte sich wieder an den Tisch und nahm einen großen Schluck seines Kaffees. Der musste inzwischen Zimmertemperatur haben, was ihn jedoch nicht weiter zu stören schien. „Hier und da eine Kleinigkeit. Im Badezimmer würde ich den Abfluss reparieren und den

Wasserhahn vom Waschbecken austauschen. Der ist undicht, was du sicher schon bemerkt hast."

Ich nickte langsam.

„In Nolans Zimmer muss das alte Laminat raus und neues verlegt werden, und wenn du möchtest, würde ich noch die Türen lackieren", fuhr Jack fort und leerte seine Tasse. „Okay?" Er erhob sich, stellte sie ins Waschbecken und musterte mich fragend.

„Nein, das ... ich kann das nicht annehmen, Jack."

„Und wieso nicht?"

„Weil es zu viel ist", sagte ich kopfschüttelnd. „Es ist so viel und ... und ich weiß nicht, wann ich dir etwas dafür geben kann."

Instinktiv linste ich in Richtung Regal, in welchem Tante Claires Römertopf stand. Statt damit köstliche Ofengerichte zu produzieren, hatte ich das Geld, das ich aus Salem City hatte mitgehen lassen, dort versteckt. Jack versenkte die Hände in den Hosentaschen seiner Arbeitshose.

„Ich will von dir nichts dafür haben, Nami", sagte er ruhig. „Aber ihn könnte ich gebrauchen."

„Nolan?", fragte ich erstaunt.

Nolan, der sich gerade Cornflakes in eine Schüssel schüttete, hielt mit überrumpeltem Gesichtsausdruck inne.

„Ich trainiere die Kinder–Fußballmannschaft von Rose Village", erklärte Jack, und eine Spur Stolz schwang in seiner Stimme mit. „Vielleicht auch interessant für Codey, falls er sich für Fußball interessiert."

Codey nickte begeistert, aber offensichtlich fand er Jack so toll, dass er auch genickt hätte, wenn er sich beim Pokerspielen, Bingo oder traditionellem Ausdruckstanz engagieren würde.

„Jedenfalls ...", fuhr Jack fort, „... ich suche schon seit einer ganzen Weile einen Junior–Coach."

„Einen Junior–Coach?", wiederholte Nolan, als würde er ihn auf den Arm nehmen wollen.

„Richtig." Jack nickte. „Ich habe dich nun schon mehrfach mit einem Fußball gesehen, und hier spielen fast alle Jugendlichen nur Football oder Baseball. Die Auswahl hier ist also nicht sonderlich groß." Jack lächelte erst mich, dann Nolan an. „Du kannst morgen anfangen. Wir treffen uns um elf Uhr vor dem Haus, dann nehme ich dich mit und zeige dir alles." Er wandte sich mir zu. „Ich hole dann alles aus dem Wagen und gehe aufs Dach."

„Und mich fragt keiner?", entrüstete sich Nolan, als Jack das Haus verließ.

„Du magst doch Fußball", sagte ich.

„Ja. Aber ich möchte kein Junior–Coach sein." Nolan rümpfte die Nase. „Vor allem nicht in Rose Village."

„Sag das nicht so, als wäre es eine ansteckende Krankheit", bat ich.

„Rose Village ist eine ansteckende Krankheit", entgegnete Nolan trocken und wandte sich wieder seinen Cornflakes zu.

Jack klopfte an das Küchenfenster, und ich zuckte unwillkürlich zusammen. Betont unbedarft dreinblickend öffnete ich es.

„Ich wollte dir nur sagen, dass ihr euch um Duke kümmern müsst, falls ich von eurem Dach stürze und mir den Hals breche", scherzte er und zwinkerte mir zu.

Ich verdrehte die Augen. „Den verkaufe ich an einen Zoo.“

Jack lachte, dann blickte er plötzlich ernst drein. „Ich fange dann mal an“, sagte er mit gesenkter Stimme und blickte an mir vorbei Richtung Römertopf. „Und Nami ... tu dir selbst einen Gefallen und versteck das Geld an einem anderen Ort.“

„Aber woher weißt du ...“

„Der Apfel fällt nicht weit vom Stamm“, antwortete Jack entspannt. „Claire hat ihr Erspartes – ob du mir nun glaubst oder nicht – exakt an derselben Stelle aufbewahrt. Ich sah es, als sie einmal darauf bestand, mir Trinkgeld wegen einer kleineren Reparatur zu geben. Und ich sagte ihr dasselbe wie dir: Es muss nur jemand zum falschen Zeitpunkt am Haus vorbeigehen und durch das Fenster sehen – und schon ist dein Geheimnis keins mehr.“ Er sah mich so durchdringend an, dass ich den Blick abwenden musste.

Sprach er noch vom Geld? Es musste so sein. Mein Geheimnis konnte er nicht kennen. Dann wäre er nicht so nett zu mir.

„Ich wusste nicht, dass Tante Claire Erspartes hatte“, gab ich zu. „Auf ihrem Konto war nicht viel.“

Kaum hatte ich es ausgesprochen, da schämte ich mich schon dafür, nachgesehen zu haben. Sie hatte mir offiziell nur das Haus vermacht – mit allem, was sich darin befand. Und da ich die einzige noch lebende Verwandte war, stand mir laut Testament auch ihr Konto zu.

Jack blickte geheimnisvoll drein. „Wer weiß ... vielleicht findest du ihr letztes Versteck.“

Damit verschwand er und machte sich daran, das Dach zu reparieren. Im Laufe des Tages kümmerte er sich mit auffallend guter Laune um das alte Haus, aß mit Codey Butterkuchen auf der Veranda und leerte abends, als er vorerst fertig war, in einem Zug ein großes Glas Leitungswasser.

„Und? Schon eingelebt in unserem schönen Dorf?", fragte er Nolan, der in Ermangelung eines eigenen Schreibtischs seine Hausaufgaben am Esstisch erledigte.

Nolan zuckte die Schultern. „Gibt ja nicht viel hier", murmelte er, ohne Jack anzusehen.

„Er ist nicht immer so", flüsterte ich.

„Alles gut. Ich war auch mal ein Teenager." Jack stellte sein leeres Glas in die Spüle und grinste. „Falls du dich erinnerst."

„Oh, wie könnte ich das vergessen", entgegnete ich trocken und verdrehte die Augen.

Jack grinste.

„Ein Fitnessstudio gibt es hier nicht, richtig?", fragte Nolan, den Blick nach wie vor auf seine Unterlagen gerichtet.

„Nope." Jack schüttelte den Kopf. „Aber einen Pizzaservice in der nächsten Stadt, der bis hierher liefert."

„Wow. Ist ja fast dasselbe", brummte Nolan.

„Die haben Pizza mit Käserand!", sagte Jack schwärmerisch.

Käserand! Unwillkürlich krampfte mein Magen sich zusammen. Plötzlich war ich hungrig.

„Können wir Pizza bestellen, Mommy?", fragte Codey. „Mit Jack?"

Ich seufzte. „Klingt nach einer guten Idee, oder?"

„Ich bin dabei!", antwortete Jack sofort.

„Gut." Ich nickte. „Nolan?"

„Hab' keinen Hunger." Geräuschvoll legte er all seine Schulsachen übereinander und verstaute sie in seinem Rucksack. „Bin fertig. Ich geh' wieder hoch."

„Ich bestelle ihm trotzdem eine mit", sagte Jack, nachdem Nolan seinen Rucksack geschultert und in der oberen Etage verschwunden war. „Er kann sie ja alleine in seinem Zimmer essen."

„Klar. Er mag Spinatpizza." Ich nickte und sah ihm dabei zu, wie er sein Handy zückte, um den Pizzaservice anzurufen. Und mir wurde klar, dass Jack, hätte ich ihn unter anderen Umständen und erst jetzt kennengelernt, mir durchaus gefallen hätte. Er sah gut aus, war humorvoll, handwerklich begabt und konnte wirklich toll mit Kindern umgehen. Jeden anderen hätte ich mit diesen Eigenschaften wahrscheinlich für einen absoluten Traummann gehalten.

Jack hatte nicht übertrieben, als er mit diesem ganz bestimmten schwärmerischen Unterton in der Stimme Pizza mit Käserand gesagt hatte. Genüsslich biss ich in mein drittes Stück und ließ mir den heißen, flüssigen Käse im Mund zergehen. Die Pizza war so fettig, dass dicke Tropfen auf den Pappkarton fielen. Aber sie war jede einzelne Kalorie wert.

Es war schon verrückt: Vor exakt einer Woche hatte ich mich abends todmüde zum ersten Mal in Tante Claires Bett gelegt und war mit knurrendem Magen eingeschlafen. Und nun saß ich hier und aß Pizza mit Käserand. Mit Jack Montgomery.

Kapitel 6

Vergangenheit und Gegenwart

Ich stand vor dem neuen, mit feinen Kristallen umrahmten Ganzkörperspiegel im Schlafzimmer und sah dabei zu, wie sich das Sonnenlicht in den glitzernden Pailletten meines Kleides brach. Als Travis den Raum betrat, gab er ein anerkennendes Pfeifen von sich. In seinem besten Anzug trat er hinter mich und drückte mir einen Kuss auf die Wange. Er roch nach Aftershave, Seife und frisch gewaschener Kleidung. Ohne den Blick von meinem Spiegelbild abzuwenden, legte er mir eine Kette um den Hals und verschloss sie in meinem Nacken. Seine Finger waren kalt, und die bloße Berührung jagte mir einen Schauer über den gesamten Körper.

„Etwas Hübsches für meine Hübsche", hauchte er.

Begeistert berührte ich die Kette und trat etwas näher an den Spiegel, um sie ansehen zu können. An einem schmalen goldfarbenen Band baumelte ein filigraner Anhänger – ein Herz mit dem eingravierten Buchstaben T.

„Danke, Schatz, die ist wunderschön!" Ich wandte mich vom Spiegel ab und umarmte ihn.

„Du bist wunderschön." Travis küsste mich, drehte mich an der Schulter wieder so, dass ich zum Spiegel gerichtet stand und deutete auf unser Spiegelbild. „Sieh uns nur an. Ein Traumpaar, wie es im Buche steht, nicht wahr?"

Ich ließ meinen Blick über uns, über ihn gleiten. Das dunkle, leicht grau melierte Haar, die breiten Schultern, die Sanftmut ausstrahlenden braunen Augen. Und vor ihm ich: schlank, dezent geschminkt, mit einem teuren, eng anliegenden und Pailletten besetzten kleinen Schwarzen und glänzender Haarmähne. Wir waren attraktiv. Anmutig. Perfekt. Zumindest nach außen hin.

„Du bist wunderschön", wiederholte Travis, und obwohl seine Stimme sanft, beinahe zärtlich klang, schwang mit einem Mal etwas Bedrohliches in ihr mit. „Wunderschöne Nami. Meine wunderschöne Nami. Du gehörst mir, mein Herz. Mir allein. Das weißt du, oder?"

Ich nickte langsam.

„Gut." Travis lächelte und entblößte dabei zwei Reihen makellos weißer Zähne. „Ich liebe dich."

„Ich liebe dich auch", antwortete ich mechanisch, und die Kette um meinen Hals fühlte sich plötzlich wie eine Schlinge an.

Schweißgebadet fuhr ich in die Höhe. Die Pizza lag mir immer noch schwer im Magen. Gut möglich, dass ich deshalb so schlecht geträumt hatte. Der Fernseher lief, Codey aß Popcorn und Nolan saß mit angewinkelten Beinen auf dem Sessel und hörte Musik über seine Kopfhörer. Mit einem Nicken in meine Richtung nahm er sie ab.

„Schönheitsschlaf beendet?", fragte er.

„Ja." Ich setzte ein Lächeln auf und deutete auf mein Gesicht. „Siehst du. Noch schöner als vorher."

Nolan verdrehte die Augen.

„Du, Nolan. Ich gehe eine Runde laufen."

„Jetzt?“, fragte er skeptisch und warf einen Blick aus dem Fenster. Es war bereits dunkel.

„Ja, jetzt. Ich brauche ein bisschen frische Luft.“ Ich musste Travis aus meinem Kopf bekommen. Entschlossen stand ich auf und deutete auf Codey. „Lass ihn bitte nicht mehr allzu lange fernsehen. Er müsste eigentlich längst im Bett sein.“

Die Frühlingsluft an diesem Abend war wesentlich kühler als ich erwartet hatte. Doch es tat gut, den frischen Luftzug auf der Haut zu fühlen, der mich schlagartig vollkommen wach werden ließ. Ich blieb auf der Veranda stehen, machte einige Dehnübungen und joggte dann langsam auf das kleine Wäldchen zu, das Rose Village zum Teil umrandete. Als Kind hatte ich hier oft gespielt, und später, zu der Zeit, als ich jugendlich gewesen war, hatte das Wäldchen des Nachts für eine ganze Menge Mutproben und Zeltaktionen hergehalten. Mit einem letzten Blick auf das Haus verschwand ich zwischen den Bäumen. Die Baumkronen schluckten den Rest des Sonnenlichts fast gänzlich, sodass ich nur wenige Meter weit sehen konnte.

Die Luft roch nach Moos, Holz und einem näher kommenden Sommer. Allmählich hatten meine Augen sich an die Dunkelheit gewöhnt. Der volle Mond spendete ein fahles weißes Licht, das hier und da zwischen den Zweigen hindurchfiel und auf dem Boden schimmerte. Ich beschleunigte meine Schritte. Bei jedem einzelnen spannte der Stoff meines Kleides am Knie. Das war das Einzige, wobei ich Kleider beim Laufen als unpraktisch empfand und sie normalerweise gegen etwas Geeigneteres eintauschte – meine Sportkleidung hatte ich in Salem City liegen lassen. Ärgerlich.

Aber es tat gut, so gut, endlich einmal wieder zu laufen. Ich konnte mich kaum erinnern, wann ich das zuletzt getan hatte – ohne Travis an meiner Seite und Codey im Joggerbuggy vor mir. Er hatte es mir nie verboten – zumindest nicht wortwörtlich.

„Geh doch, wenn du meinst", hatte er gesagt und dabei irgendwie verletzt geklungen. „Wenn du es nötig hast, dir von anderen Männern auf den Hintern starren zu lassen ... viel Spaß. Ich halte dich nicht auf."

Und immer, wirklich immer, hatte es mir die Lust auf das Laufen verdorben. Ja, ich hatte sogar ein schlechtes Gewissen gehabt – für den bloßen Gedanken, alleine laufen gehen zu wollen.

Mit jedem Meter, den ich zurückließ, wuchs die Wut auf Travis. Und auf mich, denn ich hatte mich all die Jahre manipulieren, als Schuldige darstellen lassen, mich seinetwegen als undankbar und nicht würdig empfunden.

Plötzlich ließ ein entferntes Geräusch mich innehalten. Verunsichert blieb ich stehen und sah mich um. Hatte ich nicht gerade etwas wie Schritte gehört? Und wie tief war ich eigentlich inzwischen im Wald? Unsinn. Ich schüttelte den Kopf. Wahrscheinlich war es bloß ein Tier. Oder ein heruntergefallener Ast. Und das Wäldchen war so klein, dass es ein Ding der Unmöglichkeit war, sich darin zu verlaufen.

Meine Brust hob und senkte sich in einem kurzen, flachen Rhythmus. Ich lief weiter.

Das Geräusch ertönte erneut, irgendwo zwischen den Bäumen neben dem Weg, und dieses Mal war ich mir absolut sicher, dass es Schritte waren. Kein Tier. Kein heruntergefallener Ast. Die Lust, weiter und weiter zu laufen, um den Kopf frei zu bekommen, löste sich jäh auf und wurde durch den Gedanken ersetzt, dass es eine schrecklich dumme Idee gewesen war. Rose Village hin oder her – dies war ein Wald, es war dunkel, der Mond war voll, und ich hatte eindeutig zu viele Horrorfilme in meinem Leben gesehen, um mich nicht zu gruseln.

Ich drehte auf der Stelle um, um so schnell wie möglich zurück zum Haus zu laufen. Dabei prallte ich gegen etwas Großes, Weiches und stieß einen Schreckensschrei aus. Ich taumelte zurück, berührte mit der Schulter etwas anderes und schrie erneut, bis mir jemand mit einem grellen Handylicht ins Gesicht leuchtete. Es dauerte einen Moment, bis ich mich in der Dunkelheit an die plötzliche Helligkeit gewöhnt hatte, dann erkannte ich die Person, die mir das Handy entgegenstreckte.

„Jack?", stieß ich mit flach gehendem Atem hervor und wiederholte gleich darauf, wesentlich lauter und zorniger: „Jack! Du hast mich zu Tode erschreckt! Was zum Teufel tust du hier?"

„Das könnte ich dich ebenso fragen." Jack schüttelte verständnislos den Kopf. „Was zum Teufel tust du hier?"

Duke, alias das Große, Weiche, gegen das ich gelaufen war, setzte sich zu seinen Füßen nieder und blickte ebenso empört wie sein Herrchen zu mir auf.

„Wonach sieht's denn aus? Bügeln?", fragte ich kühl, obwohl mir das Herz immer noch bis zum Hals schlug.

„Du kannst nicht einfach so joggen gehen. Es ist dunkel. Das ist gefährlich!", erklärte Jack.

„Ich bitte dich, Jack." Ich verdrehte die Augen und schob unsanft seine Hand beiseite, sodass das unangenehme Licht mich nicht mehr direkt blendete, sondern nun den Boden unter uns erhellte. „Es ist Rose Village!"

„Überall kann etwas passieren", entgegnete Jack ruhig.

„Und du bist um meine Sicherheit besorgt?"

„Nein." Er schüttelte den Kopf. „Aber ich bin um Rose Village besorgt. Keine Lust auf einen Aufmarsch von Journalisten und Polizisten hier, nur weil du der Meinung bist, spät abends im Wäldchen ermordet oder gekidnappt werden zu wollen."

Ich schnaubte verärgert Luft durch die Nase. „Glaub mir, Jack, niemand ermordet oder kidnappt mich. Ich lasse mir nichts gefallen."

Nicht mehr.

Jack schien erstaunt. „Du behauptest also, dass dich niemand angreifen oder überwältigen könnte?"

„Richtig."

„Okay", murmelte Jack, blickte kurz zu Boden und zuckte dann mit den Schultern. Das Handy steckte er sich in die Hosentasche, sodass sein Licht erlosch und nur der Mond die Umgebung noch spärlich erhellte. „Dann werde ich dir jetzt mal das Gegenteil beweisen."

Und ehe ich mich versah, hatte er den kleinen Abstand zwischen uns mit einem einzigen Schritt eingeholt. Er umfasste meine Arme, zog mich eng an sich heran und hob mich dann so überraschend hoch, dass ich ihn vollkommen perplex gewähren ließ. Im nächsten Moment lag ich über seiner Schulter und sah völlig baff dabei zu, wie wir uns zurück in Richtung der

Häuser bewegten, während Duke fröhlich wedelnd dicht nebenher lief.

Als der Schreck nachließ und ich nicht mehr wie erstarrt war, trommelte ich unsanft mit den Händen auf seinen Rücken.

„Du kannst mich doch nicht einfach so wegtragen!", protestierte ich lautstark.

„Doch, kann ich", entgegnete er entspannt. „Siehst du doch."

„Ich meine, du … du darfst mich nicht einfach so wegtragen!", begehrte ich auf. „Das ist total übergriffig! Du sagtest doch, du hättest dich geändert und wärest nett geworden!"

„Und das entspricht nach wie vor der Wahrheit. Aber ich bin nicht immer nett. Manchmal bringt Nettigkeit einen nicht weiter", erklärte Jack völlig gelassen, so, als würde er sich tagein, tagaus irgendwelche widerspenstigen Frauen aus der Stadt über die Schulter werfen und forttragen. „Und wenn du dich in Gefahr bringst, Nami, dann sehe ich es als meine Pflicht an, dich aus dieser Gefahrenzone herauszubringen … für Rose Village. Und weil ich nett bin", setzte er hinzu.

„Mann, Jack!" Ich versuchte, mich aus seinem Griff zu befreien. „Lass mich gefälligst runter!"

„Jap. Gleich."

Erst als die Bäume sich lichteten und die Umrisse von Rose Village wieder vor uns auftauchten, setzte er mich ab. Ich verschränkte die Arme vor der Brust und öffnete den Mund, um etwas zu sagen, doch er kam mir zuvor.

„Du kannst von mir aus täglich im Dunkeln im Wäldchen joggen gehen – sobald du einen Hund hast", erklärte er und klang mit einem Mal schrecklich belehrend. „Ich besorge dir einen."

Ich funkelte ihn wütend von der Seite an, während ich mit nach wie vor verschränkten Armen Richtung Haus stapfte.

„Du entscheidest nicht, wann ich joggen gehe!", pflaumte ich ihn an. „Ich entscheide das! Nur ich! Außerdem will ich keinen Hund, Jack. Ich mag Hunde nicht mal."

Fassungslos mit dem Kopf schüttelnd hielt er mich am Arm fest. „Wie kann man keine Hunde mögen?"

„Ich mag sie eben nicht", antwortete ich kühl, entzog ihm meinen Arm und deutete auf Duke. „Sie sabbern, riechen fies, kratzen sich ständig ..."

„Das tun Kinder auch", schloss Jack und schüttelte sich lässig das Haar aus der Stirn, als wir zu meiner Veranda gelangten. „Trotzdem magst du sie."

„Man vergleicht Kinder nicht mit Tieren", sagte ich und wandte mich von ihm ab, um die Stufen zur Haustür zu betreten. „Und jetzt geh nach Hause und schraub an irgendwas rum oder so."

Obwohl ich mich nicht mehr nach ihm umdrehte, war ich mir zu fast hundert Prozent sicher, dass er aufgrund meines Kommentars schmunzelte, bevor er sich kopfschüttelnd abwandte und tat, was ich verlangte.

Am Folgetag dachte ich immer noch über die Begegnung mit Jack nach, als ich meinen Laptop öffnete, hochfuhr und nachdenklich auf die Tasten blickte. Ich hatte kaum geschlafen, aus Sorge, in meinen Träumen wieder von Erinnerungen heimgesucht zu werden. Gähnend hob ich meine Tasse an den Mund, um den letzten Schluck Kaffee zu trinken.

Im selben Moment betrat Nolan den Raum. „Du schreibst?", fragte er erstaunt und nahm sich einen Joghurt aus dem Kühlschrank.

„Ich dachte, ich setze mich mal wieder dran", antwortete ich betont locker.

Die absolute Ideenlosigkeit in meinem Kopf, die fast schon an Leere grenzte, verschwieg ich ihm. Ebenso wie den unheimlichen Druck, endlich etwas schreiben zu müssen, um uns finanziell über Wasser halten zu können. Ich konnte mir nur schwer vorstellen, einen anderen Job als den der Autorin zu ergreifen, wusste aber, dass ich es notfalls würde tun müssen. Fakt war, dass mir partout nichts einfiel, womit ich diese leeren weißen Seiten hätte füllen können. Und das war nicht erst seit gestern so. Gedanklich sah ich mich schon in einem Schnellrestaurant bedienen und Nachtschichten schieben.

„Ich habe dich ewig nicht schreiben sehen", merkte Nolan an, zog den Deckel vom Joghurtbecher ab und warf ihn in den Mülleimer. „Nicht mehr, seit ..." Er unterbrach sich selbst und wandte sich ab, um einen Löffel aus der Schublade zu holen.

„Du bist ja so früh wach heute", wechselte ich schnell das Thema und betrachtete seinen schmalen Rücken, der vom dunklen Kapuzenpulli überdeckt wurde. „Was hast du vor?"

„Ich sehe mir die Fußballsache mal an." Gleichgültig zuckte er die Achseln.

„Mach das", ermutigte ich ihn und wandte mich wieder meinem immer noch leeren Dokument zu. Ich hatte nicht erwartet, dass er tatsächlich hingehen würde. Es würde ihm guttun.

„Wo ist Codey?“, erkundigte Nolan sich.

„Oh, er spielt.“ Ich deutete nach oben. „Das Zimmer hier hat es ihm echt angetan. Er spielt hier viel besser und lieber allein als in Salem City.“

„Vielleicht spukt es da oben, und er spielt gar nicht allein.“

„Nolan!“, tadelte ich ihn.

„Was? So abwegig ist das nicht.“ Er verzog den Mund zu einem kurzen schiefen Grinsen, und ich konnte nicht anders als ebenfalls zu schmunzeln.

Um Punkt elf Uhr verließ Nolan das Haus und ließ seinen leeren Joghurtbecher auf der Spüle stehen. Wie ich diese Marotte hasste!

Ich ließ meine Finger knacken. „So, leere Seite, jetzt gibt es nur noch dich und mich“, murmelte ich.

Ich brühte mir mit Tante Claires alter Filtermaschine einen zweiten starken Kaffee auf und stellte ihn neben die Tastatur, so wie ich es früher immer getan hatte, bevor der alltägliche Schreibmarathon losgegangen war. Nolan hatte recht gehabt: Es war das erste Mal seit einer ganzen Weile, dass ich mich an den Laptop setzte, um zu schreiben. Ob die neue Umgebung, die neu gewonnene Freiheit, die mir immer noch so surreal schien, mich und meine Fantasie beflügeln würden?

Ohne den Blick vom Dokument abzuwenden, das ich Neues Manuskript genannt hatte, nippte ich an dem Kaffee. Seine Temperatur und die enorme Bitterkeit ließen mich kurz erschaudern. Dennoch nahm ich einen weiteren Schluck. Dies war kein leckerer Nachmittagskaffee zum Stück Torte, dies war ein Schreib–ein–Buch–Kaffee.

Zum ersten Mal, seit wir hierhergezogen waren, vernahm ich das Ticken der Uhr über dem Türrahmen laut und deutlich. Und kaum hatte ich es einmal gehört, da war es unmöglich, das nicht mehr zu tun.

Tick Tack.

Tick Tack.

Tick Tack.

Codey war viel zu leise. Geräuschvoll schob ich meinen Stuhl zurück und eilte zum Fuß der Treppe.

„Alles gut da oben?", erkundigte ich mich laut.

Es dauerte einen Moment, bis Codeys kleine Füße über den Fußboden tapsten und die einen Spalt weit angelehnte Tür ein wenig quietschte, weil er sie weiter öffnete.

„Ich spiele, Mommy!", rief er. Fast ein wenig vorwurfsvoll klang er dabei.

„Okay, alles klar. Dann lass dich nicht weiter von mir stören", rief ich zurück.

Die Tür wurde mit einem langgezogenen, quietschenden Geräusch erneut angelehnt, dann folgte das Tapsen der kleinen Füße und schließlich wurde es wieder still. Ob ich nachsehen sollte? Nein. Ich schüttelte den Kopf und setzte mich wieder an den geöffneten Laptop.

Angespannt ließ ich den Kopf im Nacken kreisen. Das konnte doch wohl nicht so schwer sein. Früher waren sechs– bis zehntausend Worte am Tag meine Norm gewesen. Die Sätze waren mir aus den Fingern geradezu in die Tastatur hineingeflossen – wie Magie. Und nun saß ich hier wie bestellt und nicht abgeholt und starrte dumpf den schmalen schwarzen Strich auf dem leeren Dokument an, der immer wieder aufblinkte, als würde er mich damit verhöhnen wollen, dass mir partout nichts einfiel.

Es war eine dunkle und stürmische Nacht.

Einen Moment lang besah ich mir die Zeile, die ich abgetippt hatte, dann löschte ich sie kopfschüttelnd wieder. Buchstabe um Buchstabe, quälend langsam. So begannen Gruselgeschichten am Lagerfeuer. So begannen keine Romane. Und schon gar keine Bestseller.

Seufzend schob ich erneut meinen Stuhl zurück und kramte mein Notizbuch, das ich in eine der Schubladen von Tante Claires Holzkommode gesteckt hatte, hervor. Darin blätternd setzte ich mich wieder hin und nahm erneut einen heißen, bitteren Schluck Kaffee. Ideen, die ich darin notiert hatte, gab es mehr als genug. Spannende, romantische Geschichten, Geschichten, die dem Verlag gefallen und sich gut verkaufen würden, wie ich aus Erfahrung wusste. Und dennoch schien es mir mit einem Mal unmöglich, diese Ideen in das vor mir wartende leere Dokument zu übertragen. Plötzlich fühlte ich mich müde. Noch viel müder als ohnehin schon. Viel zu sehr, um auch nur einen Satz zu schreiben.

Das Nächste, was ich wahrnahm, war das Geräusch der sich öffnenden Haustür, was seit jeher mit einem lautstarken Knarzen einherging. Ich fuhr zusammen und nahm im Augenwinkel wahr, wie Nolan, dicht gefolgt von Jack, den Raum betrat.

Mit tränenden Augen las ich die Uhrzeit unten rechts auf dem Display meines Laptops ab, die vor mir zu verschwimmen schien. 13:02 Uhr. Waren tatsächlich schon zwei Stunden vergangen, seit Nolan gegangen war? Wie aus einer Trance erwacht, drehte ich mich um. Der Joghurtbecher stand immer noch auf der Spüle. Codey hatte sich auf dem Boden eine Burg aus Sofakissen errichtet, ohne dass ich es mitbekommen hatte. Die Uhr über dem Türrahmen zeigte dieselbe Uhrzeit an wie mein Laptop. Fassungslos fuhr ich mir mit den Händen durch die Haare.

„So ist sie immer, wenn sie schreibt", erklärte Nolan und streckte sich ausgiebig. „Komplett abwesend. Ich gehe duschen. War cool! Bis dann, Jack."

„Bis dann, Nolan." Jack streckte Nolan die Hand entgegen und der schlug ein, bevor er mit großen Schritten die Treppe emporstieg.

Mit Jack plötzlich alleine zu sein, abgesehen von Codey, der sich hochkonzentriert mit seiner Kissenburg beschäftigte, bereitete mir ein merkwürdiges Unbehagen. Ich spürte, wie er mir über die Schulter auf den Bildschirm meines Laptops sah. Das grelle Weiß der immer noch leeren Seite schien mich geradezu zu verhöhnen. Ich klappte ihn zu.

„Nami?", fragte er leise.

„Hm?" Ich drehte mich kurz zu ihm um und zwang mich zu einem Lächeln.

„Bist du okay?"

War ich okay? Nein.

„Klar. Ich bin sowas von okay. Ich hoffe, ihr hattet Spaß."

Ich war nicht okay. Ich war alles andere als das. Meilenweit davon entfernt. Und doch nickte ich Jack in seinem schwarzen Trainingsanzug zu und lächelte breit.

„Danke, dass du ...", setzte ich an, ließ den Satz unvollendet im Raum stehen und nickte in Richtung der Treppe, über die Nolan verschwunden war. Das

Geräusch des laufendes Wassers in der Dusche hörte man bis hierher.

„Ich habe zu danken. Er macht sich großartig. Hat Ahnung von der Materie, kann gut mit Kindern, ist fit und hilfsbereit", zählte Jack an seinen Fingern ab.

„Wow." Ich seufzte. „Ich kenne ihn eigentlich nur mit mieser Laune, Kopfhörer auf den Ohren und Handy in der Hand. Manchmal hat er seine hellen Momente, aber die vergehen meist wieder, bevor man sich darüber freuen kann."

„Teenager sind halt komisch", sagte Jack, als würde das alles erklären.

„Kann sein." Ich zuckte mit den Schultern.

„Sag mal, hast du heute schon was gegessen? Du siehst blass aus", merkte er an.

„Bin noch nicht dazu gekommen. Ich mache mir nachher was. Möchtest du etwas trinken?"

Schwungvoll erhob ich mich. Etwas zu schwungvoll, im Nachhinein betrachtet. Die schlaflose Nacht, das Einnicken am Laptop und der starke Kaffee auf leeren Magen taten ihr Übriges. Urplötzlich drehte sich alles, der Raum verschwamm geradezu vor mir, und mir wurde schwarz vor Augen.

Das Nächste, was ich wahrnahm, waren Nolans von fern zu mir durchdringende Stimme, ein Arm, der mich hielt und eine warme Hand in meinem Gesicht, die mit sanfter Gewalt gegen meine Wange klopfte. Schlagartig war ich hellwach und wischte die Hand unsanft fort.

„Lass mich los", hörte ich mich selbst undeutlich murmeln, und Jack zog sofort seinen Arm zurück, in dem er mich gerade noch gehalten hatte.

Ich rutschte ein Stück zurück und lehnte mich mit dem Rücken an die Wand. Während sich alles noch minimal zu drehen schien, schlang ich schützend die Arme um meine Beine und zog diese an den Körper heran. Nolan und Jack musterten mich besorgt, während Codey mich nur mit einem kurzen Blick bedachte und sich dann wieder seinen Kissen widmete.

„Was ist passiert?", fragte ich und konnte vor mir selbst nicht leugnen, dass ich irgendwie vorwurfsvoll klang.

„Du bist umgekippt", antwortete Nolan ebenso vorwurfsvoll. Seine viel zu langen Haare waren noch ganz nass vom Duschen. Er sah blass aus.

„Mir geht's gut, alles bestens", beeilte ich mich zu sagen und rappelte mich ein wenig unbeholfen auf. Meine Beine zitterten.

Unerwartet streckte Jack mir seine Hand entgegen. Ich tat, als würde ich es nicht bemerken.

„Komm, lass uns kurz an die frische Luft gehen", verlangte er entschieden. „Nolan, siehst du kurz nach Codey?"

„Klar", antwortete Nolan verdattert, ehe ich etwas anderes sagen konnte.

Leicht widerwillig ließ ich mich von Jack aus dem Haus führen.

„Warte kurz hier." Er eilte ins Innere seines eigenen Hauses, ließ mich stehen und kam innerhalb einer Minute mit zwei Flaschen Bier und einem Apfel in den Händen wieder hinaus. Mit einer angedeuteten Verneigung reichte er mir eine der Flaschen sowie den Apfel und deutete auf die oberste Stufe seiner Veranda.

„Iss erst mal", verlangte er.

Mit einem bewussten Sicherheitsabstand setzte ich mich neben ihn und biss von dem Apfel ab. Mit jedem Bisschen kehrte ein wenig von meiner Lebensenergie in meinen Körper zurück. Jack sah mir schweigend dabei zu, wie ich den ihn komplett verspeiste und das Gehäuse anschließend neben mich legte.

„Danke", murmelte ich.

„Gerne. Jetzt das Bier", sagte er.

Ich nestelte an der Flasche herum. Jack nahm sie mir aus der Hand, öffnete sie mit seinem Schlüssel und reichte sie mir zurück. Zaghaft nahm ich einen Schluck. Die Frühlingssonne hatte schon eine enorme Kraft und brannte auf meine nackten Beine nieder. Ich zog den Stoff meines Kleides über meine Knie. Eine ganze Weile lang saßen wir nebeneinander auf Jacks Veranda, nippten an unseren Bierflaschen und starrten auf das Nachbarhaus. Auf Tante Claires Haus. Auf mein Haus. Dann räusperte Jack sich vernehmlich.

„Nami, ich weiß, wie Menschen sich verhalten, denen wehgetan wurde", sagte er vorsichtig.

Ich schob das Kinn vor.

„Ich weiß es, weil ich selbst ein Mensch war, dem das passiert ist", fügte er etwas leiser hinzu.

Fragend hob ich den Blick. „Dein Vater?"

Jack antwortete nicht. Das war mir Antwort genug.

Ich musste an Mr Montgomery denken, den ungepflegten, dickbauchigen Mann einer verhuschten, stillen Frau. Man hatte ihn regelmäßig schreien und streiten hören, immer nur ihn, niemals seine Frau. Laut und ausfallend hatte er geklungen, und so manche Male hatten meine Eltern den Kopf geschüttelt und mir aufgetragen, einen Bogen um das Haus zu machen.

„Travis hat mir nicht wehgetan", sagte ich mit Blick auf die Bierflasche. „Nicht körperlich. Er hat mich bloß ..." Ich ließ den Satz unvollendet, denn mir fehlten die Worte, um ihn abzuschließen. Was hatte er mit mir getan? Ich wusste es selbst nicht.

Jack musterte mich aufmerksam, bevor er den letzten Schluck aus seiner Flasche nahm, sie neben sich auf die Stufe stellte und die Hände hinter dem Kopf verschränkte. Mit Blick in den blauen Himmel lehnte er sich zurück und kniff, geblendet vom hellen Sonnenlicht, ein wenig die Augen zusammen.

„In einer Ehe sollte man dem anderen nicht wehtun. Egal ob körperlich oder seelisch."

„Was verstehst du schon von einer Ehe ...", warf ich kopfschüttelnd ein.

Jack musterte mich einen Moment lang schweigend von der Seite. „Mehr als du vielleicht denkst", antwortete er dann bedächtig. „Ihr Name war Sherry", fügte er unerwartet hinzu, und sowohl Bitterkeit als auch etwas Schwärmerisches lagen mit einem Mal in seiner Stimme. Eine skurrile Mischung. „Beziehungsweise ... ihr Name wird wohl immer noch Sherry sein – logischerweise." Er lachte unfroh. „Sie wollte so viel. Ein Haus bauen, eine Weltreise machen, ein Baby ..." Er unterbrach sich selbst, nahm die leere Bierflasche wieder in die Hand und drehte sie zwischen seinen Fingern, als würde er etwas brauchen, um sich festzuhalten.

„Ein Baby?", wiederholte ich leise.

„Ein Mädchen. Susie", erklärte Jack mit Blick auf die sich drehende Flasche. „Sie hatte schon den Namen und den Geburtsort entschieden und bereits einen Kinderwagen ausgewählt."

Unwillkürlich erinnerte ich mich an die Zeit vor der Schwangerschaft mit Codey. Mein Kinderwunsch war groß gewesen, all meine Gedanken hatten einzig und allein um dieses potenzielle Zukunftsbaby gekreist. Auch ich hatte bereits einen Kinderwagen ins Auge gefasst, Monate bevor Codey überhaupt gezeugt wurde. Ohne sie zu kennen, empfand ich Mitleid mit dieser Sherry.

„Und du wolltest keine Kinder", bewog ich Jack dazu, weiterzusprechen.

„Oh …", machte er, als wäre er erstaunt darüber, dass ich immer noch neben ihm saß. „Doch, ich wollte immer Kinder haben. Und wie. Kinder sind großartig. Sie geben einem so viel zurück."

„Bonbonpapier zum Beispiel", erinnerte ich mich an einen Spruch, den ich mal irgendwo gelesen hatte.

Jack schmunzelte kurz, dann wurde er wieder ernst. „Wie gesagt – ich wollte Kinder. Wirklich. Und wir legten es tatsächlich darauf an, dass sie schwanger wurde. Dann war sie überfällig und … nun ja, in dem Moment, in dem es ernst wurde, da ist es bei mir urplötzlich wie ein Blitz eingeschlagen. Ich wollte ein Kind. Aber nicht mit ihr. Nicht in San Francisco. Nicht mit dem Job, den ich hatte und der wenigen Zeit, die dieser mir von jedem einzelnen Tag ließ. Zum Glück stellte sich heraus, dass sie doch nicht schwanger war. Sie war am Boden zerstört und tat mir unheimlich leid. Aber soll ich ehrlich sein? Ich war niemals in meinem Leben so erleichtert wie in diesem Augenblick, als der Arzt die Schwangerschaft ausschloss."

Wir sahen einander einen Moment lang schweigend an. Eine merkwürdige Stille breitete sich zwischen uns aus, während Jacks strahlend blaue Augen partout nicht aufhörten, mich zu fixieren. Ich wandte den Blick ab.

„Du … hast in San Francisco gelebt?“, fragte ich, um das Schweigen zu brechen.

„Mit Anzug, Apartment und teurem Sushi“, bestätigte er nickend.

Die Vorstellung, wie Jack in einem Anzug in seinem Apartment saß und Sushi aß, war total befremdlich.

„Und dann?“, fragte ich nach.

„Habe ich Sherry geheiratet, und wir sind in eine Zwei–Zimmer–Wohnung mit Dachterrasse gezogen, wo ich weiterhin Anzüge getragen und Sushi gegessen habe“, ergänzte Jack.

Ich versuchte mir Sherry vorzustellen. Aus irgendeinem Grund war sie in meinem Kopf groß und dunkelhaarig, mit endlos langen Beinen und vollen Lippen. Jack hatte seine Haare wahrscheinlich wesentlich kürzer oder streng zurückgegelt getragen.

„Und dann?“, fragte ich.

„War nichts für mich“, antwortete er schlicht.

„Der Anzug oder das Sushi?“

„Das Gesamtpaket.“ Jack stellte die Flasche wieder beiseite. „Also trennte ich mich von ihr, ließ mich scheiden und kehrte zurück an den Ort meiner Kindheit, um meinen kranken Vater zu pflegen.“

Ich sah ihn erstaunt an.

„Ja, ich weiß. Ob er es verdient hat, ist die andere Frage. Aber für mich war es richtig. So konnte ich damit abschließen. Ihm ein Stück weit irgendwo sogar vergeben.“ Jack legte eine kurze Pause ein und strich mit seinem Finger über eine kleine Kerbe in der

Verandastufe. „Sechs Monate später starb er. Und Sherry wurde schwanger – von ihrem neuen Partner." Jack atmete tief ein und wieder aus, bevor er fortfuhr. „Und weißt du, was mich aufgefangen hat? Fußball, Duke und Rose Village."

Ich musterte ihn nachdenklich. Wie er so dasaß und seine ganze Geschichte vor mir offenlegte, erinnerte nichts mehr an den rebellischen Teenager, der Rose Village damals regelmäßig in Aufruhr versetzt hatte.

„Du bist wie ich, als ich hier ankam", schloss er ruhig. „Und so wie ich damals Unterstützung von allen hier erhalten habe, obwohl ich sie anfangs nicht annehmen wollte – wie du – so bin ich jetzt zum ersten Mal in der anderen Position. Jetzt bist du neu hier. Unsicher. Und kaputt."

„Ich bin nicht kaputt", protestierte ich.

„Kaputt im übertragenen Sinne." Jack lächelte und versetzte mir einen leichten Stups gegen die Schulter. „Ich habe andere früher gern gepiesackt. Heute ist das anders, auch wenn du es bisher nicht wahrhaben willst."

„Ach, hast du? Ist mir gar nicht aufgefallen", scherzte ich.

„Ja, habe ich", bestätigte er ohne eine Miene zu verziehen.

„Und weshalb?"

„Damit ich mich nicht als Einziger schlecht fühle", antwortete Jack, und die Worte verließen so schnell und ehrlich seine Lippen, dass ich dem fiesen Jungen von damals fast vergab.

Kapitel 7

Sturm, Regen und Blut

In meiner Erinnerung war es in Rose Village immer sonnig gewesen, warm, behaglich und hell. Doch in der Realität hatte das kleine Dorf auch stürmische Zeiten durchzustehen. Zeiten, in denen Unwetter und Dunkelheit sich darüber legten wie ein schwerer Vorhang und alle ein wenig enger zusammenrücken ließen.

Es begann drei Tage nach meinem Gespräch mit Jack mit einem erst lauen, dann rauen Wind am Abend, der sich in der Nacht zu einem ausgewachsenen Sturm entwickelte. Begleitet wurde alles von strömendem Regen, der so heftig wider die Türen und Fenster prasselte, dass man glaubte, sie würden jederzeit zerspringen.

„Jack hat das Training auf morgen verschoben", teilte Nolan mir mit, der gerade von der Schule nach Hause gekommen war und nun seinen Rucksack unter die Garderobe fallen ließ. Seine Haare trieften geradezu vom Regen, und dicke Tropfen fielen auf den Boden vor seine Füße. Seine Turnschuhe waren durchnässt, sein Shirt klebte ihm am Körper.

„Verständlich, bei dem Unwetter." Ich rümpfte die Nase. „Ich hätte dich auch abholen können, dann wärest du auf dem Weg von der Bushaltestelle zum Haus nicht nass geworden."

„Ach, das bisschen Wasser." Nolan zuckte betont lässig die Schultern. „Ich bin doch nicht aus Zucker."

„Das ist mir neu", zog ich ihn auf.

Er grinste schief. Vielleicht bildete ich es mir bloß ein, aber irgendwie schien die Stimmung zwischen uns beiden sich innerhalb der letzten wenigen Tage allmählich etwas entspannt zu haben. Nolan wirkte nicht mehr ununterbrochen mies gelaunt, sondern lächelte ab und an sogar. Auch die neue Schule schien ihm gutzutun. Er sprach zwar nicht viel über sie, verließ aber morgens munter das Haus und kehrte am Nachmittag entspannt zurück.

Ein Blitz, begleitet von einem tosenden Donner zerriss die Luft und ließ mich zusammenfahren. Kopfschüttelnd klappte ich meinen Laptop zu, an dem ich sowieso nicht einen einzigen sinnvollen Satz zustande gebracht hatte, und schloss das Fenster. Obwohl draußen geradezu die Welt unterging, war die Temperatur vergleichsweise ziemlich mild. Nolan schüttelte sich wie ein nasser Hund und seine langen dunklen Haare peitschten ihm ins Gesicht.

„Ich springe schnell unter die Dusche", teilte er mit, hielt auf dem Weg Richtung Treppe jedoch noch mal inne und drehte sich zu mir um. „Ähm ... würdest du mich Freitag vielleicht in die Stadt fahren, wenn ich die Hausaufgaben erledigt habe?"

„Klar, kein Problem." Ich legte interessiert den Kopf schief. „Wohin möchtest du?"

„Es gibt ein Jugendzentrum", antwortete Nolan gedehnt und mied es, mich direkt anzusehen. „Einige aus meiner Klasse gehen dahin und sagen, es ist ziemlich cool. Und ich dachte, es könnte vielleicht auch was für mich sein. Sie haben gefragt, ob ich Freitag mitkommen möchte."

Nolan war gefragt worden, ob er mit ins Jugendzentrum gehen wollte? Mein Herz hüpfte einen kurzen Moment, so sehr freute ich mich für ihn. Nach all den harten Monaten, in denen er sich mehr und mehr in sein Schneckenhaus zurückgezogen hatte, war es schön zu sehen, dass er endlich wieder die Fühler ausstreckte.

Um nicht wieder die peinliche Dreißigjährige zu sein, setzte ich einen möglichst neutralen Gesichtsausdruck auf. „Übermorgen nach den Hausaufgaben in die Stadt zu fahren ist notiert", sagte ich.

„Cool, danke." Mit großen Schritten eilte er die Treppe empor, um duschen zu gehen und hinterließ dabei eine feine Spur aus Regentropfen.

Einen Moment lang sah ich ihm noch nach, dann betrachtete ich Codey, der sich, wie schon so oft, eine Burg aus Sofakissen gebaut hatte und fröhlich summend darin saß. Nun waren wir bereits seit zehn Tagen hier, und er hatte nicht einmal nach seinem Vater gefragt oder gegen die ungewollte Trennung von selbigem protestiert. Im Gegenteil: Er wirkte entspannter und zufriedener denn je. Er spielte selbstständig und hörte auf das, was man ihm sagte. Eigentlich hätte ich erleichtert sein müssen, dass er so unkompliziert war, aber aus irgendeinem Grund fühlte es sich falsch an. Fast wäre es mir lieber gewesen, wenn er weinerlich gewesen wäre, wütend, anhänglich, aufgebracht, traurig. Der Gedanke war so verrückt, dass ich den Kopf über mich selbst schüttelte. Codey war wahrscheinlich einfach noch zu klein, um all das zu begreifen, was gerade geschah. Und die vielen neuen Eindrücke lenkten ihn von jeglichem Schmerz ab, der da womöglich aufkommen könnte. Ja, so musste es sein.

Wir saßen gerade beim Abendessen, als es an die Tür klopfte. Ich hatte Suppe gekocht, und Nolan schien dankbar für die Ablenkung, ließ seinen Teller unangerührt stehen und eilte zur Tür. Wenige Sekunden später kehrte er zurück, gefolgt von Jack.

„Bettys Keller ist vollgelaufen. Wir brauchen jede helfende Hand, die wir bekommen können", kam er ohne Umschweife auf den Punkt und hielt dann inne, um irritiert die Nase zu rümpfen. „Brennt bei euch was?"

„So ähnlich. Meine Schwester hat gekocht", antwortete Nolan. „Backen kann sie, aber falls sie dir je anbietet, für dich zu kochen ... sag einfach Nein."

Jack sah aus, als müsste er sich ein Lachen verkneifen.

„Du bist ganz schön undankbar", merkte ich an und rührte meine Suppe um. „Diese vegane Gemüsecremesuppe hat mich Stunden gekostet."

„Stunden, die du besser in etwas Sinnvolles investiert hättest", gab Nolan zurück.

„Schmeckt wie Pipi", fiel mir nun auch noch Codey in den Rücken und freute sich sichtlich, dass Jack und Nolan in Gelächter ausbrachen.

„Zurück zu Bettys Keller." Ich schob den Teller von mir, der zugegebenermaßen etwas streng roch (vielleicht war ein wenig zu viel Sellerie oder Kurkuma drin?) und verschränkte die Arme vor der Brust.

„Stimmt. Wir müssen ihr helfen." Jack schien sich erst jetzt wieder an Betty zu erinnern. „Kommt ihr mit?"

Ich tauschte einen kurzen Blick mit Nolan, der die Schultern zuckte und mit Codey, der lustlos in seiner Suppe herumrührte.

„Natürlich", antwortete ich dann.

Wir schlüpften in unsere Schuhe und folgten Jack auf die Veranda, wo er Nolan einen Schirm überreichte. Der schnappte sich Codey und spannte den Schirm über sich auf. Den zweiten Schirm öffnete Jack über mir und zog mich unerwartet näher an sich heran, sodass wir beide darunter Platz fanden. Zu viert liefen wir mitten in das Unwetter hinein. Das Gewitter hatte sich schon vor dem Abendessen gelegt, aber der Regen prasselte nach wie vor in einer unglaublichen Heftigkeit auf uns nieder. Ohne die Schirme wären wir innerhalb weniger Sekunden wahrscheinlich nass bis auf die Unterwäsche gewesen.

„Alle in meinen Wagen!", rief Jack, um gegen den Lärm des Regens anzukommen. „Ich habe eine Pumpe im Kofferraum. Die brauchen wir."

Sein Wagen, ein schwarzer Jeep, roch nach nassem Hund und Holz. Im Kofferraum kauerte Duke, der die Ohren angelegt hatte, hechelte und wie Espenlaub zitterte. Das riesige Tier schien sich so klein wie möglich machen zu wollen.

„Er hat eine Riesenangst vor diesem Wetter", erklärte Jack und startete den Motor. „Damals ist er bei starkem Regen, Gewitter und Sturm ausgesetzt worden. Man fand ihn an einen Baum gebunden und völlig verängstigt vor und brachte ihn ins Tierheim. Das hat ihn nachhaltig verstört."

Ich musterte das schlotternde Ungetüm und spürte etwas wie Mitleid in mir aufsteigen. Schnell schnallte ich Codey und mich auf der Rückbank an, während Nolan auf dem Beifahrersitz Platz genommen hatte. Die Fahrt dauerte keine drei Minuten.

„Wir hätten theoretisch auch zu Fuß laufen können“, merkte ich an.

„Hätten wir, aber das hätte Duke nicht gefallen“, antwortete Jack und reichte Nolan die Pumpe, um an der Leine zu ziehen. „Komm schon, alter Junge.“

Doch der Hund wehrte sich mit ganzem Körpereinsatz dagegen, den Schutz des sicheren Wagens zu verlassen, sodass Jack ihn schließlich auf den Arm nahm und in das Haus hineintrug, dessen Haustür bereits offen stand, als würde man uns erwarten. Nolan reichte mir einen aufgespannten Schirm. Gemeinsam folgten wir Jack.

Das Haus war klein, überall mit wild gemustertem Teppichboden ausgelegt und roch nach einer intensiven Mischung aus Mottenkugeln, Pfefferminztee und blumigem Parfum.

„Hallo, Betty, ich habe noch ein paar helfende Hände mitgebracht“, verkündete Jack munter, setzte Duke zu ihren Füßen ab und deutete auf Nolan, der mit einem unsicheren Lächeln im Gesicht und der Pumpe in der Hand im Flurbereich stehen blieb. Duke blickte sich in dem kleinen Häuschen um, schien ein wenig erleichtert, nicht mehr draußen oder im Kofferraum zu sein und schüttelte sich kurzerhand. Feine Wassertropfen flogen kreuz und quer durch den Raum. Der ein oder andere Sabberfaden war mit Sicherheit auch dabei.

Betty verzog keine Miene. Sie hatte feine weiße Locken, eine graue Strickjacke um den Leib geschlungen und eine Brille auf der Nase. Sie saß in einem Sessel, der Richtung Kellertreppe ausgerichtet war, als würde sie das ganze Vorgehen von da aus delegieren, was sich gleich darauf bestätigte, als ein junger Mann aus dem

Keller kam und mit fragendem Blick drei große Pakete Lichterketten emporhielt, die ein wenig tropften. Betty schüttelte sofort den Kopf und richtete ihren mageren Leib im Sessel auf.

„Mülltonne", rief sie einsilbig. „Gute Gelegenheit, da unten mal zu entrümpeln", fügte sie mit einem Blick auf Jack hinzu.

Auf dem Stuhl neben ihr saß eine zweite ältere Frau, etwas beleibter als die hagere Betty, und mit Strickzeug auf dem Schoß. Ich vermutete, dass es June war, Bettys Busenfreundin, von der Jack mir schon erzählt hatte. Höflich begrüßte ich die beiden.

„Ich bin Nami", stellte ich mich vor und schüttelte ihnen nacheinander die Hände.

„Wissen wir", entgegnete Betty unbeeindruckt. Sie hatte erstaunlich klare hellbraune Augen. „Und das müssen Nolan und Codey sein." Ihr Blick glitt über Codey an meiner Hand und Nolan, der nach wie vor die Pumpe hielt.

„Ich sagte doch, sie wissen alles", raunte Jack mir mit geheimnisvoll gesenkter Stimme und einem Zwinkern zu und bedeutete Nolan mit einem Wink, ihm in den Keller zu folgen.

Schnell ließ sich in der Rettung des unter Wasser stehenden Kellers ein Muster erkennen: Während June strickte, delegierte Betty die gut zwei Dutzend Helfer wie eine Königin. Es gab zwei Ecken im Haus, in denen sich nach und nach eine Menge Kram ansammelte. In der einen wurde all das aufgetürmt, was Betty verschenken oder wegwerfen wollte oder was durch das Wasser sofort unbrauchbar oder stark beschädigt worden war – wie ein alter Toaster, eine ganze Menge

Bilderrahmen und ein triefender Atlas. In die andere wurde das getragen, was sie behalten wollte – unter anderem ein Berg handgenähter Babykleider, die sicher einen emotionalen Wert für sie hatten, eine Kiste mit alten Krippenfiguren und mehrere antik aussehende Puppen und Blumenvasen.

Unten im Keller wurde alles gerettet und nach oben gereicht, während das Wasser abgepumpt wurde. Es war so voll, dass man die Kartons, Kisten und Stapel problemlos von einer Hand zur anderen reichen konnte und sie so oben angelangten, um von Bettys kritischem Blick empfangen zu werden.

Der Keller leerte sich schneller als gedacht, während das Wohnzimmer immer voller wurde. Codey hatte einen Schuhkarton mit altem Spielzeug entdeckt und spielte zu Junes und Bettys Füßen voller Begeisterung mit winzigen Aufziehautos, Zinnsoldaten und Pferdefiguren aus Holz. Wieder wunderte mich seine Gelassenheit. Da saß er inmitten einer großen Ansammlung fremder Menschen, während draußen die Welt unterzugehen schien, und spielte seelenruhig.

„Kochen Sie uns doch einen Tee, Liebes", bat Betty, während die letzten Kisten ihren Weg nach oben fanden und einige Helfer sich zu den alten Damen gesellten.

„Oh … ja, natürlich", entgegnete ich erstaunt.

„Hier ist noch einer." Jack streckte mir einen Karton entgegen, der schwerer war als die vorigen. „Obacht, der hat Gewicht. Das war der letzte. Ich sehe noch mal nach der Pumpe."

„Wahnsinn, wie schnell das ging, weil alle zusammengearbeitet haben", murmelte ich.

„So machen wir das in Rose Village", sagte Jack sanft.

Seine Finger streiften meine, als er mir den Karton anreichte. Ganz kurz nur, doch ich zuckte unwillkürlich zusammen, und er fiel zu Boden. Natürlich war es ausgerechnet der, der mit den lautesten Gegenständen gefüllt war, und es purzelten mit einer Menge Getöse ein gutes Dutzend Messingbecher, Kerzenständer und andere schwere, laute Dinge die Stufen wieder herab. Die Aufmerksamkeit aller war mir sicher.

„Wie ungeschickt von mir", murmelte ich peinlich berührt und beeilte mich mit glühenden Wangen, all den Klapperkram wieder einzusammeln.

„Jack ist geschieden", teilte Betty mir mit, als ich ihr den Karton schließlich mit immer noch hochrotem Kopf vor die Füße stellte.

„Und kinderlieb", ergänzte June, ohne von ihren Stricknadeln aufzusehen.

„Und er hat ein Haus!"

„Und sieht sehr gut aus."

„Und kann kochen."

„Nein danke." Abwehrend hob ich die Hände. „Ein Haus habe ich selber. Und außerdem bin ich verheiratet."

„Noch", schloss Betty mit einem entspannten Lächeln, das ihr ganzes Gesicht in tiefe Falten legte.

So schnell meine Füße mich trugen, verschwand ich in der Küche und kochte Tee.

Wenig später saßen wir alle gemeinsam in Bettys altbacken eingerichteten Wohnzimmer und tranken Tee aus edlen kleinen Tassen, die mit filigranen Mustern verziert waren. June strickte immer noch an einem langen Etwas, das vermutlich mal ein Schal werden sollte.

Zwei Wollknäuel in unterschiedlichen Grüntönen lagen zu ihren Füßen, während die Nadeln munter aneinanderklackten.

Jacks Monsterhund Duke hatte sich vor dem Kamin ausgebreitet und endlich aufgehört zu zittern und zu hecheln, nun da der Regen nicht mehr sinnflutartig war, sondern bloß noch gemächlich an die Scheiben klopfte. Nach und nach verabschiedeten die Helfer sich. Als June schließlich mit den Stricknadeln auf dem Schoß einnickte und Codey zum wiederholten Male gähnte, erhob auch Jack sich und nickte in die Runde.

„Ich komme morgen nach der Arbeit wieder, und dann sehen wir, wie es mit deinem Keller weitergeht", sagte er so liebenswürdig zu Betty, dass ich unwillkürlich lächeln musste. Hatte ich mich vielleicht doch geirrt? Konnten Menschen sich womöglich ändern? Ich war mir doch so sicher gewesen, dass es nicht so sein konnte.

Gemeinsam mit Nolan, Codey und Duke verließen wir Bettys Haus und fuhren mit Jacks Jeep durch den Regen zurück nach Hause. Eine erschöpfte, angenehme, warme Müdigkeit breitete sich in mir aus. Wir schwiegen auf der Rückfahrt, aber es war kein unangenehmes Schweigen, sondern eher eine wohlige Übereinkunft darüber, dass gerade keine Worte vonnöten waren. Und zum ersten Mal, seit ich in Rose Village angekommen war, mit einem Bruchstück an Habseligkeiten aus meinem alten Leben und einem Minivan, der beinahe auseinanderfiel, hatte ich das Gefühl, zu Hause zu sein.

Am nächsten Tag klärte der Himmel sich auf. Das Training, das am Vortag abgesagt worden war, wurde spontan auf diesen Nachmittag nach der Schulzeit verlegt, und Jack hatte es irgendwie geschafft, Codey und mich ebenfalls dazu zu überreden, am Fußballplatz zu sein.

Um zu sehen, wie Nolan sich in seinem Job als Junior-Coach schlug, hatte ich mich gerne dazu bereit erklärt. Dabei gehörte Fußball nicht unbedingt zu meinen Lieblingssportarten. Im Gegenteil: Ich fand es aggressiv, unlogisch und teilte Nolans und Jacks Leidenschaft diesbezüglich nicht im Ansatz.

Der Platz war vom Unwetter, das am Vortag noch getobt hatte, aufgewühlt. Vereinzelt standen Eltern am Rand, ermutigten ihre Kinder, reichten Wasserflaschen und banden die Schnürsenkel der Fußballschuhe eng zu. Nach und nach verabschiedeten sie sich, bis Codey und ich als einzige Zuschauer zurückblieben.

Nolan schien ein ganzes Stück zu wachsen, als er den Platz betrat und die Kinder ihn mit sichtlicher Zuneigung begrüßten. Jack schlug lässig bei ihm ein und erklärte ihm etwas, wobei die beiden uns den Rücken zuwandten und in die Ferne blickten.

„Hier, für dich, Sportsfreund", rief Jack schließlich und rollte Codey einen der vielen Bälle entgegen. Dann blies er einmal kurz und lautstark in seine Trillerpfeife, und die Kinder beeilten sich, sich im Kreis um ihn herum zu sammeln.

„Wir starten jetzt mit den obligatorischen Aufwärmübungen", begann Jack. „Mason, Gianna, Johnny und Dillan gehen anschließend mit Nolan zur anderen Seite und machen ein wenig Torwarttraining", fuhr er fort. „Die anderen bleiben bei mir. Wir arbeiten an den Tricks der letzten Woche weiter."

Codey stellte sich breitbeinig auf den aufgewühlten Boden und nahm den Ball in beide Hände, um ihn dann behutsam hinabgleiten zu lassen. Er hob ihn auf und ließ ihn erneut fallen. Einen Moment lang beobachtete ich ihn, dann glitt mein Blick langsam über das Spielfeld hinweg. Die Kinder joggten über den Platz, während Jack mehrere rote Hütchen auf demselben verteilte. Dabei achtete er gründlich auf den Abstand dazwischen. Nolan joggte neben den Kindern her und motivierte sie durch muntere Zurufe.

Mom wäre so stolz auf ihn, schoss es mir in den Kopf.

Die Kinder wechselten nach einem kurzen Zuruf von Jack nun in eine Art Seitgalopp. Er warf ihnen einige Bälle zu, die sie nun durch die Hütchen hindurch vor sich her schossen. Codey versuchte derweil auf etwas unbeholfene Art und Weise, das Ganze nachzuahmen. Ich betrachtete ihn nachdenklich. Travis hatte vorgehabt, ihn in einer Junior–Baseballmannschaft anzumelden, sobald er alt genug dafür sein würde. Nun sah es jedoch ganz so aus, als wenn er stattdessen bald Fußball spielen würde.

Plötzlich unterbrach ein Aufschrei die munteren Laute der Kinder, dicht gefolgt von lautem Weinen. Einer der Jungen saß auf dem Boden und hielt sich das Knie. Jack joggte zu ihm hin, entfernte sich aber direkt darauf wieder von dem verletzten Kind und eilte zügig vom Platz. Merkwürdig. Er holte einen Erste Hilfe–Kasten aus seiner am Spielfeldrand liegenden Tasche und näherte sich mir damit im Laufschritt, während Nolan sich neben das weinende Kind hockte.

„Könntest du nach ihm sehen?“, fragte er. In seiner Stimme lag etwas Flehendes, und irgendwie war er blass. „Ich achte solange auf Codey.“

„Klar.“ Ich nahm ihm den Erste Hilfe–Kasten, den er mir entgegenstreckte, aus der Hand und runzelte die Stirn. „Aber wieso machst du es nicht selbst?“

Jack schien sich unwohl zu fühlen. Er fuhr sich wiederholt mit der Hand durch die langen Haare.

„Mütter können so etwas besser. Und außerdem ... also ... er ... ähm ... blutet“, antwortete er fast verlegen.

Immer noch irritiert eilte ich zu Nolan und ging neben ihm in die Knie. Er hatte den Arm auf die Schulter des verletzten kleinen Jungen gelegt, der nach wie vor bitterlich weinte. Er schien kaum älter als Codey zu sein, hatte jede Menge Schlammspritzer im Gesicht und in den kurzen blonden Haaren hängen.

„Hi, Kumpel. Ich bin Nami“, sagte ich sanft. „Wie heißt du?“

„Till“, antwortete der Junge schluchzend. „Mein Knie tut weh.“

„Er ist gefallen“, erklärte ein zierliches Mädchen mit rötlichem Zopf, das völlig beeindruckt den Erste Hilfe–Kasten musterte.

„Ich sehe mir das mal an“, versprach ich.

Im Hintergrund nahm ich Jack wahr, der mit Codeys Hilfe die Hütchen neu sortierte.

Das Knie blutete ziemlich, die Verletzung schien aber nicht allzu tragisch zu sein. Ich öffnete den Verbandskasten und reinigte die Wunde behutsam, bevor ich ein großes Pflaster darauf klebte. Kaum war Till verarztet, rappelte er sich mithilfe seiner Freunde auf, grinste mir kurz schüchtern zu und rieb sich mit dem Arm Tränen,

Rotz und Schlamm aus dem Gesicht, bevor er tapfer weiterhumpelte.

„Was war das denn eben?", sprach ich Jack an und reichte ihm den Arzneikoffer zurück.

„Ach, das?" Jack tat zuerst, als wüsste er nicht, wovon ich rede, dann seufzte er abgrundtief. „Wenn du es genau wissen willst – ich kann kein Blut sehen."

„Du … kannst kein Blut sehen?", fasste ich ungläubig zusammen. Die Vorstellung, dass dieser große, muskulöse Mann, der Betten mit seinen eigenen Händen baute und riesige Hunde tragen konnte, beim Anblick von ein paar Tropfen Blut blass wurde, war geradezu paradox.

„Man nennt es Blutphobie." Jack vermied es, mir in die Augen zu sehen. „Beim Anblick von Blut reagiert mein Nervensystem über und mein Blutdruck fällt so sehr ab, dass ich in den meisten Fällen ohnmächtig werde." Er hob die Schultern und ließ sie mit einem Aufseufzen wieder sinken. „Ich hatte das nicht immer, es hat sich irgendwie entwickelt. Du glaubst gar nicht, wie oft irgendwo Blut zu sehen ist."

„Und da trainierst du ausgerechnet eine Horde wilder kleiner Kinder?" Verwundert und halb erstaunt, halb belustigt sah ich ihn an. Sowohl Codey heute als auch Nolan damals hatten sich ständig die Knie aufgeschlagen oder auch mal Nasenbluten gehabt.

„Bisher hatte ich immer das Glück, dass jemand anderer gerade dabei war, um zu helfen", sagte er und fügte schnell hinzu: „Ich lasse natürlich kein Kind allein, wenn es sich verletzt. Wenn ich nicht hinsehe, geht es. Man findet immer Wege, mit Situationen umzugehen, die einen überfordern."

Ich nickte nachdenklich. Damit hatte er gar nicht mal so unrecht.

Am Abend nach dem Training schob Nolan seinen Teller mit wenigen Resten des Auflaufs von sich, von dem er tapfer eine große Portion verdrückt hatte.

„War fast essbar", lobte er.

„Finde ich auch. Ich mache Fortschritte", antwortete ich und begann den Tisch abzuräumen, während Codey den Kühlschrank nach einem Nachtisch durchstöberte, der ihm zusagte. „Du, ich finde, du hast das richtig toll gemacht heute mit den Kindern. Sie sehen richtig zu dir auf, das hat man gemerkt."

Ich wandte mich zu Nolan um, um seine Reaktion zu sehen, und hielt überrascht inne. Er hatte sich von seinem Stuhl erhoben, hielt dessen Lehne umklammert und musterte mich mit ungewöhnlich ernstem Blick.

„Alles gut?", erkundigte ich mich verdutzt.

„Nami …", setzte er an, ohne auf meine Frage zu antworten. „Würdest du … mir die Haare schneiden?"

Sprachlos starrte ich ihn an.

„Ich will ordentlich aussehen, weißt du", erklärte er. „Für die Schule und so. Und heute auf dem Platz habe ich wieder gemerkt, wie sehr mich diese langen Strähnen stören. Ein Zopf steht mir nicht und … "

„Oh Nolan …", brachte ich mit erstickter Stimme hervor.

„Mach kein großes Ding draus", bat er und strich sich eine Haarsträhne hinter das Ohr.

Nach einem missglückten Friseurbesuch – er war damals zehn oder elf gewesen – und einer wirklich ungünstigen Frisur hatte er sich geweigert, jemals wieder einen Salon zu betreten. Niemand anders als Mom hatte ihm die Haare schneiden dürfen. Das letzte Mal waren sie vor sechs Monaten geschnitten worden – einen Tag vor dem Unfall.

„Klar, kein Problem", bemühte ich mich so ruhig wie möglich zu antworten, ließ das Geschirr in der Spüle verschwinden, holte eine Schere aus der Schublade und einen Kamm aus dem Badezimmer. Ich hatte noch nie zuvor jemandem die Haare geschnitten. Hoffentlich endete das mal nicht in einem Desaster!

Wir stellten einen Stuhl vom Esstisch mitten in den Raum, dorthin, wo das Sonnenlicht am hellsten war. Nolan nahm darauf Platz und verschränkte die Hände ineinander, während ich erfolglos versuchte, den Kloß in meinem Hals herunterzuschlucken.

„Jetzt werden die letzten Haare abgeschnitten, die sie je berührt hat", sagte Nolan mit einem Mal heiser.

„Nolan, soll ich ...", setzte ich an.

„Schneid einfach", bat er.

Ich nickte. Mit einem tiefen Atemzug setzte ich die Schere an. Und mit jeder Strähne, die auf den Boden fiel, tropfte eine Träne auf sein Bein.

Kapitel 8

Abschied

Am Nachmittag des Folgetages machte das Wetter in Rose Village den Eindruck, der starke Regen und Sturm hätten nie stattgefunden. Der Frühling stand in seiner vollen Pracht. Die Sonne schickte ihre Strahlen warm, beinahe heiß auf uns nieder, als wir mit heruntergekurbelten Fenstern aus dem Dorf hinaus in die Nachbarstadt fuhren.

„Du kannst mich hier rauslassen", sagte Nolan, der mit seiner Kurzhaarfrisur völlig verändert aussah. Er trug eines der neuen Shirts, die ich für ihn vor kurzem als Schnäppchen im Supermarkt ergattert hatte. Durch die kürzeren Haare schien er über Nacht zwei bis drei Jahre gealtert zu sein.

„Das Jugendzentrum ist hier um die Ecke", fügte er hinzu und deutete vage in eine Richtung. „Ich laufe von hier aus einfach zu Fuß."

„Okay", entgegnete ich langgezogen, betätigte den Blinker und fuhr an die rechte Seite, um ihn aussteigen zu lassen. „Sag mal, ist es dir etwa peinlich, mit deiner alten Schwester gesehen zu werden?"

„Ein wenig." Nolan grinste. „Und der Van trägt auch nicht gerade zu einem großen Auftritt bei." Er öffnete die Tür, steckte sich sein Handy in die hintere Hosentasche und beeilte sich auszusteigen. „Danke fürs Fahren, Schwesterherz. Bis später, Codey."

„Bis später, Nolan!“, rief Codey und winkte auf der Rückbank so stark, dass sein ganzer Kindersitz zu wackeln schien.

„Also hole ich dich in zwei Stunden auch wieder hier ab?“, fragte ich.

„Das wäre cool. Bis dann.“ Scheppernd fiel die Tür zu.

Ich sah Nolan noch eine Weile lang nach, bevor ich zurück auf die Straße fuhr. Irgendwie hatte ich mit einem Mal ein mulmiges Gefühl in der Magengegend. Ob er wirklich ins Jugendzentrum ging? Und wenn nicht, was hatte er sonst vor? Schnell verdrängte ich den düsteren Gedanken wieder aus meinem Kopf. Nach der harten Zeit war es mehr als wichtig für ihn, endlich wieder richtig zu leben. Nolan war im Großen und Ganzen ein vernünftiger Jugendlicher (wenn man ihn beispielsweise mit der jungen Version von Jack Montgomery verglich), und wenn ich sein Vertrauen haben wollte, dann musste ich auch ihm vertrauen.

Zurück zu Hause verlangte Codey nach Pancakes. Ich warf einen Blick auf die Uhr. Das Mittagessen lag schon eine Weile zurück, und bis zum Abendessen würde es noch etwas dauern. Gegen einen süßen, kleinen Nachmittagssnack hatte ich noch nie etwas einzuwenden gehabt.

„Gut.“ Ich nickte lächelnd. „Dann machen wir beide mal den Teig.“

Freudestrahlend streckte er die kleinen Arme nach mir aus, ließ sich hochheben und auf der Küchenzeile absetzen. Codey duftete, wie er bereits seit seiner Geburt geduftet hatte: ein unbeschreiblicher Geruch, sauber, warm und süß. Wie oft ich schon befürchtet hatte, dieser Geruch würde eines Tages einfach so verschwinden. Einen Moment lang atmete ich seinen Duft ein, atmete ihn selbst ein, als könnte ich diesen Augenblick abspeichern und für immer lebendig halten. Mit einem Mal fühlte ich mich furchtbar sentimental.

„Ich hab' dich lieb", flüsterte ich.

Codey nahm sanft mein Gesicht in seine kleinen Hände.

„Fangen wir endlich an?", fragte er mit seiner hellen, munteren Kinderstimme.

„Na klar!" antwortete ich und musste lachen, weil er so pragmatisch war.

Ich wog Mehl, Zucker und Milch ab und füllte alles in Tassen um, sodass Codey es in die Rührschüssel geben konnte. Anschließend schlug ich ein Ei auf, gab eine Prise Salz hinzu und begann, das Ganze zu einem flüssigen Teig zu rühren.

„Euch fehlt eine magische Geheimzutat", hörte ich Jacks Stimme schier aus dem Nichts und zuckte fürchterlich zusammen.

„Jack!", rief Codey fröhlich und winkte zum gekippten Küchenfenster hinüber. Im Gegensatz zu mir schien er kein Stück weit erschrocken.

„Habe ich dich etwa erschreckt?", erkundigte Jack sich scheinheilig.

„Ich gewöhne mich allmählich daran, dass du ständig zum Fenster hereinblickst oder vor der Tür stehst", gab ich zurück.

„Mommy, darf Jack mit uns Pancakes machen?", erkundigte Codey sich und untermalte seine Bitte mit einem geübten Augenaufschlag.

„Ähm … ja klar, eigentlich gerne, aber …“ Ich biss mir auf die Unterlippe. „Aber Jack hat bestimmt viele andere wichtige Dinge …“

„Um ehrlich zu sein, komme ich gerade von der Arbeit und habe überhaupt nichts Besseres vor, Codey“, fiel Jack mir ins Wort. „Und Duke, die Schlafmütze, lässt sich nicht einmal zu einem Spaziergang überreden. Also ja, ich würde liebend gern Pancakes mit euch machen.“

Ich unterdrückte ein Aufseufzen.

Fünf Minuten später standen wir zu zweit in der Küche, während Codey mit schaukelnden Beinen auf der Arbeitsfläche saß und hier und da seinen Finger tief in den Teig steckte und genüsslich ableckte. Wie selbstverständlich holte Jack eine Pfanne aus dem Schrank, stellte sie auf die Herdplatte, nahm die Butter aus dem Kühlschrank und gab etwas davon hinein. Ich verkniff mir jeglichen Kommentar. Es fiel mir schwer, zu sagen, ob es mir ge– oder missfiel, dass dieser Mann so beständig versuchte, mir zu helfen. Dass er sich um die Jungs kümmerte und auf irgendeine Art und Weise, die ich mir nicht erklären konnte, ein Teil unseres Lebens in Rose Village zu werden versuchte.

Unauffällig musterte ich ihn von der Seite, während er den Teig auf seine Konsistenz prüfte und anschließend genau wie Codey die Geschmacksprobe nahm. Genüsslich fuhr er mit dem Finger durch die Rührschüssel und steckte ihn sich in den Mund. Für einen Moment schloss er seine strahlend blauen Augen und tat hochkonzentriert, als würde er keine Pancakes zubereiten, sondern eine Doktorarbeit schreiben müssen.

„Exquisit“, verkündete er dann mit verstellter Stimme.

Codey kicherte.

„Und wie lautet nun deine magische Geheimzutat?“, fragte ich.

„Hast du Backpulver?“, stellte Jack eine Gegenfrage.

„Ich … ja, es ist dort oben.“ Ich deutete mit einem Kopfnicken auf den hohen Hängeschrank zu meiner Rechten und angelte eine Suppenkelle aus der Schublade, um den Teig zu proportionieren.

Anstatt einen Schritt um mich herumzugehen, griff Jack über meinen Kopf hinweg zum Schrank, öffnete ihn und zog ein Tütchen Backpulver heraus.

„Hier, die Geheimzutat. Nur einen Teelöffel davon, und deine Pancakes sind nie mehr die, die sie einst waren“, raunte er mir im Flüsterton zu, blickte sich mit gespielter Vorsicht um und legte mir das Tütchen Backpulver dann in die Hand, um behutsam meine Finger darüber zu verschließen. „Nicht weitersagen, Nami. Top Secret!“, wisperte er.

Sein Gesicht war meinem jäh so nah, dass ich seinen warmen Atem auf der Wange spürte. Um seine Lippen herum spielte ein Grinsen, auch wenn er nach wie vor todernst tat. Und während wir einander in die Augen sahen und die Zeit für den Bruchteil einer Sekunde stillzustehen schien, geschah etwas ganz und gar Merkwürdiges. Mein Herz begann unkontrolliert zu flattern.

Nein.

Nein!

Nein …

Nicht Jack Montgomery. Nicht wieder! Ich konnte ihn nicht mögen. Durfte ihn nicht mögen. Wollte es nicht.

„Darf ich das da reinmachen?", fragte Codey, der in seiner kindlichen Unschuld nichts von dem bemerkt hatte, was gerade geschehen war. Er legte den Kopf schief und deutete auf meine fest verschlossene Hand.

Oder war vielleicht gar nichts geschehen? Ich war völlig durch den Wind. Mit einem großen Bogen um Jack herum trat ich zu Codey, öffnete mit zittrigen Fingern das Tütchen Backpulver und reichte es ihm. Ohne Jack anzusehen, angelte ich einen kleinen Löffel aus der Besteckschublade und half meinem Sohn, das Pulver abzumessen. Als ich den Teig erneut umgerührt hatte und die erste Portion in die Pfanne gab, in der die Butter bereits brutzelte, vermied ich jeglichen Blickkontakt zu Jack.

Zu meinem Bedauern verlor Codey bereits nach dem zweiten Pancake die Lust und begann, auf der Küchenzeile herumzuzappeln und all die Gewürze umzuwerfen, die Tante Claire in liebevoller Kleinarbeit in kleine Gläschen gefüllt, beklebt und beschriftet hatte. Neben wohlbekannten Gewürzen wie Salz, Pfeffer, Paprika, Curry und Knoblauch fanden sich auch Wacholder, Lorbeer, Thymian und Koriander darunter sowie Sternanis, Galgant und Kardamom, von denen ich nie zuvor etwas gehört hatte. Tante Claire hatte kochen können. Wie Mom. Ein Talent, das ich nicht geerbt hatte und für das mir auch jeglicher Ansporn fehlte.

„Willst du spielen gehen, Kumpel?", erkundigte Jack sich und hob Codey in einem so hohen Bogen von der Küchenzeile herab, dass er erneut zu kichern begann. Behutsam setzte Jack ihn auf dem Boden ab.

Codey schien einen Moment lang nachzudenken, was er spielen wollte, dann sammelte er seine Kuscheltiere vom Sofa herunter und setzte sie eines nach dem anderen vor den Kamin.

„Schönes Feuer, nicht?", sagte er mit hoher Stimme zu den Tieren und tat so, als würde eine hohe Flamme im kalten Kamin brennen. Eifrig klatschte er in die Hände.

Ich holte den nächsten fertigen Pancake aus der Pfanne, legte ihn auf den Teller zu den anderen und goss erneut eine Suppenkelle voll Teig hinein. Der süße Duft schien sich allmählich im ganzen Haus auszubreiten. Die Pancakes waren durch die Zugabe des Backpulvers herrlich aufgegangen. Ich warf einen Blick auf die Uhr. Noch über eine Stunde, bis ich Nolan abholen und eine Ausrede dafür haben würde, Jack vor die Tür zu setzen.

„Denkst du manchmal daran?", fragte er jäh aus dem Nichts heraus.

Ich starrte in die Pfanne hinein.

„Jack!", ermahnte ich ihn harsch und nickte mit dem Kopf in Codeys Richtung.

„Er kriegt nichts mit, er spielt", sagte Jack lässig. „Nami, wir haben nie darüber gesprochen. Und dann warst du plötzlich weg und ..."

„Nein!" Ich hatte es lauter gesagt als geplant und spürte nun, wie meine Wangen sich rosa färbten. „Tut mir leid. Ich möchte einfach nicht darüber reden. Das ist vergangen und vergessen."

„Klar, für mich doch auch." Jack deutete schweigend auf den Pancake in der Pfanne, der an den Seiten bereits etwas dunkler wurde.

Eilig holte ich ihn heraus, gerade noch rechtzeitig.

„Ich habe mich einfach gerade eben kurz wieder daran erinnert“, fuhr Jack fort. „Als du mich so angesehen hast.“

„Nur um das klarzustellen: Du hast mich angesehen“, entgegnete ich.

„Einigen wir uns darauf: Wir haben einander angesehen.“ Jack stemmte die Hände in die Hüften.

Ich zuckte die Achseln. „Von mir aus.“

Wir hatten einander angesehen. Also hatte ich mich nicht geirrt. Er hatte es auch bemerkt.

Um der Situation etwas die Spannung zu nehmen, beschloss ich, das Gespräch in ungefährlichere Bahnen zu lenken. So etwas konnte ich zum jetzigen Zeitpunkt absolut nicht gebrauchen. Nicht nach Travis. Nicht in Rose Village. Nicht mit Jack Montgomery.

„Er ist überhaupt nicht traurig, weißt du“, sagte ich leise und reichte Jack drei von Tante Claires edlen Tellern aus dem Hochschrank an. Sie waren weiß und mit zarten grünen Ranken versehen. Ich erinnerte mich daran, dass Claire sie mitgebracht hatte, als sie nach Vaters Tod zu uns gezogen war.

„Nolan?“, fragte er. Sofort befand sich unser Gespräch wieder auf einer neutralen und zugleich wesentlich entspannteren Ebene. Erleichtert atmete ich auf.

„Nein, nicht Nolan. Codey.“ Ich deutete auf Codey, der nach wie vor seine Kuscheltiere vor den Kamin setzte und sich die Hände an seinem imaginären Feuer wärmte.

Jack musterte ihn einen Moment lang, dann verteilte er die Teller auf dem Tisch. Anschließend kehrte er zu mir zurück und sah mich abwartend an.

„Er kommt viel besser mit allem klar, als ich dachte“, führte ich fort. „Ich meine ... sein Vater war oft nicht zu Hause und hat die Hauptarbeit mir überlassen. Und dennoch ... er ist doch immer noch sein Vater. Sein Zuhause. Und er ist einfach nicht traurig.“

„Bist du denn traurig, Nami?“, fragte Jack unerwartet.

„Wieso?“ Ich runzelte die Stirn. „Es geht doch nicht um mich.“

„Natürlich geht es um dich“, sagte er mit gesenkter Stimme und lehnte sich mit dem Rücken an die Arbeitsfläche der Küche, um Codey zu beobachten. „Du bist seine Mutter. Seine Mom. Sein sicherer Hafen und die engste Bezugsperson. Und das, was alle Kinder miteinander gemein haben, so unterschiedlich sie auch sein mögen, sie spiegeln.“

„Willst du damit sagen ...“, setzte ich an, doch Jack unterbrach mich mit einem ernsten Blick, der mir durch und durch ging. Verunsichert blickte ich zu ihm auf.

„Codey spiegelt dich, Nami“, sagte er so leise, dass es fast ein Flüstern war. „Nach außen hin bist du stark, hast hier alles im Griff, sorgst für die Jungs und machst Pancakes am laufenden Band. Aber wenn ich in deine Augen sehe, dann sehe ich Trauer. Ich sehe Wut. Ich sehe so viele offene Fragen und so viel Angst vor der Vergangenheit und der Zukunft. Du trägst so viel Ballast mit dir herum, dass es dich rein theoretisch zugrunde richten müsste. Und dennoch stehst du aufrecht da, lächelst und versuchst, alles allein zu machen. Du willst dir ja nicht einmal von mir richtig helfen lassen.“

Ich versuchte zu schlucken, aber es ging nicht. Meine Kehle war wie zugeschnürt.

„Codey hält alles zurück", fuhr Jack fort, und in seiner Stimme schwang jähes Mitleid mit. „Genau wie du."

„Und was empfiehlt der belesene Herr mir, dagegen zu tun?", fragte ich. Es sollte sarkastisch klingen, wirkte aber stattdessen schrecklich weinerlich, und der gelassene Blick, den ich mich zwang zu machen, fühlte sich wie eine schäbige Maske mit zitternden Mundwinkeln an.

Immerhin hatte Jack den Anstand, sich von mir abzuwenden und sich dem Tisch zu widmen, um mir einen Moment für mich zu geben. Ich fächerte mir mit der Hand Luft zu und zwang die aufsteigenden Tränen zurück.

„Du solltest es rausschreien", sagte er schließlich nach einer gefühlten Ewigkeit.

„Bitte was?" Ich deutete auf mein Ohr, als hätte ich ihn nicht richtig verstanden.

„Es rausschreien", wiederholte er. „Als Sherry und ich uns getrennt haben und ich gerade dabei war, hier Fuß zu fassen und mich meinem Vater wieder anzunähern, da bin ich ständig in den Wald gegangen und habe geschrien. Einfach geschrien. All die Sorgen, Gedanken, Ängste und all den Zorn rausgebrüllt. Du glaubst gar nicht, wie befreiend das ist."

„Klingt schräg", murmelte ich. „Codey, komm an den Tisch, die Pancakes sind fertig."

Einträchtig kauend saßen wir schließlich beisammen, die leckeren fluffigen Pancakes mit einer Menge Ahornsirup übergossen und im Hintergrund die Frühlingssonne, die durch das Fenster fiel und den gesamten Raum erhellte.

„Du solltest wirklich mal darüber nachdenken“, sagte Jack, nachdem er den letzten Bissen verspeist hatte.

„Über was?“, fragte ich.

„Über das Schreien.“ Jack nahm seinen, meinen und Codeys leeren Teller und stapelte sie aufeinander. „Ich kenne einen guten Ort dafür.“

„Gut zu wissen. Ich muss Nolan holen“, fügte ich mit einem Blick auf die Uhr hinzu, einerseits froh darüber, Jack nun mit einem guten Grund verabschieden zu können. Andererseits fühlte es sich irgendwie gut an, dass er da war. Dass überhaupt jemand da war, der weder ein Kleinkind noch ein Teenager war.

Gerade hatte ich mit Jacks Hilfe schnell den Tisch abgeräumt und Codey dazu motiviert aufzubrechen, als es an der Tür klopfte. Wer mochte das wohl sein? Erstaunt öffnete ich.

„Hallo, Nami.“ Ich sah Maha sofort an, dass sie hier war, um schlechte Botschaften zu überbringen. Sowohl ihr Tonfall als auch ihr Blick waren ernster als normalerweise. Einen kurzen, schrecklichen Moment lang war ich mir fast sicher, dass es um Nolan ging. Dass ihm etwas passiert war. Die Erinnerung an jenen Tag, an dem er von zwei Polizisten und einem Seelsorger zu unserem Haus in Salem City gebracht worden war, blitzte vor meinem inneren Auge auf. Mein Magen krampfte sich schmerzhaft zusammen. Alles um mich herum schien sich zu drehen.

Dann wurde mir bewusst, dass das wohl kaum möglich war. Ich atmete bewusst tief ein und wieder aus. Nolan war im Jugendzentrum, in der nächsten Stadt, und wenn etwas passiert wäre, würde mir dies wohl kaum von Maha mitgeteilt werden.

„Rose ist tot", sagte Maha leise.

„Oh nein." Jack hinter mir war bestürzt.

„Rose?", wiederholte ich. „Etwa Rose …"

„Avery, ja." Jack trat neben mich und nickte betrübt. „Die älteste Frau des Landes."

„Ich habe es gerade von Betty und June erfahren." Maha strich sich mit beiden Händen über ihr heute lavendelfarbenes Kopftuch. „Wir sind gerade unterwegs, um alle davon in Kenntnis zu setzen. Ihre Enkeltochter wird hierherkommen, um sich um die Beerdigung und alles Weitere zu kümmern. Die Ärmste ist am Boden zerstört."

Jack trat an mir vorbei und schloss Maha kurz in den Arm. Mit einem Mal kam ich mir wie ein Eindringling in diesem idyllischen Dorf vor, in dem man von Tür zu Tür ging, wenn jemand gestorben war. Ich erinnerte mich daran, dass in Salem City einst ein älterer Nachbar gestorben war und Travis und ich der Witwe eine Beileidskarte mit Standardtext und einer weißen Rose vor schwarzem Grund in den Briefkasten geworfen hatten. Ich hatte nicht einmal gewusst, wie der Mann ausgesehen hatte. Er war der gesichtslose Teil einer großen gesichtslosen Welt für mich gewesen. Ich hatte das Leben in Salem City gemocht, hatte diese saubere, gepflegte Stadt und unser großes Haus geschätzt. Doch im Nachhinein wurde mir klar, dass die Anonymität dort großgeschrieben wurde. Höchstwahrscheinlich war es nicht einmal jemandem aufgefallen, dass Nolan zu uns gezogen war und dass er, Codey und ich nun nicht mehr dort wohnten.

Hier war das anders. Hier hatte jeder ein Gesicht, eine Geschichte und Kontakt zum anderen.

„Ich muss jetzt meinen Bruder abholen“, beeilte ich mich zu sagen.

„Natürlich.“ Jack nickte und drückte kurz meinen Arm, als ich an ihm vorbeitrat und die Haustür hinter mir und Codey zuzog.

„Du kommst doch zur Beerdigung?“, fragte Maha sanft.

„Ich weiß nicht, Maha.“ Mit Unwohlsein strich ich mein grünes Kleid glatt. „Ich kannte sie doch gar nicht.“

„Ihre Enkeltochter sagte, sie fände es schön, wenn so viele Einwohner von Rose Village kommen würden wie möglich“, erklärte Maha. „Und ihr drei gehört doch dazu.“

Mit einem Kloß im Hals nickte ich und beeilte mich, Codey zum Auto zu führen.

Die Beerdigung fand fünf Tage später statt. Pastor Petterson, den ich selbst noch von Vaters Beerdigung kannte, war schon damals steinalt gewesen und hatte sich kaum verändert. Er begrüßte jeden mit einem knappen Nicken und einem Händeschütteln.

Die Sonne stand hoch am Himmel. Auf dem Friedhof war es voll. Ich hatte kein schwarzes Frühlingskleid, aber eines für den Herbst, das mir bis zu den Knien reichte. Trotz hochgekrempelter Ärmel war es darin unheimlich warm, und ich freute mich bereits jetzt auf die anschließende Dusche. Nolan und Codey trugen schwarze Shirts zu Jeans und lächelten beide, als Jack sich zu uns gesellte.

„Hey“, sagte er sanft und drückte mir unerwartet einen Kuss auf die Wange.

„Hallo." Ich wich einen Schritt zurück, was er sich nicht anmerken ließ. Mit einem knappen Handschlag begrüßte er die Jungs. Dass Nolan uns heute begleitete, hatte mich erstaunt, schließlich lag die Beerdigung von Mom noch nicht lange zurück, und ich wollte keine alten Wunden aufreißen. Doch offensichtlich sah er sich inzwischen als Teil des Dorfes an, das er noch vor kurzem als Kaff bezeichnet und gehasst hatte.

„Die letzte Beerdigung war die von Claire", raunte Jack mir leise zu. „Es waren so viele Menschen hier. Mehr noch als heute."

„Ich war nicht hier", sagte ich.

„Das hätte sie dir niemals vorgeworfen." Jack schüttelte bedächtig den Kopf. „Ich bin mir sicher, dass du deine Gründe hattest."

Einen Moment lang blickte ich in seine strahlend blauen Augen, in denen so unendlich viel Empathie und Verständnis zu liegen schienen, dann wandte ich den Blick ab. Ich entdeckte Maha einige Meter weiter entfernt und winkte ihr zu. Eine Hand am Rollstuhl ihrer Mutter, die sich gerade mit einer Gruppe mittelalter Damen unterhielt, die mir auch allesamt mäßig bekannt vorkamen, erwiderte sie den Gruß und lächelte milde.

„Rose scherzte das ein oder andere Mal, dass das Dorf nach ihr benannt wurde", begann der Pfarrer seine Trauerrede, und Jack neben mir lachte rau. „Ihr dies absprechen, konnte keiner von uns – denn Rose hatte schon hier gelebt, noch bevor wir alle geboren wurden."

Während er weiterhin auf liebevolle, angenehm leichte Art und Weise über die alte Dame sprach, glitt mein Blick über den hölzernen Sarg. Moms war weiß gewesen. Nicht durchsichtig wie der von Schneewittchen, obwohl dies ihr Lieblingsmärchen gewesen war und sie des Öfteren diesbezüglich gescherzt hatte. Dass sie tatsächlich früh sterben würde, hätte niemand erwartet. Am wenigsten wahrscheinlich sie selbst. Hier auf diesem Friedhof lagen Dad und Tante Claire – während Mom ihre ewige Ruhe auf einem Friedhof in der Stadt gefunden hatte, in der sie damals mit mir, später mit Nolan, in einer kleinen Drei-Zimmer-Wohnung gelebt hatte. Plötzlich fühlte es sich falsch an, dass so viele Meilen zwischen ihren Gräbern lagen.

Ich schluckte und betrachtete die ältere Dame, die dem Pfarrer am nächsten stand und sich beharrlich mit einem karierten Taschentuch die Tränen aus dem Gesicht tupfte, während immer mal wieder ein Lächeln über ihr Gesicht huschte, das sie weicher und jünger wirken ließ. Kurz fragte ich mich, wer sie war, dann wurde mir bewusst, dass es sich um Roses Enkeltochter handeln musste. Dass eine Enkeltochter graue Haare und Falten hatte, wirkte irgendwie befremdlich. Doch es war wahrscheinlich, dass sie bereits über sechzig Jahre alt war.

„Rose liebte den Winter", sagte Pfarrer Petterson, drehte den Zettel um, den er in der Hand hielt, und lächelte. „Ihr erinnert euch wahrscheinlich mit Schrecken an die Schneeballschlacht im Januar 2000, die sie angezettelt hat."

„Ich habe noch immer eine Narbe unter meinem linken Auge", rief eine männliche Stimme aus der Menge heraus, und hier und da ertönte Gelächter.

Ich selbst erinnerte mich nur dunkel an Rose. Sie war gesellig gewesen, freundlich, und jeden Sonntag in die Kirche gegangen. Sie hatte hierher gehört. Wie der Dorfplatz, das Wäldchen und die Seeluft, die nach Salz schmeckte.

In der Menge ertönte ein vernehmliches Kinderweinen. Auf der Suche danach entdeckte ich Jonas mit seiner kleinen Tochter im Arm, die ich bereits im Supermarkt gesehen hatte. Sie zappelte unruhig herum und schien ganz und gar keine Lust auf die Beerdigung zu haben. Dicht neben ihm stand eine dunkelhaarige Frau mit Brille und resigniertem Gesichtsausdruck, die dem Kind vergeblich den Rücken tätschelte.

„Rose konnte flunkern, dass sich die Balken bogen", sagte Pfarrer Petterson und blickte von seinem Geschriebenen auf, um bedeutungsvoll in die Runde zu sehen. „Eines Tages erzählte sie meinem Vater, er war noch ein junger Bursche, sie habe ein neugeborenes Einhornfohlen im Garten und für zwei Dollar dürfe er es sehen. Schlussendlich saß auf einem Kirschzweig vor dem Haus lediglich ein müdes Eichhörnchen, und Rose war um zwei Dollar reicher."

Jack schmunzelte.

„Als ich sie fragte, weshalb sie das Rauchen nicht aufhörte, um ihrer Gesundheit Willen, da sah sie mir in die Augen, zündete sich eine Zigarette an ...", fuhr Pfarrer Petterson fort und schien selbst bei der Erinnerung lachen zu müssen, „... und behauptete, es seien aus Papua-Neuguinea importierte, unglaublich seltene und fast unbezahlbare Zigaretten, die nicht gesundheitsschädlich seien. Mit denen würde sie älter werden als alle anderen. So wie es aussieht, hatte sie recht."

Je mehr er erzählte, umso mehr bekam ich das Gefühl, ich hätte die alte Dame selbst so gut gekannt wie all die anderen. Rose war vielleicht die älteste Frau des Landes gewesen, aber für diese Menschen hier war sie einfach nur Rose. Die Schneeballschlachten führende, Ammenmärchen erzählende und rauchende Rose. Und alle waren sie hier. Alle wollten ihr die letzte Ehre erweisen. Das war das Dorfleben. Das war Rose Village. Und wir gehörten dazu.

Kapitel 9

Blooming-Rose-Day

Schmerz. Die erste Empfindung, als ich an jenem Morgen die Augen öffnete, war Schmerz. Mein erster Instinkt war, einfach wieder einzuschlafen und erst dann wieder aufzuwachen, wenn dieses Gefühl verschwunden sein würde. Doch es würde nicht verschwinden. Nicht so bald.

Die Momentaufnahme, in der die beiden Polizisten und der Seelsorger vor der Tür unseres Hauses in Salem City gestanden hatten, spielte sich wie ein grausamer kurzer Stummfilm wieder und wieder vor meinem inneren Auge ab, während ich, erstarrt wie ein kleines Tier, im Scheinwerferlicht dalag, zur Decke emporstarrte und kaum zu atmen wagte.

Der Schmerz – eigentlich ein seelischer, aber derart intensiv, dass er wahrhaft körperlich wurde – pochte in jeder Pore meiner Haut, in jeder Ader, jedem Nerv, jeder Zelle meines Körpers. Mein Magen tat fürchterlich weh, meine Augen brannten, mein Hals schmerzte und all meine Knochen, Muskeln und Glieder fühlten sich an, als würde ich mit einer schweren Grippe flachliegen. Ich würde mich nicht bewegen können. Nicht jetzt und nicht später. Womöglich nie wieder. Wenn es schon so brutal wehtat, einfach nur dazuliegen, wie sehr würde es dann erst schmerzen aufzustehen?

Aber Codey ... Codey. Sein stets strahlendes kleines Gesicht erschien in meinem Kopf, umrahmt von engelsgleichen Locken und begleitet von glücklichem Lachen. Er brauchte seine Mutter. Und Travis brauchte seine Ehefrau, brauchte seine funktionierende Ehefrau, die all den Stress auffing, den er in seinem anstrengenden Job erfuhr. Die seinen Sohn erzog, über seine Witze lachte und sein Leibgericht kochte. In guten wie in schlechten Zeiten hatten wir uns geschworen. So eng war eure Bindung aber doch gar nicht, hatte er noch in der Nacht gesagt, als ich mich vor lauter Weinen wieder und wieder übergeben hatte. Travis brauchte mich gesund, brauchte mich geerdet, zufrieden.

Und Nolan ... mein Herz zog sich in einem peinigenden Krampf zusammen. Mein armer kleiner Nolan, der sich wahrscheinlich selbst eine Teilschuld an all dem gab, was geschehen war. An dem Unfall. An Moms Tod. An der Tatsache, dass unser Haus in Salem City nun keine drei, sondern vier Bewohner haben und sich somit unser aller Leben verändern würde.

Mit einem tiefen Atemzug schlug ich die Decke beiseite und schwang die Beine aus dem Bett. Nein, ich konnte nicht liegen bleiben. Ich musste diesen schweren, rasenden Schmerz verdrängen, musste ihn im Keim ersticken und dorthin zurücktreiben, wo er hergekommen war. Denn ich wurde gebraucht.

Im Badezimmer putzte ich mir die Zähne, kämmte meine langen dunklen Haare noch ordentlicher als sonst und zog ein besonders hübsches Kleid an. Mit eiskaltem Wasser wusch ich die letzten Überbleibsel der Trauer aus meinem Gesicht. Die geschwollenen Tränensäcke, diese verräterischen Dinger, deckte ich mit einer besonders großzügigen Portion Concealer ab.

Meine Mom war noch keine vierundzwanzig Stunden tot, und ich setzte ein Lächeln auf, um meiner Familie das Frühstück zubereiten.

Schweißgebadet fuhr ich im Hier und Jetzt in die Höhe. Diese Träume, in denen jegliche Erinnerungen ohne irgendeinen erkennbaren Zusammenhang hochkamen, waren in Rose Village fast zur Gewohnheit geworden, ganz gleich wie sehr ich auch hoffte, sie würden verschwinden.

Mit zu schmalen Schlitzen verengten Augen, die sich erst einmal an das helle Licht gewöhnen mussten, starrte ich auf das Display meines Handys. Verdammt! Ich musste den Weckton überhört haben. Was für ein grandioser Start in den Tag! Rasch sprang ich aus dem Bett und eilte aus dem Zimmer, um Nolan zu wecken und hielt komplett überrascht inne, als er mir bereits mit seiner Zahnbürste im Mund, gestylten Haaren und ordentlicher Kleidung im Flur entgegenkam.

„Wer sind Sie und was haben Sie mit meinem Bruder gemacht?", fragte ich halb geplättet, halb erfreut.

Nolan verdrehte die Augen. „Sehr witzig, Schwesterherz. Ich dachte, heute erspare ich dir mal die Arbeit, mich morgens aus dem Bett zu jagen. Zur Feier des Tages."

„Ach Nolan, lass gut sein", winkte ich ab. „Machen wir keine große Sache daraus. Es ist ein Tag wie jeder andere auch."

„Aber du …", setzte er an.

„Wirklich", unterbrach ich ihn, „ich möchte, dass heute ein gewöhnlicher Tag ist. Bitte!"

Nolan wirkte einen Moment lang nachdenklich, dann nickte er, auch wenn er nicht ganz überzeugt aussah.

„Ich habe übrigens auch schon die Kaffeemaschine für dich angeworfen, das Spielzeugauto unter dem Sofa gefunden, nach dem Codey gestern Abend so verzweifelt gesucht hat, und Maha die Tür geöffnet", erklärte er betont lässig.

„Maha?", wiederholte ich. „Was wollte sie?"

„So ganz habe ich es nicht verstanden." Nolan zuckte die Schultern. „Irgendwas wegen einer Rose und einer Feier heute um siebzehn Uhr am Dorfplatz. Sie schien ziemlich aus dem Häuschen zu sein." Nachdenklich schüttelte er den Kopf. „Sind schon ziemlich schräg drauf, diese Dorfmenschen, was?"

Ich konnte ihm mit einem kleinen Schmunzeln nur Recht geben. Ich wusste genau, wovon Maha gesprochen hatte und weshalb sie so aus dem Häuschen, wie Nolan es beschrieben hatte, gewesen war. Leise, um Codey nicht zu wecken, folgte ich meinem Bruder hinunter ins Erdgeschoss, wo er seinen Rucksack schulterte.

„Es wird hier Blooming–Rose–Day genannt oder auch Tag der blühenden Rose", schilderte ich knapp, was ich selbst als Teenager mitbekommen und mit den Jahren fast gänzlich vergessen hatte. Nun kamen die Erinnerungen in Wellen zurück. „Der Dorfplatz ist fast komplett von einer dichten Rosenhecke umrandet. Das ist dir sicher schon mal aufgefallen, wir fahren jeden Morgen daran vorbei."

„Oh, keine Ahnung, ich achte nicht so auf Blumen", antwortete Nolan gleichgültig.

„Jedenfalls steht diese Hecke dort", fuhr ich fort. „Und sobald die erste Rose blüht, was in der Regel so im Juni oder Juli ist, wird das ganz groß zelebriert. Alle, die mögen, kommen zusammen und jeder bringt mit, was er mitbringen kann und will. Die blühende Rose wird abgeschnitten und an einen Bewohner des Dorfes weitergegeben, der sie dann bei sich zu Hause in einer Blumenvase aufbewahrt, bis sie verwelkt ist. Und derjenige, der sie bekommt, ist im Folgejahr damit an der Reihe, sie abzuschneiden und weiterzugeben."

„Das ist total schräg."

„Das ist Tradition."

„Eine schräge Tradition." Nolan grinste plötzlich. „Vielleicht hast du Glück und bekommst heute eine Rose."

„Oh, darauf kann ich gerne verzichten", wehrte ich heftig kopfschüttelnd ab. „Wir sind hier schließlich nicht beim Bachelor."

„Es sei denn, Jack würde die Rose abschneiden", spann Nolan weiter. „Die würdest du bestimmt abnehmen."

„So ein Quatsch. Hast du eigentlich etwas zum Frühstück gegessen?", erkundigte ich mich, um vom Thema abzulenken. „Soll ich dich schnell zur Schule fahren?"

„Alles gut, ich fahre mit dem Bus. Und ich habe mir Porridge gemacht", antwortete Nolan und sah einen Moment lang ziemlich erwachsen aus.

„Porridge?", wiederholte ich überrascht.

„Ja, das sind Haferflocken, die man in Wasser oder Milch aufkocht", erklärte er.

„Ich weiß, was Porridge ist!", sagte ich. „Ich wusste nur nicht, dass du so was isst."

Ich wusste überhaupt nicht, dass er in der Küche zu mehr imstande war, als sich ein Brot mit Erdnussbutter und Marmelade zu schmieren.

„So was essen die angesagten jungen Leute." Nolan öffnete die Haustür, und strahlender Sonnenschein fiel ins Wohnzimmer. Kleine Staubkörnchen tanzten wie verzaubert durch die Luft. „Nennt man healthy life."

„Okay. Wow." Ich winkte ihm leicht überfordert zu. „Dann viel Spaß in der Schule."

Kopfschüttelnd schloss ich die Tür hinter ihm. Wie war es möglich, dass er in Rose Village plötzlich, schier über Nacht, so erwachsen wurde? Und verhielt er sich nicht irgendwie ein bisschen merkwürdig?

Als Codey und ich um Punkt siebzehn Uhr am Dorfplatz standen, musste ich immer noch daran denken. Nolan hatte wieder einmal ins Jugendzentrum gehen wollen und konnte uns deshalb nicht begleiten. Er war vom Vater eines Klassenkameraden mitgenommen worden und hatte sich gut gelaunt verabschiedet, noch ehe ich hatte fragen können, ob dieser ihn auch abholen würde oder ob ich das tun sollte. Nolan und sein Jugendzentrum. Gedankenverloren schüttelte ich den Kopf. Vor wenigen Monaten hätte er mir allein für den Vorschlag, mal in ein Jugendzentrum zu gehen, einen verächtlichen Blick zugeworfen und mich wahrscheinlich für nicht zurechnungsfähig erklärt. Und nun ging er regelmäßig hin, erfreute sich bester Laune, stand morgens alleine auf und aß Porridge? Ob er Drogen nahm?

„Schön, dass du hier bist, Liebes!", riss mich eine ältere Frau aus den Gedanken, die mir bekannt vorkam, deren Name mir aber partout nicht einfallen wollte. „Sind das Cupcakes?“

„Oh …“ Ich blickte auf die runde Transportbox in meinen Händen, in der sich ein gutes Dutzend verzierter Cupcakes befanden. „Ja, Dankeschön.“ Ich reichte sie ihr mit einem Lächeln.

„Dilan hat mir erzählt, dass du wieder zurück nach Hause gekommen bist und dass ihre liebe Tochter Maha sich sehr darüber gefreut hat. Gut siehst du aus, Liebes. Bist deiner Tante wie aus dem Gesicht geschnitten. Ein bisschen schmal, aber das ist bei euch jungen Leuten ja gerade modern, nicht wahr?“, plauderte die ältere Frau, deren Name mir entfallen war, weiter.

Ich wusste nicht, was ich entgegen sollte, also lächelte ich bloß weiterhin.

„Na, wie auch immer. Ich quatsche schon wieder viel zu viel. Bla bla bla“, machte sie und wog dabei den Kopf hin und her, sodass ihre blond gefärbte Dauerwelle ins Wackeln geriet. „Ich bringe das hier …“, sie blickte auf die Cupcakes herab, „… mal schnell zu den anderen Leckereien. Viel Spaß wünsche ich euch!“

„Ja, okay. Dankeschön“, sagte ich schnell, ohne zu wissen, wofür genau ich mich gerade bedankte.

„Na, habt ihr die Rose schon entdeckt?“, erkundigte sich eine dunkle Stimme hinter mir. Ich drehte mich um und fand mich Robert gegenüber wieder, der eine Flasche Bier in der einen und eine glühende Zigarette in der anderen Hand hielt. „Sie ist dort hinten“, erklärte er und wies mit der einen Hand in Richtung der Hecke. Und tatsächlich stach dort ein rundlicher roter Fleck zwischen all dem Grün ins Auge.

„Der Blooming-Rose-Day war Danas absoluter Lieblingsfeiertag." Er blickte kurz melancholisch drein, dann hob er die Schultern, ließ sie wieder sinken und lächelte milde. „Na, dann mische ich mich mal ein wenig unter die Leute. Am besten geht ihr etwas weiter Richtung blühender Rose, dann habt ihr nachher einen besseren Ausblick, wenn Jack sie schneidet."

„Warte ... Jack schneidet die Rose?", fragte ich erstaunt.

„Allerdings." Robert lachte einmal laut auf. „Im letzten Jahr hat Betty ihm die Rose überreicht, war ein Riesenspaß, sag ich dir. Schade, dass ihr nicht dabei wart."

„Ja. Wirklich schade."

Auf dem Weg Richtung blühender Rose wurde es allmählich enger. Ich nahm Codey auf den Arm, als wir am langen Tisch vorbeigingen, auf dem all das stand, was von den Bewohnern Rose Villages mitgebracht worden war. Zwischen Trinkpäckchen, Weinflaschen, belegten Broten, einem riesengroßen Topf voller Gulaschsuppe und einigen XXL-Paketen Billigkeksen aus dem Supermarkt entdeckte ich meine Cupcakes. Dass einige davon bereits fehlten, ließ mich lächeln.

Als die Leute sahen, dass ich Codey auf den Schultern trug, machten die meisten von ihnen mir sofort Platz und ließen mich so weit wie möglich nach vorn durch, sodass wir schlussendlich einen guten Blick auf die blühende Rose hatten. Codey klatschte begeistert in die Hände, als Jack gemeinsam mit dem Ortsvorsteher nach vorn trat. Die Menge wurde etwas leiser, und bis auf wenige Nebengespräche schien alle Aufmerksamkeit nun nach vorn gerichtet.

„Liebe Bewohner von Rose Village!" Der Ortsvorsteher, ein schlecht sitzendes Toupet auf dem Kopf und Schweißflecken unter den Achseln, breitete die Arme aus. „Ich heiße euch alle herzlich Willkommen zum siebenundvierzigsten Blooming–Rose–Day. Es ist selten vorgekommen, dass die erste Rose bereits am ersten Juni blüht. Ein Zeichen für einen wundervollen bevorstehenden Sommer, wenn ihr mich fragt. Liebe Bewohner von Rose Village, wie schon an den sechsundvierzig vorigen Tagen der blühenden Rose habt ihr Speisen und Getränke mitgebracht, seid zusammengekommen, um diesen Abend gemeinsam mit euren Nachbarn und Freunden zu feiern. Ein alter Bekannter aus New York fragte mich einmal, weshalb ich Rose Village nicht den Rücken kehre, um ihm in der Stadt als Kollege und Nachbar Gesellschaft zu leisten. Die Antwort, meine lieben Freunde, ist so einfach wie kurz: Rose Village ist nicht nur ein Dorf. Es ist Zuhause. Es ist Familie. Und damit übergebe ich das Wort an den diesjährigen Rosenschneider Jack Montgomery. Auf einen phänomenalen Blooming–Rose–Day!"

„Auf einen phänomenalen Blooming–Rose–Day!", fielen alle mit ein.

„Auf einen Rose–Day!", brüllte Codey aus Leibeskräften und freute sich über die Menschen, die ihm daraufhin zujubelten.

„Danke." Jack, sonst so selbstbewusst, wirkte angesichts der Menge und der ungeteilten Aufmerksamkeit mit einem Mal fast schüchtern. „Wenn ich diese Rose abschneide, dann wird eine neue an ihrer Stelle wachsen, und all die anderen werden nach und nach anfangen, ebenfalls zu blühen. So wie unser Dorf aus einer kleinen Gemeinschaft heraus entstand und immer weiter wuchs. Rose Village ist wie diese Rosenhecke: voller einzigartiger schöner Blumen, die alle miteinander ein Ganzes ergeben. Auf euch.“

Es klang auswendig gelernt, aber das störte nicht. Erneuter Applaus erklang.

„Das ist Jack“, erzählte Codey dem Mann neben uns begeistert. „Der ist unser Freund!“

Der Ortsvorsteher zog eine lange, schmale Schere aus dem Inneren seines Jacketts. Eine junge Frau, wenige Meter von mir entfernt, richtete ihr Dekolleté, um Jack gleich darauf wieder anzuhimmeln. Oh Mann! Ich verdrehte die Augen. Er war tatsächlich ein begehrter Junggeselle in dem kleinen Dörfchen. Eigentlich merkwürdig, dass er noch mit keiner dieser Damen liiert war. An Angeboten und Nachfragen scheiterte es sicher nicht.

Jack nahm die Schere mit einer angedeuteten Verneigung entgegen und setzte sie unter dem Jubel der Menge weit unten am Stiel der Rose an. Mit einem Schnitt war die Verbindung zwischen Rose und Hecke getrennt. Codey betrachtete die Dorfbewohner, die sich aufführten, als würden sie auf einem Konzert in der ersten Reihe stehen, und begann nach kurzem Überlegen erneut Beifall zu klatschen.

Suchend glitt Jacks Blick durch die Menge.

Oh nein. Bitte nicht …

Sollte Nolans scherzhafte Prophezeiung vom Morgen etwa Wirklichkeit werden? Kurz zog ich in Erwägung, mich mit Codey zurückzuziehen, als sich just in diesem Moment unsere Augen trafen und ein Lächeln in Jacks Gesicht trat. Die junge Frau, die vorhin noch ihr

Dekolleté überprüft hatte, bedachte mich mit einem schnippischen Blick.

Eine unangenehme Hitze schoss mir ins Gesicht, und ich spürte, wie meine Wangen sich scharlachrot färbten, als Jack auf mich zutrat und mir feierlich die Rose übergab. Mit einem Mal lag die Aufmerksamkeit nicht mehr nur auf ihm, sondern auf uns beiden.

„Willkommen in Rose Village", wisperte er und drückte mir einen Kuss auf die Wange.

„Danke", nuschelte ich und senkte den Blick.

Ich spürte all die Blicke der Leute auf meinem Gesicht. Jeder Blick aus jedem Augenpaar schien sich regelrecht in mich hineinzubohren. Meine Wangen glühten. Es war mir schrecklich unangenehm, und obwohl ich durchaus wusste, dass Jack es nicht aus diesem Grund getan hatte, fühlte ich mich irgendwie bloßgestellt. Als stünde ich nackt da. Wieso hatte er nicht einfach jemand anderen ausgewählt?

Die Worte, die der Ortsvorsteher anschließend zuerst an mich und dann an den Rest der Bewohner des Dorfes richtete, prallten geradezu an mir ab. Ich stand einfach da, hielt die Rose fest und sah Codey dabei zu, wie er sich munter und völlig unbedarft an dem Trubel erfreute.

In meinem Kopf drehte sich alles. Warum hatte Jack ausgerechnet mich ausgewählt? War der Grund wieder bloß der, dass er freundlich sein wollte, hilfsbereit – einfach gut?

Jack neben mir schien nicht einmal zu bemerken, wie unangenehm mir seine Handlung gewesen war oder aber er deutete meine Verlegenheit und Unsicherheit fälschlicherweise als Freude. Ich warf einen Blick auf meine Uhr und war fast erleichtert, dass sie kurz vor achtzehn Uhr anzeigte.

„Komm, wir holen Nolan ab", forderte ich Codey auf und streckte ihm die Hand entgegen. „Wir holen Nolan", erklärte ich Jack knapp, als ich mit Codey an der Hand an ihm vorbeitrat, um mir einen Weg durch die Menschenmenge zu suchen. Ich sah ihm nicht in die Augen.

Zu Hause angekommen stellte ich die Rose in eine gewässerte Vase und auf die Fensterbank, damit bloß niemand auf den Gedanken kam, ich käme meiner Pflicht nicht nach.

„Los, los", trieb ich Codey an.

Ich versuchte Nolan zu erreichen, um nachzufragen, ob ich ihn abholen sollte oder ob er mit demselben Klassenkameraden nach Hause käme, mit dem er hingefahren war, während ich Codey in seinem Kindersitz anschnallte. Erfolglos. Während ich den Motor startete, der wie immer einige lautstarke Anlaufschwierigkeiten hatte, wählte ich erneut Nolans Nummer.

„Immer hängt er an dem Ding, es sei denn, ich rufe ihn an", schimpfte ich, als er auch nach dem dritten Versuch nicht ranging, und fuhr los.

„Mommy?", klang Codeys zartes Stimmchen von der Rückbank nach vorn zu mir.

„Ja, Schatz?" Ich versuchte, mir meine Ungeduld nicht anmerken zu lassen.

„Also ...", Codey zog das O in die Länge und wich meinem Blick im Rückspiegel aus, „... bleiben wir für immer hier?"

„Ja, Baby, das ist jetzt unser Zuhause", antwortete ich sanft.

„Und Daddy … wohnt in unserem anderen Haus?“, fügte Codey zögerlich hinzu. Es war verrückt, aber fast schien es, als wollte dieser clevere kleine Dreijährige unbedingt verhindern, dass seine Worte mich verletzten.

„Ja, Codey. Daddy wohnt in unserem anderen Haus“, antwortete ich wahrheitsgemäß. Ich schluckte, doch der Kloß in meinem Hals blieb.

„Kann er … uns besuchen?“

„Nein.“ Ich schüttelte leicht den Kopf. „Ich denke nicht.“

„Okay.“

Und damit war das Gespräch beendet. Kein Warum, keine Schuldzuweisungen, keine Wut oder Trauer. Nur ein Okay. Ob Jack mit seiner Aussage nachher doch recht haben sollte, dass Codey mich spiegelte? Waren all diese dunklen Gefühle in ihm, aber er ließ sie nicht raus?

Ich hatte keine Gelegenheit, weiter darüber nachzudenken, denn am Treffpunkt angelangt, an dem ich Nolan bisher immer rausgelassen und wieder abgeholt hatte, musste ich erkennen, dass er nicht da war. Merkwürdig. Dabei war ich bereits zehn Minuten zu spät dran. Normalerweise blieb er von 16 bis 18 Uhr im Jugendzentrum. Oder wollte er heute länger bleiben? Ich fuhr rechts ran und wählte erneut erfolglos seine Nummer.

„Weit kann dieses Jugendzentrum ja nicht sein“, sagte ich mehr zu mir selbst als zu irgendjemand anderem, setzte den Blinker und fuhr zurück auf die Straße, um mich auf die Suche zu machen.

Tausende ungewollter Gedanken entstanden in meinem Kopf und machten sich dort breit wie unzählige kleine Seifenblasen. Was, wenn es gar kein Jugendzentrum gab? Und warum ging er nicht einfach an sein Handy?

Eine Kurve später entdeckte ich mit Erleichterung das neongelbe JuZe–Schild über dem Eingang eines einladend aussehenden Gebäudes. Direkt davor war hinter einem dunklen Jeep eine Parklücke frei, in die der Minivan gerade so passte.

„Gehen wir rein und fragen nach, ob sie Nolan gesehen haben, oder ersparen wir ihm die Peinlichkeit und warten noch mal ein paar Minuten?", fragte ich Codey, in der Hoffnung, dass er mir die Entscheidung abnehmen würde, die ich gerade ohne Erfolg sorgfältig abzuwägen versuchte.

„Nolan!", rief Codey fröhlich.

„Reingehen und nach Nolan fragen?", schloss ich daraus.

„Nein!" Codey zeigte mit ausgestrecktem Zeigefinger auf das Gebäude. „Da! Nolan!"

Ich folgte seinem Blick und erstarrte. Durch das leicht milchig getrübte Fenster hatte man tatsächlich einen Einblick in das Innere des Jugendzentrums. Auf einer roten Couch saß Nolan – und knutschte unverblümt mit einem schmalen rothaarigen Mädchen.

„Warte auf mich, Codey", brachte ich tonlos hervor. „Ich bin sofort wieder da."

Binnen Sekunden war ich aus dem Minivan hinaus und in das Gebäude hineingelangt und musste gar nicht erst zu Nolan hingehen, um auf mich aufmerksam zu machen. Er hörte das Knallen der Eingangstür, die hinter mir ins Schloss fiel, und zuckte wie ertappt zusammen, als sich unsere Blicke trafen. Mit einem Mal schien jedes andere Geräusch im Jugendzentrum von einer bedrohlichen Stille verschluckt zu werden. Die wenigen Jugendlichen, die plaudernd, essend und Kicker spielend dastanden, hielten inne, als spürten sie, dass jetzt etwas unheimlich Spannendes geschehen würde. Ein Betreuer, der gerade Brote schmierte und eine Betreuerin, die Staub wischte, starrten mich beide mit offenem Mund an. Offensichtlich sprach mein Gesicht Bände.

„Nolan Johnson! Ab … in … den … Wagen!", brachte ich abgehackt hervor. „Sofort!"

„Aber Nami, ich … das ist Cassy, sie … ähm …", stammelte Nolan mit hochroter Miene.

„Es ist mir scheißegal, wer sie ist!", fuhr ich ihn an und stemmte die Hände in die Hüften. „Beweg dich hier raus! Und du …", ich zeigte auf das zu Tode erschrockene Mädchen, „… wie alt bist du?!"

„V… vierzehn", flüsterte sie.

„Ihr seid vierzehn. Vierzehn!" Ich raufte mir die Haare. „Und Sie beide …", kopfschüttelnd zeigte ich auf die beiden Betreuer, „… Sie lassen so was zu? Reichen ihnen im Extremfall wahrscheinlich auch noch Kondome oder die Pille danach?!"

„Nami, bitte …", brachte Nolan gequält hervor.

„Beruhigen Sie sich doch", verlangte der Brote schmierende Betreuer mit einem unsicheren Lächeln. „Das ist völlig normal in dem Alter, und solange es hier bei uns im sicheren Rahmen … "

„Normal? Normal?! Erzählen Sie mir nicht, was normal ist!" Mit wenigen weit ausholenden Schritten eilte ich durch den Raum und packte Nolan am Arm. „Ich habe dich angerufen! Ich habe mir verdammt nochmal Sorgen gemacht!"

„Ach, du warst das", sagte er lahm und ließ sich wie ein nasser Sack von mir hochziehen.

„Ja, ich war das!", brüllte ich in Ermangelung einer besseren Antwort. „Und jetzt raus!"

„Du bist echt …", knurrte Nolan rot vor Scham und stürmte ohne ein weiteres Wort wie ein geprügelter Hund an mir vorbei.

Ich folgte ihm, holte ihn am Auto wieder ein und riss ihn unsanft an der Schulter herum.

„Was fällt dir ein?", fuhr ich ihn an.

„Lass mich einfach in Ruhe!", brüllte Nolan nun zurück. In seinen Augen glitzerte es verdächtig. „Cassy ist toll! Ich finde sie schon seit dem ersten Tag in der neuen Schule toll! Ihretwegen gefällt es mir in deinem Kaff! Jack hat mir ein paar Tipps gegeben, wie man mit Mädchen umgeht, und heute hat sie mich geküsst, und anstatt dass du dich als meine Schwester für mich freust, machst du eine Szene wie … wie eine wahnsinnig gewordene Ex–Freundin!"

„Warte." Ich streckte ihm, immer noch bebend vor Zorn, die Hand entgegen. Sie zitterte. „Jack hat dir Tipps gegeben?!"

Nolans Schultern sackten herab. „Du bist nicht meine Mutter", brachte er mit erstickter Stimme hervor, stieg ins Auto und knallte lautstark die Tür zu.

Das saß. Einen Moment lang fühlte es sich an, als hätte er mir eine Ohrfeige gegeben. Es dauerte, bis ich mich wieder bewegen konnte. Dann holte ich wutentbrannt das Handy aus dem Auto.

„Ein Mädchen?", brüllte ich Jack entgegen, sobald er sich am anderen Ende der Leitung meldete. „Und du hast ihm Tipps gegeben? Du, der in seinem Alter nichts anderes konnte, als Mädchen das Leben schwerzumachen? Du gibst ihm Ratschläge, wie man mit Mädchen umgeht – ohne meine verdammte Zustimmung?"

Jack schien einen Moment lang völlig überrumpelt, dann räusperte er sich.

„Nami, beruhige dich. Es ist nur ein Mädchen. Keine Droge. Kein Autodiebstahl. Kein Mord", sagte er besänftigend.

Im Hintergrund hörte ich immer noch das fröhliche Stimmengewirr des Blooming-Rose-Days. Er schien sich davon zu entfernen, denn es wurde stetig leiser.

Meine Hände zitterten genauso wie meine Stimme. „Sag mir nicht, dass ich mich beruhigen soll", zischte ich.

„Du reagierst über", beharrte Jack völlig ruhig. „Du warst damals nicht viel älter."

„Eben deswegen!", begehrte ich auf. „Er soll meine Fehler nicht wiederholen!"

Jack schwieg einen Moment lang.

„Ich war ein Fehler?", fragte er dann rau.

„Es geht nicht um uns, Jack. Es geht um Nolan. Er ... er ..." Jäh gingen mir die Worte aus, und der Kloß in meinem Hals schien höher und höher zu steigen, bis mir unwillkürlich Tränen in die Augen traten. „Er soll nicht wie ich ... ich will, dass ..."

„Nami, weinst du?" Jacks Stimme klang wie fern zu mir durch die Leitung.

Ich schniefte. „Ein wenig."

„Okay." Ich hörte, wie er tief ein– und wieder ausatmete. Der Lärm des Dorffestes war inzwischen gänzlich aus dem Hintergrund verschwunden. „Bleib, wo du bist. Ich hole euch."

„Was? Nein!" Es war wirklich schwer, ruhig zu klingen. „Ich schaffe das schon."

„Bist du sicher?" Jack klang besorgt.

„Klar." Ich nickte, obwohl er mich nicht sehen konnte. Die Wut auf ihn war verpufft.

„Okay ... dann treffen wir uns zu Hause. Ich warte hier auf euch. Ich wollte dich sowieso noch sehen heute." Er schwieg einen Moment lang, dann fügte er hinzu: „Nach dem Fest."

„Gut", sagte ich nur, legte auf, stieg in den Minivan und fuhr ohne ein Wort zu Nolan oder Codey los.

Codey schien die Anspannung zwischen Nolan und mir zu spüren und schwieg instinktiv ebenfalls. Die Fahrt aus der Stadt heraus zurück ins Dorf hatte sich nie zuvor so lang angefühlt. Erst als wir in Rose Village vor dem Haus hielten und Codey Jack entdeckte, der lässig an seinem Jeep lehnte, begann er, munter vor sich hin zu singen. Nolan stieg als Erster aus, schlug die Beifahrertür so fest zu, dass ich kurz glaubte, der Minivan würde nun endlich auseinanderfallen und stürmte dann ins Haus.

Seufzend holte ich Codey aus seinem Sitz heraus und trat mit ihm gemeinsam zu Jack. Wider Erwarten machte dieser einen Schritt auf mich zu und schloss mich in die Arme. Nah, sehr nah, standen wir nun beieinander, sein Kinn auf meinem Kopf, mein Gesicht an seiner Brust, hinter der ein lautes, ruhiges Herz schlug. Der Kloß in meinem Hals schien wieder emporzusteigen und beförderte erneut brennende, heiße Tränen an die Oberfläche, die vollkommen lautlos Jacks Shirt durchnässten.

Ich griff mit beiden Händen in den Stoff seines offenen Holzfällerhemdes und krallte mich Halt suchend daran fest. In einem sanften, beständigen Rhythmus strich Jack mir mit kreisförmigen Bewegungen über den Rücken und machte leise Sch–Laute. Es fühlte sich sicher an. Warm. Einfach gut. So dermaßen gut. Viel zu gut. Ich wollte nicht, dass es sich so anfühlte. Widerwillig befreite ich mich aus Jacks Umarmung.

„Das reicht", sagte ich, was fast streng klang, und rieb mir mit dem Handrücken unsanft die Tränenspuren aus dem Gesicht. Schnell sah ich mich nach Codey um. Der jedoch hatte Duke auf der Veranda entdeckt und längst keine Augen mehr für mich, Jack oder irgendetwas anderes als dieses riesige Ungetüm von Hund.

„Und wieso wolltest du mich sehen?", erkundigte ich mich nebensächlich.

„Das kann warten." Jack nickte lässig in Codeys Richtung. „Bis der kleine Junge schläft und der große Junge nicht mehr ganz so wütend ist. Lass dir Zeit, ich muss sowieso noch mal los und etwas abholen. Ich warte dann auf dich."

„Und das muss heute sein?", fragte ich.

Mir war irgendwie mehr nach Wein, einem heißen Bad und frühem Schlafengehen.

„Es muss heute sein", bekräftigte Jack.

Zwei geschlagene Stunden später erhob ich mich nach der Einschlafbegleitung von Codey seufzend aus dem Bett und schlich aus dem Zimmer. An Nolans Wut mir gegenüber hatte sich nichts geändert. Seine

Zimmertür war nach wie vor abgeschlossen, und als ich nun anklopfte, wurde lediglich die Musik ein wenig lauter gedreht.

„Ich bin noch mal kurz an der frischen Luft", sagte ich. „Codey schläft."

Ich nahm eine dünne Strickjacke von der Garderobe und streifte sie über, denn die Frühlingsabende waren oft kühl, wenn die Tage warm waren. Die Sonne war gerade dabei, unterzugehen. Sie färbte Rose Village in ein hübsches, samtiges rotes Licht.

Als ich an Jacks Haustür klopfte, dauerte es nicht lange, bis er mit einem großen Karton in der Hand erschien, der mit einem dicken Geschenkband und einer prunkvollen roten Schleife verschlossen war. Ich schluckte. Er wusste es? Deshalb musste es heute sein …

„Lass uns in den Wagen gehen." Jack deutete auf den Jeep. „Der alte Duke braucht ein wenig Ruhe."

„Okay", murmelte ich.

Schweigend traten wir zum Auto herüber und stiegen ein. Jack schaltete das Licht an. „Happy birthday", sagte er feierlich und stellte den großen Karton auf meinen Beinen ab.

Ich schluckte erneut. „Woher weißt du, dass ich Geburtstag habe?"

„Oh, ich bin nicht gut darin, mir Geburtstage zu merken." Jack schüttelte den Kopf. „Aber deiner ist für mich ganz einfach. Du hast am selben Tag Geburtstag wie ich."

„Was?!"

Jack nickte bedächtig. Seine Lippen waren immer noch zu einem Lächeln verzogen, aber über seine

Augen hatte sich ein schwermütiger Schleier gelegt. Oder lag es bloß an der schwachen Beleuchtung im Wagen?

„Immer wenn du von der Lehrerin ein Buch geschenkt bekommen hast und mit einem Ständchen von allen Klassenkameraden überrascht wurdest, dann habe ich mir vorgestellt, sie sängen auch für mich, und ich bekäme auch ein Geschenk", sagte er. Mit einem Mal lag etwas Hartes in seiner Stimme. „Aber natürlich wurde mein Geburtstag nie gefeiert oder auch nur erwähnt. Ich weiß nicht mal, ob meine Eltern ihn in der Schule überhaupt angegeben haben."

Wie gelähmt starrte ich auf den Karton auf meinem Schoß. Meine Kehle war wie zugeschnürt. Ich fühlte mich schrecklich schuldig.

„Warum hast du nie etwas gesagt? Wir hätten ... zusammen feiern können?", fragte ich leise.

Jack lachte bitter auf. „Nami Johnson, Klassenbeste und Lehrerliebling, feiert ihren Geburtstag zusammen mit dem schmuddeligen, verhaltensauffälligen Jack Montgomery? Wer will diesen besonderen Tag schon mit jemandem verbringen, der ständig im Unterricht einschläft, weil er zu Hause wachliegt?", murmelte er. „Das glaubst du doch wohl selber nicht."

Eine Weile lang war es schrecklich still in dem alten Jeep.

„Oh Jack. Ich hatte ja keine Ahnung ...", brachte ich endlich heiser hervor.

„Schon gut. Wirklich, mach dir keinen Kopf. Die Zeit heilt alle Wunden, oder wie sagt man?" Jack bemühte sich, gleichgültig dreinzublicken. Doch es gelang ihm nicht. Der Schatten, der auf sein Gesicht gefallen war, blieb. Und einen Moment lang sah er so verletzlich aus, dass ich an mich halten musste, ihn nicht in die Arme zu schließen.

„Jetzt öffne endlich dein Geschenk!", verlangte er.

„Okay." Ich fuhr mir mit dem Handrücken über die Augen, um die Tränen fortzuwischen, die ansonsten gleich über mein Gesicht gelaufen wären. Vorsichtig löste ich die Schleife und hob den Deckel an. „Na, dann sehen wir mal, was ..." Mitten im Satz verschlug es mir die Sprache. „Jack, was zum ... aber ich sagte doch, ich will nicht ... oh mein Gott!"

„Jetzt sieh sie dir doch wenigstens mal an", tadelte Jack mich sanft und hob den kleinen schwarzen Welpen, der gerade erst aufgewacht zu sein schien und sich nun ausgiebig streckte, behutsam aus dem Karton.

„Sie?", wiederholte ich.

„Eine Hündin." Jack drückte das kleine dunkle Bündel an seine Brust und tätschelte ihm den Kopf. „Sieben Wochen jung. Ein Labradormischling. Aber wenn du sie nicht willst ... ich nehme sie gerne. Muss nur schauen, was der alte Duke dazu sagt." Herausfordernd sah er mich an.

Ich atmete tief ein und wieder aus. Erst sah ich Jack, dann den winzigen Hund an. Mein Herz ziepte auf eine Weise, die ich bisher nur vom Anblick kleiner menschlicher Neugeborener kannte.

„Jetzt gib sie schon her", verlangte ich dann und verdrehte die Augen.

Ich nahm den winzigen Welpen an mich und war mir sicher, nie zuvor etwas so Weiches berührt zu haben. Sie roch kein Stück weit nach Hund, nach Sabber oder nassem Fell. Vielmehr roch sie irgendwie nach Baby.

Mit großen braunen Augen blickte sie zu mir auf, als wüsste sie ganz genau, dass ich ihr Frauchen sein würde. Ich hatte nie ein Haustier gewollt. Vor allem keinen Hund. Aber diesen, und das wurde mir nun mit aller Heftigkeit bewusst, würde ich immer wollen. Meinen Hund.

„Was steht denn da?" Ich drehte das schmale pinkfarbene Halsband und nahm den herzförmigen Anhänger daran zwischen die Finger. „Molly?"

Mit fein geschwungenen Buchstaben war der Name in das Herz graviert.

„Sie sieht aus wie eine Molly." Jack kraulte ihr den Hals. „Wenn du sie anders nennen möchtest, kannst du das aber natürlich tun. Sie gehört ja dir."

„Nein, nein." Ich schüttelte den Kopf. „Molly ist gut."

Eine Weile lang streichelte ich ihr weiches Fell, bis ich spürte, dass Jack mich nach wie vor ansah. Ich hob den Blick und sah ihm in die Augen.

„Danke, Jack", flüsterte ich.

Jack sagte nichts. Als er die Hand ausstreckte, rechnete ich zuerst damit, dass er Molly wieder streicheln würde, doch dann strich er mir behutsam eine Haarsträhne hinter das Ohr. Sofort begann mein Herz wie wild zu flattern. Mit dem Daumen glitt er betont sanft und langsam von meiner Schläfe bis zu meinem Kinn herab und hob es schließlich leicht an. Wie erstarrt erwiderte ich seinen Blick – unfähig, meine Augen von ihm abzuwenden. Sanft, ganz sanft strich er mit dem Daumen über meine Lippen und nahm zeitgleich die andere Hand hinzu, sodass er mein Gesicht nun gänzlich umschloss. Seine Hände waren rau und warm. Ich atmete lautstark ein.

„Jack …“, brachte ich atemlos hervor.

„Nami“, wisperte er. Sein Gesicht näherte sich meinem – langsam, ganz langsam, so, als wäre ich ein scheues Wildtier, und er wollte mich unter keinen Umständen erschrecken. In seine strahlend blauen Augen trat jäh ein Ausdruck von Begierde, von Verlangen. Ein Ausdruck von Lust.

„Jack“, wiederholte ich, nun mit festerer, lauterer Stimme. „Jack, warte. Ich … ich kann das nicht.“

„Du kannst das nicht?“ Jack wich zurück. Er lächelte, doch ich glaubte, in seinen Augen etwas wie Scham aufblitzen zu sehen.

Eine furchtbar unangenehme Stille trat ein. Der Welpe schleckte mir das Kinn ab.

„Jack, ich …“, setzte ich an. Meine Stimme klang plötzlich furchtbar weinerlich.

„Nein, alles gut.“ Jack schüttelte den Kopf. „Ich wollte dir bloß dein Geschenk geben. Damit du wieder joggen gehen kannst. Wenn sie ausgewachsen ist, wird sie dich beschützen können. Sie wird ziemlich groß.“ Er nickte, ohne mich anzusehen. „Sie wird euch alle beschützen. Dich, Nolan und Codey.“ Er öffnete die Fahrertür, stieg aus und trat um den Jeep herum, um meine Tür zu öffnen.

Betreten stieg ich mit Molly im Arm aus. Die plötzliche Distanz zwischen uns tat geradezu weh. Ich hatte ihn nicht wegstoßen wollen. Aber ich hatte auch nicht zulassen können, dass er diese Grenze überschritt, die ich mir selbst auferlegt hatte.

„Dann bis dann“, sagte er hölzern.

„Ja.“ Ich konnte ihm nicht in die Augen sehen. Fest presste ich Molly an mich. „Bis dann, Jack.“

Kapitel 10

Auf Duke

„Sie hat in mein Bett gepinkelt, Nolans Lieblingsshirt zerrissen, Codeys Schuhe angenagt, und sie winselt ununterbrochen." Vorwurfsvoll hielt ich Jack das kleine, munter wedelnde Bündel mit dem prallen Bäuchlein vor das Gesicht. „Im Garten buddelt sie bloß, pinkelt aber nicht. Und das Futter, das du mir gegeben hast, mag sie nicht – momentan ernährt sie sich ausschließlich von den Essensresten, die Codey für sie vom Tisch fallen lässt. Ihre Leibgerichte sind Milchreis und Würstchen." Ich seufzte abgrundtief. „Ich war gefühlte fünfzig Mal nachts mit ihr auf, weil sie gewinselt hat und unruhig war, und dann wollte sie bloß spielen. Mann, so müde war ich echt seit dem Wochenbett mit Codey nicht mehr."

Um Jacks Lippen herum zuckte es verdächtig. Mit der linken Hand streckte er mir seinen Fußball entgegen, mit der rechten griff er nach Molly. „Also nehme ich sie zurück?"

„Niemals." Ich schüttelte den Kopf. „Sie ist eine Nervensäge, aber eine süße."

„Wie du", schloss Jack, und in seinen blauen Augen blitzte es auf.

Einen viel zu langen Moment sahen wir einander an. Mein dummes Herz begann sofort wieder zu flattern. Nein, Nami, ermahnte ich mich innerlich selbst, nicht jetzt. Nicht nach allem, was du mit Travis durch hast.

Nicht Jack Montgomery! Außerdem konnte ich nicht riskieren, ihm Hoffnungen zu machen und ihn wieder so zurückzustoßen wie an meinem Geburtstag. Den Ausdruck in seinem Gesicht würde ich so schnell nicht vergessen. Scham, Unsicherheit, vielleicht sogar etwas wie Schmerz. Nein, das wollte ich definitiv nicht erneut erleben. Kopfschüttelnd wandte ich den Blick ab. Nolan stand mit dem Rücken zu mir auf dem Spielfeld und erklärte den Kindern, die ihm gebannt zuhörten, mit ausufernden Gesten irgendetwas über einen sogenannten Fallrückzieher. Hatte ich noch nie gehört. Klang abenteuerlich. Ein lauer Frühlingswind wehte über den Platz.

„Er spricht immer noch nicht mit dir, hm?" Jack war meinem Blick gefolgt und seufzte nun leise.

„Nein, nicht wirklich." Ich schluckte. „Außer Guten Morgen, Gute Nacht und Wo ist meine dunkle Jeanshose kommt nicht viel momentan. Es wäre mir so viel lieber, er würde mich anschreien, die Türen zuknallen und mit mir stundenlang diskutieren. Stattdessen ist da so eine ... eine Wand zwischen uns. Eine Wand, hinter die er sich komplett zurückzieht und durch die er mich nicht hindurchlässt." Ich wandte den Blick von Nolans Rücken ab und sah Jack kurz traurig in die Augen. „Er ist wieder genau so, wie er in Salem City war. Wir hatten uns so gut verstanden, nachdem wir uns erst mal hier eingelebt hatten. Und ich Idiotin habe mit meiner hysterischen Aktion im Jugendzentrum alles kaputtgemacht. Er ist wütend auf mich. So wütend. Und das völlig zu Recht."

Jack betrachtete eine Weile lang das Geschehen auf dem Spielfeld, dann beförderte er den Ball mit einem gekonnten Schuss in Nolans Richtung. Dieser nahm ihn an und balancierte ihn auf seiner Fußspitze, bevor er ihn mühelos immer wieder von einem auf den anderen Fuß springen ließ, was die Kinder in Begeisterungsrufe ausbrechen ließ. Auch Codey war heute dabei. Jack hatte ihn für ein kleines Probetraining begeistern können. Eine Weile lang folgten wir dem Schauspiel schweigend mit den Blicken.

„Er ist nicht wütend auf dich", sagte Jack schließlich unerwartet. „Er ist wütend auf sich selbst."

„Auf ... sich selbst?" Ich runzelte die Stirn. „Aber wieso denn? Er hat nichts falsch gemacht." Ich stemmte die Hände in die Hüften. „Sag schon, was hat er dir erzählt?"

Da er ja vor kurzem bereits Flirttricks von Jack bekommen hatte, ging ich lieber auf Nummer sicher.

Jack schüttelte den Kopf. „Gar nichts hat er mir erzählt. Aber ich kenne Nolan nun schon eine Weile und kann eins und eins zusammenzählen, Nami. Er ist nach dem Tod eurer Mutter zu dir, Codey und deinem ... Mann ...", es klang, als würde Jack sich überwinden müssen, dieses Wort auszusprechen, „... in euer gemeinsames Haus gezogen, richtig?"

Ich nickte langsam. Nach wie vor war es mir unangenehm, an meine Vergangenheit erinnert zu werden. Mehr noch: Es bereitete mir ein tiefes Unbehagen. Es fühlte sich jedes Mal so an, als würde man jene Tür, die ich hinter mir geschlossen hatte, als ich der Stadt den Rücken gekehrt hatte, gewaltsam wieder aufbrechen. Und all die Geister der Vergangenheit würden befreit werden und mich einholen.

„Und die Stimmung zwischen dir und deinem Mann war wahrscheinlich sehr angespannt?", fuhr Jack mit etwas leiserer Stimme fort. „Es gab viel Streit und so weiter?"

Ich senkte den Blick. Der Saum meines Kleides spielte in einer lauen Brise um meine Knie. Um Jack nicht ansehen zu müssen und Zeit zu gewinnen, strich ich ihn penibel glatt. Es fühlte sich wie ein anderes Leben an, an das ich nun erinnert wurde. Mein Kopf rebellierte förmlich dagegen, diese Erinnerungen zuzulassen.

„Er kann das gar nicht mitbekommen haben", antwortete ich schließlich ausweichend. „Ich habe immer darauf geachtet, dass sie es nicht mitbekommen." Fröstelnd fuhr ich mir mit den Händen über die nackten Unterarme. Mir war nicht kalt, aber dennoch hatte sich eine Gänsehaut auf ihnen ausgebreitet.

„Frierst du?", fragte Jack.

Ich schüttelte den Kopf. „Er hat es nicht mitbekommen", wiederholte ich betont langsam.

„Natürlich hat er es mitbekommen. Kinder bekommen alles mit, vor allem Teenager. Das kann ich dir aus eigener Erfahrung bestätigen", entgegnete Jack. „Und nun versetz' dich mal kurz in Nolans Lage: Er zieht zu euch und plötzlich gibt es nur noch Streit."

„Aber das war doch nicht seine Schuld!" Ich sah Jack entgeistert an. Und endlich wurde es mir klar: Die ganze Zeit über musste Nolan gedacht haben, es sei seine Schuld.

„Jack, Travis war ... er war nie ein guter Ehemann. Nie", antwortete ich stockend, ohne Jacks durchdringenden Blick aus blauen Augen zu entgegnen. Ich spürte ihn geradezu auf mir brennen. „Es war Show, es war alles Show, was man nach außen hin gesehen hat. Nur ganz Wenige kennen sein wahres Gesicht. Das, was im Haus geschah, das, was er sagte, seine …", ich atmete tief ein und wieder aus, „… seine Drohungen, seine Beleidigungen, seine … all seine hässlichen Worte mir gegenüber, die hat er nur hinter verschlossener Tür benutzt. Und das immer schon, lange bevor Codey geboren wurde. Lange bevor Nolan zu uns zog. Aus irgendeinem Grund habe ich wohl geglaubt, das ertragen zu müssen. Das vielleicht sogar ein Stück weit verdient zu haben. Ich weiß es nicht."

Ich fuhr mir erneut mit den Händen über die nackten Unterarme. Die Gänsehaut wollte nicht verschwinden. Aber es fühlte sich gut an, es einmal ausgesprochen zu haben. Tief in meinem Inneren schien sich ein Sturm zu legen und eine kühle, dunkle Leere zu hinterlassen. Zaghaft hob ich den Kopf und blickte Jack in die Augen.

Sein Kiefer spannte sich an, und fast glaubte ich, dass er in den Hosentaschen seines Trainingsanzugs die Hände zu Fäusten ballte. Dann sah er mir ebenfalls ernst in die Augen.

„Sag das nicht mir, sag das ihm", verlangte er dann. Kurz machte es den Anschein, als wollte er noch etwas hinzufügen, dann schüttelte er schier gedankenverloren den Kopf und wandte sich ruckartig von mir und Molly ab, um sich im Laufschritt zu seiner Juniormannschaft zu gesellen.

Ich seufzte und setzte Molly zu meinen Füßen ab, wo sie sich sofort in Form einer winzigen Pfütze erleichterte. Als ich sie daraufhin überschwänglich lobte, wedelte sie und ließ sich zu meinen Füßen nieder, um an einem Grashalm zu knabbern. Ihre samtweichen schwarzen Haare bedeckten bereits jetzt gefühlt jeden Quadratzentimeter Boden im Haus. Ich hatte nie zu den Mädchen gehört, die nach einem Haustier gebettelt hatten. Ich war kein Pferdefan gewesen, Hunde hatten mir meist Angst eingejagt und Katzen konnte ich mit ihrem unsteten Verhalten nie einschätzen. Nun, wenige Tage nachdem ich Molly bekommen hatte, fühlte es sich nicht nur so an, als wäre ein weiteres, sehr kleines und sehr gefräßiges Kind in die Familie hineingeboren worden, sondern auch so, als wäre sie immer schon bei mir gewesen.

Spontan setzte ich mich zu ihr auf den Boden und begann, ihr den Nacken zu kraulen. Sie verharrte kurz in ihrem Tun, um genüsslich aufzuseufzen, dann fuhr sie unbeirrt damit fort, den Grashalm mit ihren spitzen kleinen Zähnchen in winzige Stücke zu zerbeißen. Dass Hunde Milchzähne hatten und diese wechselten wie Kinder es taten, hatte ich gar nicht gewusst.

Nach dem Warmlaufen, bei dem Codey immer wieder stolz zu mir herüberwinkte und Nolan mich geflissentlich ignorierte, ließ Jack die Kinder mit dem Fußball einen Slalom-Parcours bewältigen.

„Jetzt geht es ans Passspiel", rief er nach einer Weile über das Feld und klatschte aufmunternd in die Hände.

Er sortierte seine kleine Mannschaft in Zweiergruppen, wobei er Nolan ein kleines Mädchen zuteilte und sich selbst mit Codey beschäftigte. Nun wurden die Bälle immer wieder hin und her geschossen.

Der Reiz, den das Spiel Fußball auf sie alle hatte, hatte mich nach wie vor nicht abgeholt. Etwas gelangweilt blickte ich mich um. Der kleine Sportplatz war neben dem Wäldchen und dem Strand das Highlight von Rose

Village. Während sich das Leben der älteren Dorfbewohner oft hauptsächlich auf dem Dorfplatz abspielte, fanden Partys und dergleichen meist auf dem Sportplatz oder am Strand statt – zumindest, als ich noch hier gewohnt hatte.

Erst am Ende des Trainings, das sich ziemlich in die Länge zog, bekam ich die Gelegenheit, erneut mit Jack zu sprechen.

„Er hat in zwei Wochen Geburtstag", sagte ich leise, nachdem er die anderen Kinder verabschiedet und Codey zu mir zurückgebracht hatte, und blickte schweigend in Nolans Richtung. „Mom hat ihm immer die tollsten Partys ermöglicht."

Und in Gedanken erlebte ich erneut seinen Dinosaurier-Geburtstag, seine Star Wars–Party, eine Menge Schatzsuchen und viele, viele Ausflüge zum Indoor-Spielplatz. Es hatte Geschenke ohne Ende gegeben und bei den Vorbereitungen, der Deko und den Partyspielen hatte Mom sich immer selbst übertroffen.

Es würde Nolans erster Geburtstag ohne sie sein. Der letzte hatte mit einem neu erschienen Actionfilm im Autokino stattgefunden, der davor in einer Kletterhalle. Ich war weder finanziell dazu in der Lage, noch hatte ich auch nur ansatzweise eine Idee, was ihm zum derzeitigen Zeitpunkt Freude bereiten könnte.

„Fünfzehn, hmm?" Jack folgte meinem Blick und betrachtete Nolan ebenfalls, der die Fußbälle vom Platz sammelte und in Netzen verstaute.

Ich nickte.

Nolan war damals kurz nach meinem siebzehnten Geburtstag auf die Welt gekommen. Ein winziges rosafarbenes Bündel mit unfassbar kleinen Zehen und einer kräftigen Stimme. Ich hätte ihn ewig halten können. Doch ich hatte ihn nicht ewig halten dürfen.

„Das wird der schlimmste Geburtstag seines Lebens", stöhnte ich.

„Schenk ihm einen Hund", scherzte Jack.

Ich warf ihm einen warnenden Blick zu. „Auf gar keinen Fall! Ein Hund ist mehr als genug."

Jack lachte. Dann wurde er wieder ernst. „Ich glaube, Geburtstage müssen gar nicht unbedingt besonders pompös, teuer oder ausgefallen sein, um schön zu sein. Wir könnten grillen, Marshmallows machen und einfach zusammensitzen."

„Wir?", wiederholte ich.

„Ja." Jack legte den Kopf ein wenig schief. „Ich weiß, dass du nicht ... also wir beide ... du weißt schon. Aber wir können Freunde sein. Jeder braucht einen Freund. Natürlich nur, falls du das möchtest."

Ich betrachtete ihn einen Augenblick lang. Das Sonnenlicht brach sich in seinen Augen. Ihm hing eine dunkle Strähne im Gesicht, die er beim Training mehrfach beiseite gestrichen hatte, dessen aber offenbar irgendwann müde geworden war. Er hatte markante Grübchen und feine Lachfältchen, die um seine Augen spielten.

„Ja, ich ... ähm ... das klingt gut", beantwortete ich endlich seine Frage. Jack und ich als Freunde? „Allerdings isst Nolan kein Grillfleisch. Er ist Vegetarier."

„Kein Ding, ich besorge fleischlose Alternativen", versprach er sofort, ohne einen blöden Kommentar über Nolans Lebensweise abzugeben, wie es so viele andere vor ihm getan hatten. Travis hatte ständig genervt die Augen verdreht, wenn Nolan nur die Beilagen gegessen oder ich ihm etwas anderes zubereitet hatte. Schlussendlich hatte Nolan meist allein oder sogar auswärts gegessen, um dieser Situation aus dem Weg zu gehen. Er hatte immer gesagt, dass es ihm egal sei. Im Nachhinein zog sich mein Magen krampfhaft zusammen, so wütend machte es mich, dass ich zugelassen hatte, dass Travis sich so aufgeführt hatte. Ich hätte mehr hinter meinem Bruder stehen müssen.

„Wir könnten seine Freunde aus der Schule einladen", schlug Jack vor, der meine Gedankengänge natürlich nicht mitbekam. „Auch Cassy", fügte er mit einem Zwinkern hinzu.

Ich musste lachen. „Die will mich sicher nie wieder sehen!"

Jack lächelte. „Er bekommt einen tollen Geburtstag. Verlass dich auf Rose Village", sagte er, verabschiedete sich mit einem lässigen Handschlag von Codey und joggte schließlich zu Nolan, um ihm beim Aufräumen zu helfen.

Zu Hause setzte ich Codey in die Wanne und mich an den Laptop. Während er mit seinen Spielzeugautos im duftenden Schaum spielte, saß ich im Schneidersitz auf dem Badezimmerboden, den Laptop auf dem Schoß, und tippte zum ersten Mal, seit ich hierhergekommen war, mehr als nur einen Satz ein. Zum ersten Mal etwas, was ich höchstwahrscheinlich nicht wieder löschen würde. Als hätten meine Finger nie etwas anderes getan als das, sausten sie jäh über die Tastatur. Und das Geräusch, das mir am liebsten war auf der ganzen weiten Welt, das Klackern vieler mit Buchstaben bedruckter Tasten, erfüllte den Raum. Meine Hände entwickelten schier ein Eigenleben, tanzten geradezu miteinander auf der Tastatur. Und war ich diesbezüglich auch noch so besorgt gewesen – sie waren eindeutig noch im Training! Jedes Wort ergab das andere, und so entstanden nach und nach ein Satz, ein Absatz, eine Seite, zwei Seiten. Mein Kopf fühlte sich an wie ausgeschaltet. Es gab nur noch das Klackern der Tasten und diese Geschichte – und natürlich den badenden Codey, dessen freudige Laute mir während des Herumplantschens ununterbrochen versicherten, dass es ihm gutging.

Eine ganze Weile später – ich hätte nicht sagen können, ob es dreißig Minuten oder drei Stunden gewesen waren – stand das Badezimmer fast gänzlich unter Wasser, Codey hatte schrumpelige Haut an Händen und Füßen, und ich fühlte mich angenehm erschöpft. In meine Finger war ein längst vergessenes prickelndes Gefühl getreten, fast schon schmerzhaft, das mir versicherte, dass ich genug geschrieben hatte. Einundzwanzig mit vielen schwarzen Buchstaben gefüllte Seiten bestätigten dies ebenfalls. Ich öffnete mein Mail-Postfach, tippte eine kurze Nachricht ein und hängte das Geschriebene als Anhang an. Ein Gefühl von Unbesiegbarkeit prickelte in mir. Mit einem wohligen Kribbeln im Bauch klappte ich den Laptop zu und nahm ein großes weiches Handtuch, um Codey abzutrocknen.

Vor der Badezimmertür wartete bereits Nolan. Sein missmutiger Gesichtsausdruck holte mich schnell von meinem Hochgefühl zurück auf den Boden der Tatsachen. Mit einem Augenrollen drückte er mir den schwarzen Welpen in die Hände.

„Schön, dass ihr doch heute noch rauskommt. Ich würde auch gerne irgendwann mal duschen. Dein

Hund hat übrigens Durchfall", verkündete er unterkühlt. „Die Couch kann man an den Sperrmüll stellen, wenn du mich fragst."

Ohne ein weiteres Wort drängte er sich an Codey und mir vorbei ins Badezimmer und schloss die Tür von innen ab.

Ich schüttelte mich angewidert. Bereits auf der Treppe kroch mir der strenge Geruch von Hundekot in die Nase. Seufzend betrachtete ich das ganze Desaster. Unfassbar, wie solch ein kleiner Hund dermaßen große Hinterlassenschaften haben konnte. Ich setzte Codey und Molly auf den Teppich, holte etwas zum Anziehen für meinen Sohn und einen Eimer mit heißem Wasser, Reiniger und Schwamm, um Tante Claires schöne Couch zu retten. Den Würgereiz unterdrückend begann ich, das Polster zu schrubben.

Kaum war Codey angezogen und die beschmutzte Couch grundgereinigt, als ein Läuten an der Haustür erklang. Ich hätte nicht sagen können, wann dieses Geräusch aufgehört hatte, mir Angst einzujagen. Wann es sich zum ersten Mal nicht unheimlich angefühlt hatte, aus dem Fenster zu sehen, um herauszufinden, wer vor der Tür stand. Nun jedoch streifte ich meine Gummihandschuhe ab, warf den Schwamm, mit dem ich das Sofa gerade noch bearbeitet hatte, in den Müll und öffnete die Tür, ohne vorher zu wissen, was mich erwarten würde.

Seit wir in Rose Village wohnten, hatte ich meinem direkten Nachbarn Jack Montgomery unzählige Male die Türe geöffnet. Meist, weil er spontan seine Hilfe für irgendwelche Kleinigkeiten im Haus anbieten wollte, mal, weil er Nolan zum Training abholte oder sich einfach selbst zum Kaffee einlud. Heute war es anders. Das war auf den ersten Blick ersichtlich.

„Es geht um Duke", brach es ohne Umschweife aus ihm heraus, kaum dass ich die Tür geöffnet hatte. Ich hatte ihn nie zuvor so blass gesehen. Schweißperlen standen ihm auf der Stirn.

„Was ist passiert?", fragte ich sofort.

„Als ich vom Training nach Hause kam, ging es ihm nicht gut. Das kommt vor, er ist fast zehn Jahre alt. Aber heute …" Jacks Stimme brach. Er sah mich durchdringend an, fast so, als erwarte er, dass ich für ihn weitersprach. „Er war unruhig, schien Schmerzen zu haben, hat gewürgt und unglaublich viel gespeichelt."

Dass Duke viel speichelte, war nicht wirklich eine Neuigkeit für mich. Das behielt ich aber lieber für mich. Stattdessen winkte ich Jack herein, der wortlos ins Wohnzimmer trat und sich dort in den Sessel sinken ließ, als wäre jäh alle Kraft aus seinen Gliedern gewichen. Die Geruchsmischung aus Hundedurchfall und Reiniger, die in der Luft lag, schien ihm gar nicht aufzufallen.

Codey, der bäuchlings inmitten von Sofakissen auf dem Wohnzimmerteppich lag, blickte kurz vom Fernseher auf, fand es aber offensichtlich doch spannender, seiner Sendung zu folgen, als den unerwarteten, aber schon wohlbekannten Besucher zu betrachten. Ich kochte Jack und mir einen Tee, aber er stellte die Tasse unangerührt auf dem Couchtisch ab. Schweigend sah ich dabei zu, wie der Dampf aus ihr emporstieg.

„Er ist doch schon so alt", murmelte Jack, wohl mehr zu sich selbst als zu mir.

Unsicher blieb ich mit meiner eigenen Teetasse in der Hand neben dem Sessel stehen und tätschelte ihm die Schulter.

„Was ist denn passiert?", wiederholte ich meine erste Frage vorsichtig.

„Er hat eine Magendrehung", antwortete Jack mit schmerzerfüllter Stimme. „Ich habe ihn in die Tierklinik gebracht."

„Wird er operiert?", schloss ich leise.

Jack nickte. Ich nahm einen kleinen Schluck Pfefferminztee. Er war noch heiß und schmeckte nicht besonders. Wahrscheinlich zu wenig Honig.

„Es sieht nicht gut aus", fuhr Jack mit gesenktem Blick fort. „Wie gesagt, er ist einfach nicht mehr der Jüngste. Und wahrscheinlich kam ich einfach zu spät nach Hause. Hätte ich es eine Stunde früher bemerkt ..." Seine Stimme brach.

Molly, die gerade noch einträchtig neben Codey gelegen und auf dem Teppich herumgekaut hatte, sprang plötzlich auf, kratzte fordernd an Jacks Bein und gab einen kurzen hellen Laut von sich, der wie eine Mischung aus Bellen und Winseln klang. Jack nahm sie behutsam hoch und setzte sie sich auf den Schoß, um sie dann mit leerem Blick zu streicheln.

Ich fühlte mich unwohl in meiner Haut. Was sollte ich tun? Wie konnte ich Jack aufmuntern? Warum kam er ausgerechnet zu mir? Und was, wenn Duke nicht wieder gesund werden würde? Jack atmete schwer ein und wieder aus.

Ich nippte erneut an meinem Tee. „Alles wird gut", sagte ich. Eine dumme Floskel, flapsige, leere Worte, die wie eine Seifenblase durch den Raum zu schweben und von Jack abzuprallen schienen, bevor sie zerplatzten.

„Möchtest du ... darüber sprechen?", erkundigte ich mich behutsam.

„Wie bitte?" Jack hielt beim Kraulen des Welpen inne und hob den Blick, als hätte er gerade eben erst bemerkt, dass ich neben ihm stand. Dann schüttelte er den Kopf. „Nein. Nein, danke. Gerade nicht."

„Okay." Ich betrachtete ihn nachdenklich. „Willst du ... einfach nur hier sitzen?"

„Ja ... wenn das okay ist."

„Natürlich ist das okay."

„Mein Haus ist so leer gerade", sagte er. „Und leise."
Und Jack blieb.

Er saß im Sessel, als wir zu Abend aßen und betonte wiederholt, er habe keinen Hunger, wünsche uns aber einen guten Appetit.

Er saß im Sessel, als ich erneut versuchte, erfolglos mit Nolan zu sprechen, und nachdem ich Codey ins Bett gebracht hatte, saß er immer noch da und hielt Molly, die sich auf seinem Schoß zusammengerollt hatte und tief und fest schlief. Ich verschwand kurz in der Küche, um eine Flasche Wein und zwei Gläser zu holen, doch als ich zurück ins Wohnzimmer kam, war der Sessel leer. Auch Molly war nirgendwo zu entdecken.

Erstaunt holte ich mir eine Strickjacke, öffnete die Haustür und trat hinaus. Es war abgekühlt, aber noch angenehm warm. Jack war nicht nach Hause gegangen. Er saß auf den Verandastufen und betrachtete Molly, die auf der Wiese vor dem Haus herumtollte.

„Hier, bitte." Ich reichte ihm eines der beiden Gläser.

Jack lächelte müde. „Alkohol löst keine Probleme."

„Das tut Limonade auch nicht."

„Das stimmt allerdings." Jack hielt beide Gläser, bis ich sie gut gefüllt hatte, dann reichte er mir meins zurück, als ich die Flasche hinter uns auf den Boden gestellt hatte.

„Rotwein", merkte er an und schnupperte am Glas.

„Der edle Tropfen für zweineunundneunzig aus dem Supermarkt", ergänzte ich und schwang den Wein mit gespielt ernster Miene in meinem Glas umher.

„Exquisit."

Am Horizont färbte die untergehende Sonne den Himmel blutrot. Der intensive Duft des Weins vermischte sich mit dem Geruch von Jack. Was hatte er nur an sich, dass er so gut roch?

„Auf Duke", sagte ich und ließ mein Glas sanft gegen seines klirren.

„Auf Duke", wiederholte Jack, und immer noch lag eine tiefe Traurigkeit in seiner Stimme.

Schweigend tranken wir beide einen Schluck. Unsere Arme berührten sich leicht, als wir die Gläser wieder herabsenkten. Jack wandte mir sein ernstes, bleiches Gesicht zu. Mein Herz zog sich krampfhaft zusammen. Ich wollte nicht, dass er traurig war. Kopflos durchforstete ich mein Gehirn nach irgendwelchen lustigen Sprüchen, um ihn vom Nachdenken abzuhalten, um ihn aufzumuntern.

„Auf störrische, vierzehnjährige Teenager, die zu cool sind, um mit irgendjemandem zu sprechen", sagte ich und ließ unsere Gläser erneut aneinander klirren.

Jack sah mir in die Augen. Wir nahmen beide einen erneuten großen Schluck.

„Auf Frauen, die ausschließlich Kleider tragen“, sagte er.

„Auf Männer, die von San Francisco nach Rose Village ziehen, um Betten zu bauen und Rosen abzuschneiden“, sagte ich.

Wir tranken beide, ohne uns aus den Augen zu lassen. Das Ablenken schien zu funktionieren. Irgendwie. Okay – unsere Gläser waren leer, und ich musste sie recht schnell wieder auffüllen. Aber Jack wirkte nicht mehr ganz so tieftraurig wie noch vorhin.

„Auf exquisiten Zweineunundneunzig–Dollar–Wein aus dem Supermarkt“, sagte ich.

„Oh ja, auf den Wein“, stimmte Jack mir zu und ließ sein Glas gegen meins klirren, bevor wir beide tranken.

„Auf diesen Hund ...“, ich deutete auf Molly, der die Energie nicht auszugehen schien, während sie nach wie vor auf der Wiese herumhüpfte, „... der auf meine Couch gekackt, in mein Bett gepinkelt und mein Herz erobert hat.“

„Sorry.“ Jack lachte rau.

Er lachte! Mein Herz machte einen Satz.

„Auf die Frau, die hierherkommt und mir den Kopf verdreht hat. Wie so viele Jahre zuvor auch schon.“

Wir tranken beide einen Schluck, und ich trank einen weiteren, um nichts sagen zu müssen. Und noch einen. Der Platz zwischen uns schien immer enger zu werden. Die Sonne war nun fast gänzlich untergegangen, und unsere Gläser waren schon wieder leer. Ich angelte die Flasche hinter mir hervor, ohne von Jacks Seite zu weichen, und teilte den restlichen Inhalt gerecht zwischen den beiden Gläsern auf. Meine Wangen waren warm, mein Kopf fühlte sich irgendwie leichter an. Nicht leicht, aber leichter.

Jack legte den Arm um mich. Kurz verfiel ich in eine Art Schockstarre, dann entspannte ich mich und ließ ihn gewähren. Ich legte meinen Kopf an seine Schulter. Es fühlte sich so warm, so vertraut, so richtig an.

Molly kam die Stufen zu uns hochgehechtet, kuschelte sich dicht an mich und kratzte sich mit dem Hinterlauf am Ohr.

„Duke war mein Freund, als niemand anderer mein Freund war", sagte Jack in die Stille hinein. „Er war für mich da, als niemand für mich da war."

Ich überlegte zu sagen: Es wird schon wieder. Oder Alles wird gut. Aber ich ließ es bleiben. Ich sagte gar nichts. Stattdessen neigte ich mich ein wenig vor und drückte ihm einen Kuss auf die Wange. Ganz kurz, sanft und unschuldig. Seine Bartstoppeln waren nicht so kratzig, wie ich erwartet hatte. Im Licht der Verandalampe sah ich, dass Jack schluckte. Langsam, ganz langsam, wieder so, als wolle er mich nicht erschrecken, wandte er sich mir zu.

Seine Augen, seine auffallend strahlend blauen Augen waren immer noch traurig. Sie waren immer noch ernst. Aber hinter dieser Traurigkeit, hinter dieser Ernsthaftigkeit, da schimmerte etwas anderes. Etwas Demütiges. Etwas Hoffnungsvolles. Etwas Geheimnisvolles. Es war anders als am Abend meines Geburtstages in seinem Auto.

Fast synchron stellten wir unsere Weingläser auf der Stufe ab. Unsere Gesichter näherten sich einander in quälender Langsamkeit. Kurz bevor unsere Lippen sich treffen konnten, durchriss ein von Vibrationsgeräuschen begleiteter, durchdringender Handyklingelton die prickelnde Stimmung. Jack zog seinen Kopf zurück und sein Smartphone aus der Tasche. Es dauerte einen Augenblick, bis ich realisierte, dass meines in der Tasche der Strickjacke ebenfalls klingelte. Wie merkwürdig.

„Die Tierklinik!", rief Jack, sprang auf und wurde sofort wieder kalkweiß im Gesicht.

„Mein Verlag", murmelte ich mit Blick auf mein Handy und spürte ein Kribbeln in der Kopfhaut, als ich mich von der Verandastufe aufrappelte.

Jack eilte die Stufen herab und presste das Handy an sein Ohr. „Ja? Montgomery hier", hörte ich ihn noch mit angespannter Stimme sagen, bevor ich meinen Anruf ebenfalls entgegennahm.

„Sawyer hier, hallo?", meldete ich mich und hoffte, dass man mir den Rotweingenuss nicht anmerkte und ich dennoch wie eine seriöse, ernstzunehmende Schriftstellerin klang.

„Nami, hier ist Stella", drang die Stimme meiner früheren Lektorin zu mir durch. „Du hast mir vor ein paar Stunden eine Mail geschickt."

„Ja, richtig." Meine Magengegend zog sich krampfhaft zusammen.

„Nun, es ist so …", Stella räusperte sich, „… wir sind immer gewillt, mit Autoren und Autorinnen zusammenzuarbeiten, mit denen das schon zuvor gut funktioniert hat. Und das ist bei dir so. Die Bücher, die du über uns veröffentlicht hast, sind gut. Du hast immer geschrieben, was die Leserinnen lesen wollten. Immer, was gerade im Trend war. Aber das, was du mir vorhin geschickt hast …" Sie machte eine bedeutungsschwangere

Pause, lang genug, um das Gefühl der Unbesiegbarkeit von vorhin zu Staub zerfallen und Selbstzweifel daraus emporsteigen zu lassen. „Das ist anders. Wenn du es schaffst, den Rest des Manuskripts so zu schreiben, wie diese ersten einundzwanzig Seiten, dann ... dann wird es ein Bestseller. Da verwette ich meinen Schreibtisch drauf. Die Idee, der Schreibstil, die Umgebung – ich hatte beim Lesen das Gefühl, du hast zum allerersten Mal nicht das geschrieben, was erwartet wird, sondern das, was dein Herz dir sagt."

„Du ... du magst es?", schloss ich zaghaft.

„Ich liebe es!", korrigierte Stella mich überschwänglich. „Wir veröffentlichen es! Als ebook, Print und Hörspiel! Ich weiß nicht, was du verändert hast, aber du bist von einer annehmbaren Schriftstellerin zu einer fantastischen geworden. Wir quatschen die Tage noch mal über alles Weitere, in Ordnung? In rufe dich an, und du schreibst einfach weiter so wundervoll."

„Ja. Ja gerne!", brachte ich glücksselig hervor. „Danke, Stella! Vielen Dank."

Kopfschüttelnd verstaute ich das Smartphone in der Tasche meiner Strickjacke. Mir war schummrig zumute. Ob das am Wein, am Telefongespräch oder an der knisternden Wir–küssen–uns–fast–Situation von zuvor lag, vermochte ich nicht zu sagen. Zu meinem Erstaunen stellte ich fest, dass Jack bereits wieder auf den Verandastufen saß und schweigend in die Dunkelheit hinausblickte. Mit angehaltenem Atem setzte ich mich neben ihn. Er wandte mir den Blick zu. Seine Miene war unergründlich.

„Und?", fragte ich leise.

„Er ist über den Berg“, antwortete er fast flüsternd, und völlig unerwartet blitzten Tränen in seinen Augen auf.

Mein Herz begann zu flattern. Ohne weiter darüber nachzudenken, nahm ich sein Gesicht in die Hände, küsste erst seine eine, dann seine andere Wange und legte meine Lippen schließlich auf seine. Sanft erwiderte er den Kuss, der nach Rotwein und Tränen schmeckte. Salzig–süß.

Kapitel 11

Der große Knall

Nolans Geburtstag rückte immer näher, und die Ideen für ein Geschenk, das zumindest im Ansatz an die phänomenalen Vorgänger anknüpfen konnte, blieben mir immer noch fern. Es war ein entspannter Mittwochvormittag, Nolan war in der Schule, und Codey spielte vor der Veranda mit Molly, sodass ich die beiden von meinem Schreibplatz aus im Auge behalten konnte. Durch die offene Haustür und das gekippte Fenster drangen in unregelmäßigen Abständen die quietschenden Aufschreie Codeys, wenn Mollys spitze Milchzähne ihn am Arm erwischten. Danach ging das fröhliche Lachen weiter.

Lächelnd beobachtete ich die beiden, bevor ich meine Finger wieder auf die Tastatur niedersenkte. Sofort flossen neue Worte, neue Sätze, neue Kapitel. Ich konnte mich nicht erinnern, je zuvor so befreit und zugleich so leidenschaftlich geschrieben zu haben, ohne darüber nachzudenken, was andere wohl, wenn sie es lesen würden, davon halten würden. Stella hatte tatsächlich recht gehabt, ich schrieb dieses Mal nicht das, was von mir erwartet wurde oder was ich gar von mir selbst erwartete, sondern einzig und allein das, was mein Herz mir sagte.

Als ich Codey fröhlich hallo rufen hörte, sah ich überrascht aus dem Fenster. Jack hatte sich zu den beiden gesellt. Mit aufmerksamem Blick war er neben Codey in die Hocke gegangen und hörte ihm dabei zu, wie er das Spiel, das er und der Hund gerade spielten, erklärte, während Molly ununterbrochen an ihm hochsprang, um ebenfalls begrüßt zu werden. Jack warf einen Blick durch das Fenster, als wüsste er, dass ich genau dort saß und in diesem Moment hinausblickte und zwinkerte mir zu. Sofort machte mein Herz einen Satz. Meine Güte. Ich presste eine Hand auf meine Brust. Ob das irgendwann mal aufhören würde?

Jack trat durch die angelehnte Haustür und blieb hinter mir stehen. Schnell klappte ich meinen Laptop zu.

„Darf ich deinen Bestseller etwa nicht lesen?", fragte er amüsiert.

„Nicht, bevor er fertig ist." Ich drehte mich zu ihm um und reckte und streckte meine vom Sitzen müde gewordenen Glieder. „Musst du denn nicht arbeiten?"

„Ich habe Duke aus der Klinik geholt und dafür frei bekommen. Er hat sich sofort auf das Sofa gelegt und ist eingeschlafen. Typisch." Jack lächelte und machte Anstalten, mir näher zu kommen.

„Jack, Codey könnte uns sehen", tadelte ich ihn, während ich aufstand und ihm mit einem großen Schritt auswich.

„Okay. Sorry." Jack betrachtete Codey eine Weile lang durch das Fenster. „Wann sagen wir es ihnen?"

„Sagen ihnen was?"

„Das mit uns."

„Was ist denn mit uns? Jack!" Ich schüttelte den Kopf. „Wir haben uns geküsst. Nichts weiter. Das müssen wir überhaupt niemandem erzählen."

In Jacks blauen Augen blitzte kurz etwas wie Enttäuschung auf, doch er ließ sie sich nicht anmerken.

Während ich für uns beide Kaffee kochte, drang Codeys fröhliches Juchzen besonders laut durch das gekippte Fenster.

„Ganz wie du möchtest", sagte Jack schließlich und nahm mit einem dankenden Nicken die dampfende Tasse an, die ich ihm reichte. Ohne mich aus den Augen zu lassen, trank er einen Schluck schwarzen Kaffee. „Was möchtest du?"

„Ich weiß es nicht", antwortete ich leise.

Das entsprach nicht ganz der Wahrheit. Ich wusste – zumindest in diesem Moment – genau, was ich wollte. Ganz genau. Ich wollte Jack. Ich wollte seine Gesellschaft, seine Nähe, seine Küsse. Ich wollte so viel mehr als das.

„Wovor hast du Angst?", fragte er. „Was hindert dich daran, glücklich zu sein?"

Ich blickte in meinen Kaffee hinein. Meine Wangen glühten. „Keine Ahnung", murmelte ich. „Zum Beispiel bin ich noch verheiratet." Mein Blick fiel instinktiv auf den Finger, an dem ich den Ring getragen hatte. Ich hatte ihn abgelegt, als ich das Haus in Salem City verlassen hatte. Wie einen Abschiedsbrief ohne Worte hatte ich ihn im Flur auf den Boden geworfen und liegen lassen.

„Mit einem narzisstischen Vollidioten", sagte Jack bitter.

Ich antwortete nicht. Im Hintergrund hörte man Codey Mollys Namen rufen, dann lachte er quietschend auf. Langsam hob ich den Blick. Jack betrachtete mich immer noch. Er lächelte mich sanft über den Rand seiner Tasse hinweg an, dann stellte er sie auf der

Küchenfläche ab, nahm mir meine aus der Hand und stellte sie ebenfalls beiseite.

„Hier kann Codey uns nicht sehen", wisperte er, umfasste mein Gesicht mit den Händen und küsste mich stürmisch. Überrumpelt hielt ich inne, dann erwiderte ich den Kuss, schlang die Arme um seinen Hals und zog ihn so nah an mich heran, dass kein Blatt mehr zwischen uns gepasst hätte.

Seine Hände waren genauso rau wie sein Kuss. Behutsam aber bestimmt drückte er mich mit dem Rücken an die Küchenwand. Seine Zunge teilte meine Lippen. Seine Küsse wurden so fordernd, dass mir der Atem wegblieb. Meine Hände wanderten unter sein Shirt, strichen über seinen warmen Oberkörper und – wow – über ziemlich feste Bauchmuskeln.

„Oh …", erklang es plötzlich hinter uns.

Überrascht, mit knallrotem Kopf und flachem Atem wirbelte ich herum. Im Türrahmen stand Maha, die Hände vor dem Mund zusammengeschlagen, die Augen weit aufgerissen.

„Es tut mir so leid", stammelte sie so schnell, dass die Worte sich in ihrem Mund schier überschlugen. „Die Tür war offen und ich dachte … Codey hat nicht gesagt, dass ihr …" Sie atmete tief ein und wieder aus. „Ich habe absolut nichts gesehen."

„Es gab auch nichts zu sehen", beeilte ich mich zu sagen.

„Sage ich ja." Maha nickte heftig. „Absolut gar nichts. Nur zwei Menschen, die … ähm … Kaffee trinken."

„Jack wollte gerade gehen", sagte ich, immer noch ein wenig außer Atem.

„Wollte ich?" Jack, im Gegensatz zu uns beiden scheinbar unberührt von der ganzen peinlichen Situation, hob skeptisch eine Augenbraue.

„Wolltest du ... nicht?", fragte ich.

„Ja, doch." Jack nickte langsam. „Ich sollte mal nach Duke sehen."

„Oh, er ist wieder zu Hause?", erkundigte Maha sich, offensichtlich froh, das Thema wechseln zu können.

„Ist er." Jack ließ mich nicht aus den Augen. „Wir sehen uns."

„Ja, bis dann", sagte ich hohl.

„Bis dann", rief auch Maha ihm mit sichtlichem Unbehagen nach. „Oh, Nami ...", wandte sie sich dann mit flehendem Blick an mich, „... das ist mir wirklich unangenehm."

„Frag mich mal." Ich lächelte matt. „Mensch, Maha, was denke ich mir nur dabei?"

„Ja, was denkst du dir nur dabei, dir den begehrtesten Junggesellen an der ganzen Küste zu angeln?", fragte sie mit einem zutiefst sarkastischen Unterton in der Stimme.

„Ich habe mir Jack nicht geangelt!", stellte ich entrüstet klar. „Wir haben uns einmal geküsst ... zweimal jetzt, aber das heißt noch lange nicht ... das heißt gar nichts!" Abwehrend wedelte ich mit den Händen, während Codey, dicht gefolgt von Molly und lauthals jubelnd, ins Haus gelaufen kam. „Was führt dich zu mir, Maha?"

„Oh, richtig." Einen Moment lang schien sie völlig vergessen zu haben, weshalb sie eigentlich hergekommen war. „Meine Mutter hat June und Betty zum Tee da und mich sozusagen vor die Tür gesetzt." Sie lachte. „Da dachte ich, wir könnten mit Codey und Molly zum Strand gehen, wenn du Lust und Zeit hast?“

„Ja, zum Strand!“, brüllte Codey, bevor ich die Chance bekam, zu antworten.

„Damit wäre das wohl entschieden.“ Ich lachte, als Codey eine Art Freudentanz aufführte. „Wir waren viel zu selten am Strand, seit wir hierhergekommen sind.“

„Es wird noch genug Gelegenheiten dazu geben“, erwiderte Maha sanft.

Auf dem Weg zum Meer entgingen mir die ständigen Seitenblicke, die Maha mir zuwarf, nicht. Codey lief munter hüpfend vor uns her, sein Lieblingskuscheltier, das Einhorn, unter den Arm geklemmt, während Molly störrisch immer wieder in die Leine sprang, weil sie ihm nicht schnell genug folgen konnte.

„Ich wusste schon, als du zurückkamst, dass ihr beide irgendwann … “, setzte sie an.

„Oh, Maha …“, unterbrach ich sie mit einem gequälten Lachen, „… da ist nichts. Glaub mir.“

Sie nickte und schwieg eine ganze Weile lang. Und dann, als ich schon nicht mehr daran geglaubt hatte, dass sie noch etwas dazu sagen würde, erklärte sie schlicht: „Jack mag dich. Das sieht jeder, der Augen im Kopf hat.“

Ich seufzte abgrundtief. „Ich kriege einfach nicht aus meinem Kopf, wie er früher war“, gab ich kleinlaut bei. „Immer wenn ich ihn ansehe, sehe ich einerseits diesen tollen, gutaussehenden, hilfsbereiten Mann, zu dem er geworden ist.“ Ich stockte. „Aber andererseits auch diesen Teenager. Jack Montgomery.“ Ich sprach den Namen mit einer gewissen Abscheu aus. „Verdammt, ich meine, es ist Jack Montgomery! Er hat uns beleidigt, wann immer sich die Gelegenheit dazu ergab. Er hat gespuckt, er hat geraucht, er hat mit seinem Fahrrad absichtlich Schnecken plattgefahren." Ich verzog angewidert das Gesicht. „Er hat sich mit älteren, zwielichtigen Leuten aus der Stadt herumgetrieben und geklaut. Wenn Nolan so wäre, dann ..." Ich unterbrach mich selbst und biss mir fest auf die Unterlippe.

„Du hast recht. Er hat all diese Dinge getan. Und noch viel mehr, auf das er sicher nicht stolz ist", entgegnete Maha sanft und hob den Arm, um einem älteren Ehepaar mit einem Dackel zuzuwinken. Molly witterte einen potenziellen Spielkameraden und sprang bellend in die Leine.

„Als du damals aus Rose Village fortgezogen bist, ist Jack noch viel auffälliger geworden, als er vorher schon gewesen war", fuhr Maha fort, als Molly sich nach einer Weile beruhigt hatte. „Es muss wenige Wochen später gewesen sein, da haben seine Eltern sich nach einem fürchterlichen Streit getrennt. Die Mutter ist weggegangen und hat ihn beim Vater gelassen. Ich weiß nicht, was aus ihr geworden ist."

Sie ließ ihre Worte eine Weile lang auf mich wirken, bevor sie fortfuhr.

„Das hat ihm den Rest gegeben. Ich weiß nicht zu hundert Prozent, was damals alles hinter verschlossener Tür passiert ist, aber sein Vater war kein guter Mensch."

Ich erinnerte mich an Mr Montgomery und erschauderte unwillkürlich. Damals hatte ich geglaubt, dass ein Sohn wie Jack gar keine anderen Eltern verdient hatte. Nun wurde mir klar, dass Eltern wie die

Montgomerys gar kein anderes Kind hätten haben können als eines, das rebellierte und aneckte, wo es nur ging.

„Weißt du, Nami, es gibt zwei Arten von Menschen. Es gibt die, die sich zurückziehen und ganz still werden – mucksmäuschenstill – wenn sie Gegenwind bekommen. Wenn man sie schlecht behandelt, wenn die Zeiten hart werden. Und es gibt die, die dann erst recht laut werden", fuhr Maha fort, als wir den Strand erreicht hatten und uns im Sand etwas abseits des Ufers niederließen, während Codey Muscheln sammelte. „Und weißt du, was ich glaube? Dass sich da mit Jack und dir genau diese beiden Arten von Menschen getroffen haben."

Einen Moment lang sah ich sie an, meine weise, intelligente Freundin, die aus irgendeinem Grund immer wusste, was ihr Gegenüber gerade wollte und brauchte. Ganz intuitiv. Und ich fragte mich, ob sie auch wusste, was sie selbst wollte und brauchte.

Molly, die zum ersten Mal am Meer war, wagte sich nicht an das offene Wasser heran und hatte sichtlich gewaltigen Respekt vor dem leisen Tosen und Rauschen. Codey versuchte einige Male, sie dazu zu ermuntern, ihm zu folgen, doch sie machte bloß eine Spielaufforderung aus dem sicheren Schutz hinter mir heraus, streckte die Vorderbeine flach auf dem Boden aus und das Hinterteil wedelnd in die Höhe.

Eine ganze Weile lang saßen Maha und ich nebeneinander da, die Beine an den Körper gezogen und mit den Armen umschlungen, das Kinn auf den Knien ruhend.

Ich erinnerte mich an früher. In unserer Jugend hatten wir ständig hier gesessen, auf das Meer geblickt und über Belangloses gesprochen. Die Probleme, die uns damals beschäftigt hatten, etwa die anstehende Mathematikklausur oder ein Streit mit den Eltern, schienen im Nachhinein betrachtet winzig und nichtig, im Gegensatz zu dem, über was man sich im Erwachsenenalter den Kopf zerbrach. Und mir wurde klar, dass wir uns der Leichtigkeit nie ganz bewusst gewesen waren, nun, da sie nicht mehr da war.

„Ich kann das Salz nicht mehr schmecken", sagte Maha plötzlich. „Schon seit einer ganzen Weile nicht mehr."

Ich wandte mich ihr mit fragendem Gesichtsausdruck zu.

„Keine Ahnung, vielleicht hat Mutters Leidenschaft für scharf gewürztes Essen mir die Sinne vernebelt." Maha zuckte die Schultern und lachte kurz und leise auf. „Erinnerst du dich, wie intensiv dieser Geschmack auf den Lippen war?" Sie schloss die Augen und fuhr sich mit der Zungenspitze erst über die Ober–, dann über die Unterlippe, fast so, als würde sie sich dazu zwingen wollen, es wieder zu schmecken. „Es war, als hätte man einen Salzstreuer abgeleckt."

Ich kicherte.

„Und heute ist es eher so wie …" Maha schmatzte nachdenklich. „Zwei Körner Salz in einem Glas Wasser verteilt, umgerührt und damit die Lippen benetzt."

„Ja, so geht es mir auch", stimmte ich ihr zu. „Als ich in Rose Village angekommen und aus dem Minivan gestiegen bin, war ich total enttäuscht. Ich kann es auch nicht mehr schmecken. Es ist einfach … weg."

„Und weißt du, was das bedeutet?", fragte Maha.

„Dass wir alt werden und nach und nach unsere ganzen Körperfunktionen nachlassen?"

„Quatsch!" Maha lachte. „Dass Dinge sich ändern."

„Und mit Dinge meinst du …"

Wir sahen einander an und sagten im Gleichklang: „Jack Montgomery!", bevor wir in Gelächter ausbrachen. Und mit einem Mal waren wir wieder sechzehn Jahre jung.

„Wie geht es deiner Mutter?", erkundigte ich mich mit einem Seitenblick auf Maha, nachdem wir uns wieder ein wenig beruhigt hatten.

„Sie ist müde." Obgleich meine Freundin weiterhin lächelte, lag jäh ein dunkler Schatten über ihrem Gesicht. „Sie isst wenig. Schläft wenig. Hat Schmerzen. Die Momente, in denen sie Besuch erhält wie heute, Tee trinkt und lacht, werden seltener."

Ich legte ihr eine Hand auf den Arm und strich tröstend mit dem Daumen über ihre weiche dunkle Haut. Lächelnd legte sie ihre Hand auf meine. Ich musste die Frage, die mir auf der Zunge lag, nicht aussprechen. Maha hatte sie längst gehört, ohne dass sie meinen Mund verlassen hatte – wahrscheinlich, weil sie sie sich selbst vor gar nicht allzu langer Zeit hatte stellen müssen.

„Ich verlasse Rose Village nicht", sagte sie, reckte das Kinn ein wenig vor und betonte dabei jedes einzelne Wort. „Das junge Mädel, das dies vorhatte, gibt es nicht mehr. Ich bin einunddreißig Jahre alt, Nami, ich ziehe nicht mehr fort, um irgendwo anders zu arbeiten, zu leben, zu sein." Fast klang es, als würde sie sich nicht vor mir, sondern vor sich selbst rechtfertigen wollen. „Und ich werde Mutter nicht verlassen. Selbst dann nicht, wenn sie ..." Sie unterbrach sich selbst, schüttelte den Kopf und betrachtete Codey, der mit einem Stein, den er gefunden hatte, Rillen in den Sand zog.

„Die Seeluft ist gut für Kinder", wich sie jäh vom Thema ab und strich sich über das eng anliegende cremefarbene Kopftuch.

Und plötzlich erinnerte ich mich daran, wie ich ihr die langen schwarzen Haare frisiert hatte, bevor sie sich ihres Glaubens wegen entschieden hatte, ein Kopftuch zu tragen. Beneidenswert voll, wellig und gesund waren sie gewesen. Ideal für Flecht- und Hochsteckfrisuren.

„Was geht in dir vor?", fragte sie und legte den Kopf ein wenig schief. „Denkst du an Jack?"

Ich verdrehte die Augen. „Nein, ich musste gerade an deine Haare denken", gab ich zu. „Wie wir sie damals immer gekämmt und sämtliche verrückten Frisuren ausprobiert haben. Erinnerst du dich?"

Ein Schmunzeln glitt über Mahas Gesicht, und für einen Moment blickten ihre dunklen, mit dichten Wimpern umrahmten Augen in Erinnerungen schwelgend schier durch mich durch.

„Als ob ich das je vergessen könnte", lächelte sie. „Oh ... aber sie sind nicht mehr so lang. Ungefähr bis hier." Sie deutete mit ihrem Zeigefinger auf einen Punkt mittig an ihrem Hals. „So ist es einfacher. Und pflegeleichter."

„Schlechte Stimmung bei euch?“, erkundigte Maha sich.

„Schlechte Stimmung ist noch untertrieben. Wenn Blicke töten könnten, würde ich jetzt nicht hier neben dir sitzen.“

Maha lachte.

„So schlimm?“, fragte sie.

„Schlimmer.“

„Er ist eben ein Teenager“, besänftigte sie mich. „Ich habe mir sagen lassen, die tun Dinge, die Erwachsene nicht nachvollziehen können.“ Sie zwinkerte mir zu. „Wenn du das nicht hinkriegst, wer dann? Niemand kennt ihn besser als du.“

„Ich weiß nicht, Maha ...“ Ich verschränkte die Arme vor der Brust. „Irgendwie scheint alles, was ich mache, falsch zu sein.“

„Gib nicht auf. Vielleicht ist er heute schon freundlicher gestimmt, wenn er aus der Schule kommt“, sagte sie optimistisch.

„Oh, da glaube ich nicht dran.“

Und ich sollte Recht behalten.

Gerade stand ich am Herd und briet ein wenig Putenbrust für eine Reispfanne an, als Nolan in rebellischer Stimmung das Haus betrat. Er ließ seinen Schulranzen hörbar auf den Boden fallen und schlurfte dann in die Küche.

„Oh, lecker, angebratene Leichenteile“, brummte er mit einem Blick über meine Schulter und ohne jegliche Begrüßung.

„Nolan!“, ermahnte ich ihn.

„Was denn?!“ Nolan deutete auf Codey, der auf der Arbeitsfläche der Küche saß und mit seinem Kindermesser Zucchini schnitt. „Meinst du nicht, er sollte wissen, wo das leckere Fleisch herkommt, das er so gerne isst?“

Codey blickte auf und kratzte sich am Kinn. „Woher kommt das Fleisch denn?“, erkundigte er sich unbedarft.

Nolan und ich tauschten einen kurzen Blick miteinander.

„Das wagst du nicht!“, sagte ich leise, aber mit drohendem Unterton in der Stimme.

Nolan schien einen Moment lang nachzudenken. „Nope“, sagte er dann mit einem gelangweilten Achselzucken. „Schätze, das dürfte dein Job sein. Aber mach, wie du meinst.“

Etwas lauter als gewollt knallte ich den Pfannenwender neben das Ceranfeld und drehte die Hitze der Platte etwas herunter.

„Codey, gehst du bitte ein wenig oben spielen? Mommy und Onkel Nolan müssen sich kurz unter vier Augen unterhalten“, bat ich.

„Eins, zwei, drei, vier“, zählte Codey an seinen kleinen Fingern ab. „Darf ich das Zudini noch reinmachen?“

„Klar darfst du die Zucchini noch reintun.“ Ich lächelte und half ihm, die deutlich unterschiedlich groß geschnittenen Stücke mit dem Messer vom Schneidebrett direkt in die Pfanne hineinzuschieben. „Gut gemacht, Codey.“ Behutsam hob ich ihn von der Arbeitsfläche. „Dann gehst du jetzt ein paar Minuten spielen, und gleich rufe ich dich zum Essen wieder runter, okay?“

„Ja, okay", antwortete er mit heller Stimme, dann sah er erst mich und anschließend Nolan an. „Aber nicht streiten!"

„Oh, niemals." Nolan gab ihm einen High–Five.

„Wir streiten nicht, wir reden nur", versprach ich.

Ich wartete, bis Codey die Treppe heraufgegangen war und die Tür hinter sich zugezogen hatte, dann wandte ich mich Nolan zu. Mit abwartendem Blick nahm er die Limonade aus dem Kühlschrank, goss sich ein Glas ein und setzte sich damit auf die Arbeitsfläche.

„Ich habe überreagiert im Jugendzentrum, und das tut mir leid", begann ich und biss mir auf die Unterlippe. „Nichtsdestotrotz denke ich, dass du mit deinen vierzehn Jahren andere ..."

„Ja, schon kapiert", fiel er mir ins Wort und lachte unfroh. „Das passt nicht in dein neues Lady–aus–dem–Dorf–Leben."

„Lady–aus–dem–Dorf–Leben? Nolan, was soll das heißen?"

„Das heißt, dass ich nicht nur in dein Salem City–Stadt–Leben nicht reingepasst habe, sondern auch dein tolles neues Leben voller Strand, Meer, Rosen, Cupcakes und Hunden in Rose Village störe. Sorry, dass ich ein eigenständiger Mensch bin. Du kannst mich nicht hierher schleppen und erwarten, dass nur alles zu deiner Zufriedenheit abläuft. Ich bin nicht dein kleiner braver Codey. Oder Jack, der dir jeden Wunsch von den Augen abliest. Ich bin Nolan. Aber das hat dich ja noch nie interessiert."

Einen Moment lang sah ich ihn an. Sah ihn einfach nur an, wie er so dasaß, fast schon selbstgefällig, die

Beine übereinandergeschlagen und die blau–grünen
Augen provokant auf mich gerichtet. Er ist ein Teenager, dachte ich im Stillen. Er meint das nicht so. Und ich
wusste, dass es tatsächlich so war. Dass ich es war, die
ihn schützen musste, die ihn immer geschützt hatte.
Doch ich wollte nicht auf sie hören, auf diese vernünf-
tige, ruhige Stimme in meinem Inneren. Stattdessen
überkam mich, je länger ich ihn ansah, eine brodelnde
Wut. Ob nur auf ihn oder ein Stück weit auch auf mich
selbst, vermochte ich gar nicht zu sagen.

Ich schob das Putenfleisch und die Zucchinistücke
mit dem Pfannenwender ein wenig hin und her und
versuchte, die Wut wegzuatmen.

„Ah, Ignoranz. Auch gut", sagte Nolan.

Das brachte das Fass zum Überlaufen.

„Meinst du, für mich ist es einfach?", brach es aus mir
heraus. Mit dem Pfannenwender noch in der Hand,
wirbelte ich zu ihm herum. „Meinst du, mir wäre es
nicht lieber, nur für Codey sorgen zu müssen? Sie hat
dich komplett verzogen! Ja, du bist ein verwöhnter, stu-
rer Junge, der immer seinen Willen bekommen hat.
Und du erträgst es nicht, einfach mal nicht der Mittelpunkt des Geschehens zu sein!"

Nolan blickte drein, als hätte ich ihm ins Gesicht geschlagen. Alle Coolness war jäh aus seinen Zügen gewichen.

„Irrtum, Nami", sagte er kühl. „Ich ertrage es nicht,
dass meine Mutter gestorben ist. Ich ertrage es nicht,
dass es dir gleich ist, ob sie lebt oder tot ist. Ja, sieh mich
nicht so an! Dass es dir egal ist, habe ich von Anfang an
gemerkt. Nie sprichst du über sie! Nicht ein Bild gibt es

hier von ihr! Du hast ihr nicht eine einzige verdammte Träne nachgeweint."

„Ich habe nicht geweint, weil ich nicht in der Position bin, mich gehen zu lassen!", fuhr ich ihn an. „Ich hatte niemanden, der für mich gekocht, meine Termine verschoben und meine Aufgaben an meiner Stelle erledigt hat, damit ich im Bett liegen und in Selbstmitleid versinken konnte, als sie gestorben war! Ich hatte Travis, und der ..." Meine Stimme brach. Ich musste an mich halten, nicht in Tränen der Wut auszubrechen.

„Ja, stimmt. Du warst zu beschäftigt damit, mit deinem Travis zu streiten. Ich vergaß", warf Nolan mir mit bitterem Unterton in der Stimme vor.

„Oh Nolan, sprich nicht über Dinge, von denen du nichts verstehst." Etwas zu schwungvoll nahm ich den Topf mit Reis von der Platte, sodass etwas Wasser überschwappte und mit lautem Zischen dampfend auf dem heißen Ceranfeld landete. Ich ignorierte es und goss Wasser und Reis in das Sieb, das ich zuvor bereits ins Waschbecken gestellt hatte. „Du hast vieles nicht mitbekommen."

„Ich habe alles mitbekommen!" Nolan schrie nun fast. Vor Wut hatte sein Gesicht eine hässliche dunkelrote Farbe angenommen. „Jeden Streit! Jedes Wort! Jeden Blick! Ich habe mitbekommen, wie sehr er gegen mich war und wie sehr du dich verbogen hast, um so zu tun, als sei es nicht so! Ich habe mitbekommen, dass ich nie willkommen war! Ich habe mitbekommen, dass der Umzug hierhin, dass das alles ..." Er holte tief Luft. „Ohne mich würdest du heute noch mit Travis und Codey in Salem City leben."

Kaum hatte er es ausgesprochen, stellte er das inzwischen leere Glas neben sich ab und sackte ein wenig in sich zusammen. Dann stand er auf, ging zum Tisch hinüber, zog sich einen Stuhl heran und setzte sich darauf, als wolle er ein wenig Abstand zwischen uns bringen.

„Nolan...", setzte ich leise an.

Er hob den Blick. „Sieh mir in die Augen und sag, dass ich mich irre!"

„Nolan, ich ..." Ich rang nach Atem. Und irgendwie auch nach Worten.

„Ich wiederhole: Wenn Mom nicht gestorben und ich nicht zu euch gekommen wäre, dann hättest du das Haus von Claire nie angenommen", klagte Nolan mich tonlos an.

Meine Kehle fühlte sich wie zugeschnürt an. Ich konnte ihm nicht sagen, ob ich geblieben wäre, wenn alles anders gekommen wäre. Ich hatte mich in meiner Ehe lange schon unwohl gefühlt, doch durch Nolan hatte sich die Lage noch mehr angespannt. Travis kam nicht gut mit ihm klar, denn hier prallten zwei grundverschiedene Welten aufeinander. Aber ich wollte nicht, dass mein kleiner Bruder mit dieser Schuld leben musste. Wie sollte ich ihm die Wahrheit sagen, ohne ihn zu verletzen? Und wie sollte ich ihn beruhigen, ohne zu lügen?

„Nolan ...", setzte ich erneut an. Meine Stimme klang bleiern.

„Lass es einfach." Nolan atmete so schwer, als wäre er gerade einen Marathon gelaufen. Als er aufstand, fiel sein Stuhl lautstark zu Boden. „Ich weiß Bescheid! Und ich werde meine Konsequenzen daraus ziehen."

„Was für Konsequenzen?"

Nolan lief zur Haustür heraus und knallte sie so heftig zu, dass ich zusammenzuckte, obwohl ich gewusst hatte, dass der Knall kommen würde.

„Was für Konsequenzen?", rief ich lauter. Doch er konnte mich schon längst nicht mehr hören.

Kapitel 12

Eine Party für Nolan

Ich hatte mich selten nach einem Streit so aufgewühlt und ausgelaugt zugleich gefühlt wie nach diesem. Nolan kam an jenem Nachmittag nicht mehr nach Hause und gab sich auch keine große Mühe, mich in irgendeiner Art und Weise darüber in Kenntnis zu setzen, ob und wann er wieder zurückkommen würde.

Das schlechte Gewissen lastete auf mir wie eine riesige Bürde und drohte fast, mich zu erdrücken. Ich hatte nie mit ihm gestritten, dafür war der Altersabstand zwischen uns einfach zu groß, und die Treffen zwischen uns beiden waren mit wachsendem Alter seltener geworden, sodass es kaum zu Reibereien kam. Erst als ich nach Moms Tod die Vormundschaft für ihn komplett übernommen hatte, hatte sich das Blatt gewendet. Für Nolan schien es unfassbar schwer, umzuswitchen und mich nun nicht mehr als die nette ältere Schwester, die tolle Geschenke machte, sondern tatsächlich als Erziehungsberechtigte anzusehen.

Am Abend, kurz bevor die Dämmerung einsetzte, hatte ich ihn immer noch weder gesehen noch telefonisch erreicht. Sein Handy war an, aber er ging nicht ran, ließ es einfach endlos klingeln, bis seine Mailbox sich mit mechanischer Stimme meldete. Auch auf dieser hatte ich schon eine Nachricht hinterlassen. Zudem hatte ich ihm zwei Sprachnachrichten geschickt, die er nicht abgehört hatte. Allmählich begann ich, mir Sorgen zu machen.

Um mich etwas abzulenken, beschloss ich, mit Molly und Codey noch einmal spazieren zu gehen, in der Hoffnung, dass bestenfalls beide danach müde sein würden. Ich bemühte mich, mir meine Niedergeschlagenheit meinem Sohn gegenüber nicht anmerken zu lassen.

Auf dem Weg zum Wäldchen fiel mir Jack ins Auge, der vor seinem Haus Holz hackte. Er war so konzentriert in seinem Tun, dass er uns erst bemerkte, als wir direkt vor ihm standen. Duke lag mit geschlossenen Augen ausgebreitet auf der obersten Verandastufe, hob träge den Kopf, als er uns sah, wedelte kurz müde und schlief dann weiter.

„Du ... hackst Holz?", stellte ich fest.

„Klar. Wieso nicht?"

Jack trug, wie schon so oft, ein Holzfällerhemd, dieses Mal ein rotkariertes mit kurzen Ärmeln, und wischte sich mit dem Handrücken den Schweiß von der Stirn. Die Muskeln und Sehnen seiner Arme traten nach der harten Arbeit noch stärker hervor als sonst. Und mir wurde klar, dass er in keinerlei Hinsicht ahnte, wie heiß er war. Kaum hatten sich unsere Blicke getroffen, da schien er zu bemerken, dass es mir nicht gutging. Er ließ Holz und Axt liegen und richtete sich auf. Räuspernd strich ich mein Kleid glatt.

„Alles in Ordnung?", fragte er.

„Nolan ist weg", antwortete Codey, bevor ich es konnte. „Nolan und Mommy haben ganz ...", er zog das A in die Länge wie Kaugummi, „... laut geschimpft. Und dann hat er die Tür zugeknallt. So." Er schlug in die

Hände. „Und jetzt ist er weg, und wir gehen mit Molly im Wald spazieren.“

„Oh, das tut mir leid“, sagte Jack mit sanfter Stimme und betrachtete mich besorgt. „Ich bin mir sicher, dass er sehr bald nach Hause kommt. Mach dir keinen Kopf.“

„Das ist leichter gesagt als getan“, gab ich milde lächelnd zu bedenken.

Jack nickte verständnisvoll, dann zog er seinen Schlüssel aus der Hemdtasche. „Ich suche ihn, okay?“, bot er an. „Ich bin in seinem Alter selbst oft genug fortgelaufen und kenne den einen oder anderen Platz. Kümmere du dich um deine beiden Zwerge, ich kümmere mich um den Großen.“

Dass Jack mir helfen wollte, beruhigte mich ein wenig, und bei seinem freiwilligen Einsatz wurde mir warm ums Herz. Doch der erlösende Anruf kam erst wesentlich später. Codey schlief seit Stunden, und Molly hatte sich auf dem Wohnzimmerteppich zu einer kleinen Kugel zusammengerollt und winselte leise im Schlaf, während sie mit ihren dicken, tapsigen Pfoten zuckte. Ich hatte nicht gewusst, dass auch Hunde träumen können. Aber sie können es offenbar.

Mich hielt nur die Sorge um Nolan davon ab, ebenfalls einzuschlafen. Es war bereits nach 23 Uhr, und allmählich zog ich in Betracht, die Polizei einzuschalten. Von zwei uniformierten Polizisten aufgelesen und nach Hause gebracht zu werden, war bei Nolans Verfassung in diesem Moment wahrscheinlich eher kontraproduktiv, aber die Sorge um ihn brachte mich beinahe um.

Endlich klingelte das Handy. Es war Jack. Mit zittrigen Fingern tippte ich auf den grünen Telefon–Button, um den Anruf entgegenzunehmen.

„Ja?", krächzte ich heiser.

„Ich habe ihn gefunden." Jacks Stimme klang ruhig, geerdet, unaufgeregt.

„Wirklich?" Mir fiel ein Stein vom Herzen. Erleichtert legte ich eine Hand auf meine Brust und atmete lautstark aus. „Wo ist er?"

„Ich bringe ihn nach Hause", versprach Jack, ohne auf meine Frage zu antworten. „Mach dir keine Sorgen."

„Okay ..." Ich atmete tief ein und wieder aus. „Jack?"

„Ja?"

„Ich danke dir."

„Alles gut. Bis gleich."

Erleichtert legte ich auf.

Was würde ich nur ohne Jack tun? Der Gedanke kam mir ganz ungefragt und unschuldig in den Sinn. Gleich darauf stellte ich ihn bereits wieder infrage. Ich würde mich nicht noch einmal so abhängig von einem Mann machen wie ich es bei Travis getan hatte. Auch dann nicht, wenn dieser Mann muskulöse Arme hatte, Holz hackte, weglaufende Jugendliche wiederfand, Welpen verschenkte und bei alledem auch noch unfassbar sexy aussah.

Ich wartete mit dem Schlüssel in der Hand an der angelehnten Haustür auf die beiden. Die Kühle des Frühlingsabends tat meinem Körper und meiner Seele gut. Tief atmete ich ein, ließ die kalte Luft in meine Lunge fließen und sie erfüllen. Eine dunkle, friedliche Ruhe lag über Rose Village. In Salem City war es nie so still und auch nie so dunkel gewesen. Irgendwo hatte immer ein Licht gebrannt, war ein Motorrad mit besonders lautem Motor gefahren oder hatte Musik gespielt, weil jemand etwas feierte. Dafür konnte man in Rose Village die Sterne sehen. Mehr, als ich je zuvor gesehen hatte.

Als Jacks Jeep in die Straße einbog, zog sich mein Herz krampfhaft zusammen. Wie würde Nolan auf mich reagieren? Hatte er Gegenwehr gezeigt, als Jack ihn aufgelesen hatte? War seine Wut auf mich innerhalb der letzten Stunden stärker geworden oder abgeflacht?

Zu meiner Überraschung schien Nolan zwar erschöpft und müde, aber nicht mehr besonders zornig zu sein. Er stieg aus dem Auto, verabschiedete sich per Handschlag von Jack, stieg die Verandastufen empor und umarmte mich kurz. Ich hielt den Atem an.

„Was hast du mit ihm gemacht?", fragte ich Jack.

Er hob die Schultern und ließ sie wieder sinken. „Eigentlich nichts Nennenswertes", antwortete er ebenso nachdenklich wie ich.

„Mach dir keine Sorgen mehr, alles wird gut", versprach Nolan mit fester Stimme. „Ich habe dafür gesorgt."

„Du hast dafür gesorgt?", wiederholte ich. „Was? Wofür hast du gesorgt? Und wie?"

„Das wirst du schon noch sehen." Nolan rieb sich die geröteten Augen. „Ich muss dringend ins Bett, Schwesterherz. Ich bin todmüde. Gute Nacht, Jack. Gute Nacht, Nami." Und damit trat er an mir vorbei ins Innere des Hauses und stieg die knarzenden Treppen empor.

Sprachlos sah ich ihm nach. Es war fast so, als hätten unser schrecklicher Streit von vorhin und die vielen Stunden Funkstille nie stattgefunden.

Mit in den Hosentaschen versenkten Händen trat Jack die Stufen der Veranda empor, bis er unmittelbar vor mir zum Stehen kam. Er stand so dicht bei mir, dass ich meine Hand nur minimal hätte ausstrecken müssen, um ihn zu berühren.

„Danke, Jack", wiederholte ich leise.

„Nicht dafür", flüsterte er ebenso leise. Er neigte sich vor und drückte mir einen sanften, kurzen Kuss auf die Wange. Das Gefühl seines Bartes an meiner Haut jagte mir einen wohligen Schauder über den ganzen Körper. Ich musste dem Drang widerstehen, ihn an mich heran, ins Haus hineinzuziehen und die Tür hinter uns zu schließen. Ihn wieder und wieder zu küssen und ihm womöglich die Klamotten vom Leib zu reißen ... hmm ... Meine Kopfhaut prickelte.

Ganz gleich, was er an jenem späten Abend auch versucht hätte– ich hätte ihn nicht zurückgewiesen. Viel zu sehr wollte ich ihn, sobald er in meiner Nähe war.

„Gute Nacht", wisperte Jack mir stattdessen ins Ohr.

„Gute Nacht", hauchte ich zurück, in der Hoffnung, er würde das Bedauern in meiner Stimme nicht bemerken.

Als er ging, sah ich ihm nach, sah dabei zu, wie er den Jeep abschloss und sein Haus betrat, um sich zu seinem monströsen Riesenhund auf die Couch zu setzen, etwas zu bauen oder eventuell an mich zu denken. Und mein Herz flatterte beim bloßen Gedanken dabei.

Schneller als erwartet stand Nolans Geburtstag vor der Tür. Wir, das hieß Jack und ich, hatten uns darauf geeinigt, nicht am Tag direkt, sondern ins neue

Lebensjahr reinzufeiern. Dass Nolan in diesem Jahr an einem Samstag Geburtstag hatte, traf sich daher gut.

„Das Wetter ist herrlich!", freute ich mich und strahlte Maha an, die mir half, die Getränke für die Feier im Kühlschrank unterzubringen. Sie und einige weitere, in der Nachbarschaft lebende Dorfbewohner waren ebenfalls in die Planung involviert worden und bedacht darauf, dem Jungen, der erst vor kurzem seine Mutter verloren hatte, einen wunderschönen Start ins neue Lebensjahr zu ermöglichen. Ihr Engagement rührte mich beinahe zu Tränen.

„Und? War es jetzt so schwer, auch mal Hilfe anzunehmen?", neckte Jack mich, der gerade an uns vorbeiging, um Molly ins Haus zu bringen, die er mit auf eine kurze Runde durch den Wald genommen hatte.

„Geht so", gab ich wahrheitsgemäß zurück.

Jack schmunzelte. „Ich werde mal nachsehen, wie weit Robert, Sam und Ted mit dem Garten sind", erklärte er, nahm Molly das Halsband ab und drückte mir unerwartet einen Kuss auf die Wange. Er roch nach Wald. Und nach Jack. Es sollte verboten werden, dass Männer so gut riechen. „Vielleicht brauchen sie noch ein wenig Hilfe bei der Dekoration", fügte er entspannt hinzu.

Ich versuchte, weiterhin ruhig zu atmen, was gar nicht so leicht war, da mir das Herz bis zum Halse schlug und sich nur allmählich beruhigen wollte.

„Ja, okay", bemühte ich mich, einen lässigen Tonfall anzuschlagen.

Molly, sichtlich erschöpft vom Spaziergang mit Jack und Duke, streckte sich ausgiebig, bevor sie ein paar Schlucke aus dem Wassernapf nahm und dabei den gesamten Boden überschwemmte. Schließlich rollte sie sich auf dem Sofa zusammen und schlief binnen Sekunden ein.

„Darf ich jetzt endlich mal sagen, dass ihr beiden total süß seid?", raunte Maha mir zu, sobald Jack im Garten verschwunden war. Sie kicherte, als wäre sie plötzlich wieder ein albernes Teenagermädchen.

„Nein, darfst du nicht", entgegnete ich lachend und wandte mich wieder meinen Getränken zu. „Wir haben ein Problem. Das passt hier alles nicht rein." Frustriert stellte ich eine Eisteeflasche, die ich zum wiederholten Male versucht hatte, noch in den völlig überfüllten Kühlschrank zu stopfen, zu den anderen Flaschen auf der Arbeitsfläche. „Der Kühlschrank ist einfach zu klein."

„Ist doch nicht schlimm, dann stellen wir die restlichen Flaschen einfach in meinen Kühlschrank", schlug Maha pragmatisch vor. „Ist ja nicht so, dass wir Kilometer voneinander entfernt wohnen."

Gemeinsam verstauten wir die restlichen Flaschen in einem Getränkekasten und trugen ihn zur Tür heraus. Bei ihr zu Hause angelangt, sortierten wir Wasser, Limonade, Apfelsaft und Eistee in den kleinen Kühlschrank, den Maha und ihre Mutter sich teilten. Er war mit fettreduzierten Joghurts und einer ganzen Menge Gemüse gefüllt.

Obwohl ich ewig nicht hier gewesen war, kam mir der Geruch im Haus vertraut vor. Es roch genauso, wie es damals immer gerochen hatte, wenn ich Maha besucht hatte: nach Gewürzen, frischer Wäsche und Duftkerzen. Eine Welle der Sentimentalität stieg in mir empor, als ich mich umsah. Viele der Möbel waren innerhalb der letzten Jahre ausgetauscht und durch solche ersetzt worden, die für die körperlich eingeschränkte, fast blinde Mrs Ahmad einfacher zu handeln waren. An der Wand im Wohnzimmer hing ein mir noch bekanntes großes Gemälde, ein Aquarell von einer Elefantenkuh mit ihrem Jungen.

Ich erinnerte mich an Übernachtungen, bei denen Maha und ich uns heimlich Filme angesehen hatten, die gar nicht für unser Alter geeignet gewesen waren, und nach denen wir natürlich schreckliche Angst hatten zu schlafen. Ich erinnerte mich an Tee, so köstlichen Tee, wie ich ihn nie wieder irgendwo anders getrunken hatte. Daran, wie wir uns gegenseitig die Fingernägel lackiert, heimlich nachts herausgeschlichen und mit Mrs Ahmad getanzt hatten, bis uns die Füße vom Tanzen und die Bäuche vor lauter Lachen wehgetan hatten.

„Kommst du?" Maha legte mir kurz eine Hand auf die Schulter und hakte sich bei mir unter.

„Ja." Ich sah mich noch einmal in der offenen Küche und dem kleinen bunten Wohnzimmer um. „Sofort."

„Gut, sonst wacht Mom noch auf, und wir bekommen Ärger", raunte Maha mir zu, und wir verließen kichernd das Haus.

„Nolan wird Augen machen", rief ich auf dem Weg zurück freudig und warf einen prüfenden Blick auf meine Armbanduhr. „Zwanzig Minuten noch, dann kommt er. Ich denke, alles ist soweit fertig, oder?"

„Klar. Dein Jack hat das alles gut im Griff", stichelte Maha liebevoll.

„Er ist nicht mein Jack!", protestierte ich.

Lachend gingen wir in den Garten, wo wir eine wunderschöne Geburtstagslandschaft vorfanden. Begeistert und ungläubig zugleich schlug ich die Hände über dem Kopf zusammen. Die Männer hatten Girlanden und Luftballons aufgehängt, einen Pavillon aufgestellt und Jacks großen Grill herübergeholt.

Keine Sekunde zu früh lief ich zurück ins Haus, um die Überraschung nicht zu ruinieren, als auch schon Nolans Schlüssel im Schlüsselloch umgedreht wurde.

„Warum grinst du so komisch?", fragte er, hob eine Augenbraue an und ließ langsamer als sonst seinen Rucksack in die Ecke fallen.

„Ich? Ich grinse nie komisch", setzte ich eine Unschuldsmiene auf und versuchte, seriös dreinzublicken. „Kommst du mal kurz mit in den Garten? Ich habe Codey einen kleinen Pool gekauft und brauche Hilfe beim Aufbauen", sagte ich den Text auf, den ich mir im Voraus zurechtgelegt hatte.

„Ist es denn schon warm genug dafür?" Nolan runzelte die Stirn.

„Seit wann bist du so eine Glucke?", zog ich ihn auf und wandte ihm den Rücken zu, um nicht zu lachen. Mit schnellen Schritten lief ich los Richtung Garten. „Komm schon, Codey ist alleine draußen."

Nolan seufzte, diskutierte aber nicht weiter. Freudig stellte ich fest, dass er mir folgte. Kaum hatten wir die Gartentür durchschritten – noch bevor Nolan die Dekoration richtig zur Kenntnis nehmen konnte – als alle mit viel Getöse und Radau hinter den Obstbäumen hervorsprangen.

„Was zum ...“, entfuhr es Nolan vor Schreck, dann schlug er die Hände über dem Kopf zusammen und lachte.

Die Überraschungsparty wurde tatsächlich ein voller Erfolg. Nolans Lächeln wich ihm den ganzen Nachmittag über nicht mehr aus dem Gesicht. Während Maha mit Codey tanzte, warf Jack den Grill an und Nolan begann spontan, mit Robert Fußball zu spielen. Während Molly wie wild hin und her sauste und immer wieder an jemandem hochsprang, um sich ihre Streicheleinheiten abzuholen, döste Duke neben dem Grill und linste ab und zu hoch, um den ein oder anderen leckeren Bissen abzufangen.

Als ich mit Maha an der Seite dicht an Jack vorbeiging, um neue Cupcakes aus der Küche zu holen, hielt er mich am Handgelenk fest und zog mich unerwartet an sich. Mit einem raschen Blick auf Codey stellte ich sicher, dass er uns nicht zusammen sah.

„Na du“, raunte Jack mir zu. Nur Na du. Das genügte, um mir einen wohligen Schauder über den Nacken zu jagen.

„Na du“, entgegnete ich in Ermangelung klügerer Worte.

Einen Moment lang grinsten wir einander an, so, als gäbe es ein Geheimnis, das nur wir beide kennen würden. Dann eiste ich mich von ihm los und folgte Maha mit glühenden Wangen in die Küche. Dort trafen wir auf Nolan, der für irgendjemanden eine Tasse Kaffee holte und dabei aus dem Fenster sah. Die Frage, ob er uns gesehen hatte, erübrigte sich, als er mich durchdringend ansah. „Du magst Jack?“, fragte er.

Einen Moment lang zog ich in Erwägung, das Ganze zu leugnen. Dann atmete ich tief ein und wieder aus und nickte langsam. Nolan fuhr sich mit der Hand durch das kurz geschnittene Haar.

„Ich habe dich doch nur aus Spaß damit aufgezogen", sagte er kopfschüttelnd und sichtlich überfordert. „Ich dachte nie ernsthaft, dass ihr beiden ..."

Mit den Cupcakes verließen Maha und ich die Küche, während Nolan neben mir herlief.

„Wir lernen uns gerade erst kennen", fiel ich ihm ins Wort, bedacht darauf, so leise zu sprechen, dass es niemand außer uns hörte. „Es ist nichts Ernstes. Oder noch nicht."

„Aber du magst ihn."

„Ja."

„Und er mag dich."

„Scheint so." Ich stellte die Platte mit den Cupcakes ab und wandte mich ihm zu.

Nolan seufzte. Mit einem Mal sah er müde aus.

„Nami?", sagte er dann leise. „Ich glaube, ich habe einen Fehler gemacht."

„Einen Fehler? Was für einen Fehler?"

Kaum hatte ich es ausgesprochen, da wirbelte Robert tanzend an mir vorbei und zog mich lachend mit sich, während Maha sich Nolan schnappte.

Einen Fehler?

Der Abend wurde dunkler und lustiger, doch ich schaffte es nicht mehr, mit Nolan zu sprechen. Seine merkwürdige Äußerung blieb vorerst noch in meinen Gedanken haften, bis sie dann irgendwann verblasste. Nach und nach verabschiedeten sich die Gäste, einige müde gähnend, andere leicht angeheitert. Maha und ich packten Reste der Cupcakes, Salate und des Gegrillten ein und gaben sie mit. Jack und Nolan bauten den Pavillon ab. Unwillkürlich musste ich an Mom denken. Sie wäre stolz auf mich gewesen. Stolz darauf, dass Nolan einen so schönen Ehrentag hatte, obwohl es der erste gewesen war, an dem sie gefehlt hatte.

Viel, viel später stieg ich so leise wie möglich die knarzenden Treppen herab.

„Die beiden schlafen“, sagte ich und ließ mich mit einem zufriedenen Aufseufzen zwischen Maha und Jack auf die Couch fallen.

„Na dann los“, sagte Maha.

„Was meinst du?“ Ich runzelte die Stirn.

„Na, du sagst doch, dass alle schlafen. Nolan schläft, Codey auch, ebenso Duke und Molly“, zählte Maha an ihren Fingern ab. „Was soll schon groß passieren? Ich passe auf die Jungs auf, damit jemand da ist, falls doch irgendetwas ist. Und auf die Hunde natürlich auch. Und ihr beiden Hübschen geht ins Kino oder etwas trinken oder so.“

„Oh ich weiß nicht, Maha“, setzte ich an, doch Jack unterbrach mich.

„Das ist eine großartige Idee“, sagte er, erhob sich vom Sofa und streckte mir die Hand entgegen.

Nach kurzer Bedenkzeit ergriff ich sie. „Und das ist wirklich in Ordnung für dich?“, fragte ich Maha unsicher.

„Das ist mehr als in Ordnung“, betonte sie. „Bitte nimm es an, Nami.“

Zaghaft lächelnd erwiderte ich Jacks Blick, der nach wie vor auf mir ruhte.

„Was sollen wir denn machen?", fragte ich. Irgendwie fühlte ich mich plötzlich sehr schüchtern und verlegen.

„Oh, ich weiß ganz genau, was wir machen", antwortete Jack mit einem geheimnisvollen Lächeln, das mir die Schamesröte in die Wangen trieb. Woran er wohl dachte?

„Danke, Maha. Es sind noch Reste im Kühlschrank", sagte ich.

„Oh, ich weiß das zu schätzen." Maha legte beide Hände auf ihren Bauch. „Aber ich bin so satt, ich kann bestimmt erst wieder übermorgen etwas essen. Und jetzt los." Sie wedelte mit der Hand Richtung Haustür und lachte. „Raus mit euch, bevor ich es mir anders überlege."

Jack ließ meine Hand nicht los. Besonders leise, um niemanden aufzuwecken, schlichen wir hinaus, wobei wir einen großen Ausfallschritt über Duke hinweg machen mussten, der ausgebreitet vor der Haustür lag.

Hand in Hand liefen wir zu Jacks Jeep und stiegen ein. Als er den Motor anließ, fühlte ich eine Mischung aus Aufregung, Angst und Vorfreude in mir prickeln. Wie selbstverständlich legte er eine Hand auf mein Bein und strich mit dem Daumen über den Stoff meines Kleides. Darunter bekam ich eine wohlige Gänsehaut. Mit Jack alleine zu sein, ganz alleine, fühlte sich beflügelnd an – aber auch merkwürdig.

Wir waren nur etwa zehn Minuten unterwegs, da fuhr er rechts ran und bremste. Wir befanden uns mitten auf der von Wald umfassten Landstraße zwischen Rose Village und der nächsten Stadt. Mit geheimnisvollem Gesichtsausdruck schnallte Jack erst sich selbst, dann mich ab und beeilte sich auszusteigen, um mir die Tür aufzuhalten.

„Was hast du vor?“ Unsicher stieg ich aus und sah mich um. Ich hatte einiges erwartet – aber sicher nicht, dass wir ein Date am Straßenrand haben würden.

„Vertrau mir.“ Jack lächelte und streckte mir die Hand entgegen.

Kaum hatte ich sie ergriffen, da zog er mich auch schon zwischen die Bäume, tief in den dunklen Wald hinein, der nur vom Licht des Mondes ein wenig erhellt wurde. Ich konnte kaum meine Hand vor Augen sehen. Schweigend und auch ein wenig widerwillig ließ ich mich von Jack weiterziehen, während das wohlige Prickeln, das ich vorhin noch gespürt hatte, allmählich versiegte. Stattdessen begann ich zu frieren.

„So“, sagte Jack endlich, als sei dieses Stück Wald, auf dem wir uns nun befanden, viel besser und ganz anders als all die Meter, die wir hinter uns gelassen hatten. „Jetzt sind wir weit genug weg von der Straße.“

„Weit genug weg, um … was zu tun?“

Jack legte mir mit sanftem Druck beide Hände auf die Schultern. Im Licht des Mondes konnte ich gerade so erkennen, dass er mich ansah.

„Ich hatte dir doch davon erzählt, dass ich damals immer in den Wald gegangen bin und einfach geschrien habe“, erklärte er ruhig.

Und dann, urplötzlich, legte er den Kopf in den Nacken und tat das tatsächlich. Ich hatte nicht damit gerechnet und zuckte fürchterlich zusammen. Er lachte und zog mich beruhigend an sich.

„Jetzt du“, verlangte er.

„Ich weiß nicht, Jack …“ Unsicher schüttelte ich den Kopf. „Das ist doch albern.“

„Tu es einfach, Nami. Nimm den ganzen Schmerz, die ganze Wut und die ganze Anspannung, die in dir sind und schrei sie raus.“

„Als ob das so einfach wäre.“ Plötzlich war ich schlecht gelaunt. Mir war kalt, und ich wünschte fast, Maha hätte nicht angeboten, den Babysitter zu spielen.

„Es ist tatsächlich so einfach“, beharrte Jack und legte mir sanft eine Hand an die Wange. Sein Daumen strich behutsam über meine Haut. „Ich will dich nicht ärgern. Ich will, dass es dir gutgeht.“ Er drückte mir einen kurzen trockenen Kuss auf den Mund und nickte ermutigend. „Denk an deinen Vater. Er war ein guter Mann und ist so früh gestorben. Deine Mom … es ist nicht fair, dass du Waise bist und all die Verantwortung allein trägst. Und Travis – denk an Travis.“

Ohne es zu wollen, spürte ich etwas in mir aufsteigen. Ich hätte nicht einmal sagen können, ob es Zorn oder Verzweiflung war. Vielleicht lag es auch einfach nur an der Kälte. Aber ich ballte die Hände zu Fäusten, schloss die Augen und schrie einmal kurz auf.

„Das war … schon ganz gut“, befand Jack zögerlich.

Ich musste lachen. „Das war katastrophal. Und total leise.“

„Ja, es war kläglich“, stimmte er mir nun ebenfalls lachend zu. Schnell wurde er wieder ernst. „Versuch es erneut.“

Etwas mutiger schloss ich die Augen wieder und legte den Kopf in den Nacken, um ein zweites Mal, und nun deutlich lauter, zu schreien. Für Dad.

Ein dritter Schrei folgte. Für Mom. Weil sie noch zu jung war, um zu sterben. Weil sie mich allein gelassen hatte.

Ich spürte kaum, wie Jack mich losließ und etwas Abstand zwischen uns brachte, um mir den Raum zu geben, den ich brauchte.

Ich schrie ein weiteres Mal – dieses Mal so laut und so lange, dass es sich anfühlte, als würde es mir die Brust zerreißen. Für Travis und all die Jahre, in denen ich bei ihm geblieben war und so getan hatte, als sei ich glücklich, obwohl ich total unglücklich gewesen war.

Ein letzter Schrei, heiser und kurz – für mich selbst und für das Geheimnis, das ich seit so langer Zeit mit mir herumtrug. Dann sackte ich in mich zusammen, und Jack fing mich auf.

„Okay, jetzt hast du übertrieben", lachte er. „Und? Geht es dir besser?"

Ich nickte schwach.

„Dann fahren wir jetzt nach Hause", sagte er sanft, nahm meine Hand und führte mich aus dem Wald heraus.

Zurück im Auto lehnte ich meine Stirn an die eiskalte Fensterscheibe und sah dabei zu, wie die Bäume schier an uns vorbeiflogen. Mir war nicht mehr kalt. Ich war auch nicht mehr wütend, traurig oder fühlte überhaupt irgendetwas. Mir war, als hätte ich zu viel Wein getrunken. Ich fühlte mich entspannt und vielleicht auch ein klein wenig gleichgültig.

Jack hielt vor seinem Haus und blieb noch einen Moment sitzen, bevor er den Motor ausmachte.

„Möchtest du ...", setzte er an und nickte mit dem Kopf in Richtung Haustür.

Ich musste nicht darüber nachdenken. „Ja“, antwortete ich leise. Mein Hals kratzte beim Sprechen.

Einen Moment lang sahen wir uns in die Augen, dann stiegen wir aus und traten schweigend zum Haus herüber. Jack zog seinen Schlüssel aus der Tasche und nestelte darum herum. War er etwa nervös?

Als es ihm nach einer Weile gelang, die Tür aufzuschließen, öffnete er sie weit und machte eine einladende Geste ins Innere. Wie schon bei meinem ersten Besuch hier empfing mich auch dieses Mal wieder dieser einnehmende Duft, der mir schon damals aufgefallen war. Erstaunlich, dass es hier überhaupt nicht nach Hund roch.

Jack deutete auf die Haustür. „Kann ich sie schließen?“, erkundigte er sich.

Ich nickte. „Ja. Ja, mach sie zu.“

„Alles klar.“

Mit einem leisen Klicken fiel die Tür ins Schloss. Er kam nun langsam auf mich zu, blieb vor mir stehen und ließ seinen Blick von meinem Gesicht über meinen Körper bis hin zu meinen Füßen und wieder zurückgleiten. Dann lächelte er. Seine Grübchen gaben mir den Rest. Ich hielt es keine Sekunde länger aus, ihn nur anzusehen und nicht zu berühren.

Ich schlang die Arme um seinen Hals, stellte mich auf die Zehenspitzen und presste meine Lippen fast schon ungeduldig auf seine. Leidenschaftlich erwiderte er meinen Kuss, teilte meine Lippen mit der Zungenspitze und vergrub seine Hände in meinen langen Haaren. Meine wanderten an seinem Hals herab, über seine breiten Schultern. Mit zitternden Fingern streifte ich ihm das Hemd ab und ließ sie daraufhin unter sein Shirt gleiten.

Jack seufzte leise. Er löste seine Lippen von meinen und begann, meinen Hals mit Küssen zu bedecken, während seine Hände an mir herabglitten, meine Taille umfassten und mich, wenn das überhaupt möglich war, noch enger an sich heranzogen. Mir blieb der Atem weg.

Eilig zog ich ihm das Shirt über den Kopf und ließ es achtlos zu Boden fallen, bevor meine Finger seinen Gürtel öffneten. Jack legte seine Hände auf meine und hielt mich davon ab, weiterzumachen. Erstaunt sah ich zu ihm auf.

„Bist du dir sicher?", fragte er mit rauer Stimme.

Anstatt zu antworten, küsste ich ihn. Das schien ihm Antwort genug zu sein. Behutsam umgriff er den Saum meines Kleides, zog es hoch und streifte es mir über den Kopf, bevor es neben seinem Shirt auf dem Boden landete. Seine Hose fiel herab, sodass wir uns nunmehr nur in Unterwäsche gegenüberstanden.

„Komm mit", hauchte er und nahm meine Hand in seine, um mich ins Schlafzimmer zu ziehen.

Maha war zusammengerollt auf dem Sofa eingeschlafen, als wir uns gegen drei Uhr morgens zurück ins Haus schlichen. Molly lag an ihren Füßen, Duke ruhte auf dem Boden davor, als würde er die beiden bewachen wollen. Irgendwie störte es mich gar nicht mehr, dass dieses haarige, riesige Tier, das ich vor wenigen Wochen noch nicht einmal hatte berühren wollen, es sich in meinem Haus bequem gemacht hatte. Maha seufzte leise im Schlaf.

„Die Arme", kicherte ich hinter vorgehaltenen Händen.

Mir war immer noch total schummrig zumute. Mein ganzer Körper kribbelte, und meine Beine zitterten ein wenig. Kurz zog ich in Erwägung, meine Freundin einfach schlafen zu lassen, doch dann musste ich an Mrs Ahmad denken, die sich wahrscheinlich schon fragte, wo ihre Tochter blieb und womöglich früh am Morgen aufwachte und Hilfe benötigte.

„Hey, Maha ..." Sanft legte ich meine Hand auf ihren Arm und rüttelte leicht daran. „Maha, wir sind wieder da."

Schwerfällig öffnete sie erst eines, dann das andere Auge, bevor sie sich gähnend ausstreckte. Daraufhin wachte Molly auf und wedelte freudig.

„Wie spät ist es?", fragte sie mit schlaftrunkener Stimme und rieb sich mit den Händen über die Augen. „Sorry, dass ich eingeschlafen bin."

„Ach was, alles gut", beruhigte Jack sie.

„Ja, alles gut", stimmte ich ihm zu. „Vielen, vielen Dank, dass du aufgepasst hast."

„Gerne." Maha setzte sich aufrecht hin und streckte sich noch einmal ausgiebig. „Hat sich euer Date denn gelohnt?"

Unwillkürlich schoss mir eine heiße Röte in die Wangen. Verlegen wandte ich den Blick ab, während die Bilder der letzten Stunden in Momentaufnahmen vor meinem inneren Auge abliefen.

„Ich bringe dich nach Hause", sagte Jack. „Duke und ich brechen dann auch mal auf."

„Du Gentleman." Maha grinste und umarmte mich kurz zum Abschied. „Schlaf gut, Nami."

„Schlaft gut, ihr beide. Ihr drei", verbesserte ich mich.

Jack hatte seine liebe Mühe damit, Duke aufzuwecken, der sich schließlich mit müden kleinen Hundeaugen seufzend erhob und Richtung Tür trottete. Auf dem Weg an mir vorbei stupste er kurz wie zur Verabschiedung mit der Nase an meinen Oberschenkel. Ich ließ die Hand über seinen Rücken gleiten. Er war viel weicher, als ich gedacht hatte. Jack verabschiedete sich mit einem kurzen sanften Kuss auf den Mundwinkel von mir.

„Schlaf gut", raunte er mir zu.

Ich begleitete die beiden zur Tür. „Kommt ihr morgen zum Sonntagsfrühstück?", fragte ich spontan und musste plötzlich gähnen. „So um ... acht?"

„Klar, gerne", nickte Maha, die sich von meinem Gähnen sofort anstecken ließ.

„Ich auch." Jack winkte mir noch einmal kurz zu, dann verschwanden die drei zur Tür hinaus.

Mit einem wohlig warmen Gefühl im Bauch schwebte ich geradezu die Stufen empor. Ich ließ mich neben Codey im Bett nieder, der mit halb geöffnetem Mund und leisem Schnarchen längst in der Tiefschlafphase war. Noch einmal liefen die Bilder und Gefühle des Abends vor meinem inneren Auge ab, dann schlief ich völlig erschöpft, aber glücklich ein.

Es gibt diese Tage, an denen man aufwacht und ein Kribbeln im Bauch spürt, ein verheißungsvolles, intensives Prickeln und Knistern. Manchmal ist es aber auch ein schmerzhaftes Ziehen, ein finsteres, spitzes Gefühl wie ein Stachel im Herz, der es langsam mit Gift verseucht. Und einen magischen Moment lang, da öffnet man die Augen und spürt dieses Gefühl, ohne zu wissen, woher es kommt. Man schwebt kurz, ganz kurz zwischen Traum und Wirklichkeit, während das Gehirn gerade erst aufzuwachen scheint und noch nicht dazu imstande ist, die Erinnerung aufzurufen, die dieses Gefühl auslöst.

So ein Morgen war auch dieser Samstag. In meinem Bauch schien ein ganzer Schwarm Schmetterlinge zu tanzen, und als ich die Augen aufschlug, da musste ich instinktiv lächeln. Mit dem nächsten Herzschlag kam auch die Erinnerung über mich. Die Erinnerung an Jack. An seine Küsse, seine Haut, seinen Körper, seine Nähe. Ich streckte mich wohlig im Bett und drehte mich noch einmal zu Codey um.

„Guten Morgen, Schlafmütze“, begrüßte er mich so, wie ich ihn aufzuwecken pflegte, wenn er länger schlief als gewöhnlich.

„Guten Morgen“, erwiderte ich mit müder Stimme und zog ihn an mich, um ihn einmal fest zu drücken.

„Können wir jetzt aufstehen?“, fragte er.

„Ja klar.“ Ich musste lachen. „Komm, wir bekommen Besuch zum Frühstück.“

„Von wem?“

„Von Maha und Jack“, antwortete ich und empfand ein wohliges Kribbeln beim Aussprechen seines Namens.

„Machen wir Pancakes?“, freute Codey sich und hüpfte begeistert die knarzenden Stufen herab.

Kaum im Wohnzimmer angekommen, klopfte Jack bereits an die Tür. Einige Minuten zu früh. Mit Duke an der Seite und ein wenig müde dreinblickend, aber mit einem seligen Lächeln auf den Lippen trat er ein und legte eine Tüte Croissants auf den Tisch. Offenbar waren die beiden schon beim Bäcker gewesen. Molly sprang fröhlich um Duke herum und forderte ihn bellend zum Toben auf, während der sie geflissentlich ignorierte und sich vor das Sofa fallen ließ.

„Wo ist der Teenager?", erkundigte Jack sich, nahm wie selbstverständlich Teller aus dem Küchenschrank und begann den Tisch zu decken.

„Der schläft noch", antwortete ich. Es fiel mir schwer, ihn anzusehen, denn sobald ich es tat, blitzten Bilder der vergangenen Nacht vor meinem inneren Auge auf. Mir wurde heiß und kalt zugleich.

Während ich bemüht ruhig Erdnussbutter, Milch und einen Korb für die Croissants auf den Tisch stellte, klopfte es an der Tür.

„Das ist bestimmt Maha. Warte kurz."

Schwungvoll öffnete ich und erstarrte.

„Guten Morgen, meine Wunderschöne!" Travis beugte sich vor und drückte mir einen Strauß Blumen in die Hand sowie einen Kuss auf die Wange. „Endlich habe ich euch wieder. Hast du mich vermisst?"

Kapitel 13

Schatten der Vergangenheit

Wie versteinert verharrte ich im Türrahmen, eine Hand immer noch am Türknauf, und starrte mein Gegenüber an. Es fühlte sich vollkommen surreal an – wie einer meiner verrückten Träume, in der die Vergangenheit mich einholte. Ich war versucht, mich in den Arm zu kneifen, um herauszufinden, ob ich tatsächlich wach war. Ob das, was hier gerade geschah, wirklich der Realität entsprach. Ich hielt die Blumen so fest, dass ich spürte, wie die Stiele in meinen Händen umknickten.

„Es tut mir schrecklich leid, wenn ich dich erschreckt habe. Ich hätte anrufen sollen", säuselte Travis mit butterweicher Stimme. „Aber das hätte die Überraschung verdorben."

Er sah gut aus. Frisch rasiert und frisiert, mit Poloshirt, dunkler Jeanshose und weißen Turnschuhen. Der Geruch seines Aftershaves zog mir in die Nase und brannte sich förmlich dort ein. Nach wie vor war ich außerstande, etwas zu sagen oder zu tun, außer ihn einfach nur anzustarren, während das Herz in meiner Brust immer heftiger und schmerzhafter zu pochen begann.

„Gefallen sie dir?" Travis deutete auf die Blumen. Auf dem Boden vor meinen Füßen lagen bereits einige Blüten, so unsanft hatte ich sie festgehalten. Ich betrachtete sie kurz, dann hob ich den Blick wieder und sah Travis an.

„Schönes Haus", fuhr er fort und nickte anerkennend. „Etwas altbacken, aber noch gut erhalten. Wie ich, nicht wahr?" Er lachte über seinen eigenen Witz.

Als ich Jacks Hand auf meiner Schulter spürte, wurde die ganze verrückte Situation noch surrealer. Travis und Jack ... nie waren die beiden gemeinsam in einem meiner (Tag–)träume vorgekommen. Travis' Blick glitt kurz von Jacks Gesicht über seinen Körper und verharrte an der Hand, die nach wie vor auf meiner Schulter ruhte. Um seine Mundwinkel herum zuckte es kurz.

„Und wer sind Sie?", erkundigte er sich erstaunlich ruhig.

„Ich bin Jack", antwortete Jack unterkühlt. „Jack Montgomery."

„Freut mich, Jack. Ich bin Travis. Travis Sawyer." Er streckte ihm tatsächlich seine rechte Hand entgegen.

Jack betrachtete diese, als wäre sie etwas Widerwärtiges, in das er mit seinem Schuh hineingetreten war, ohne sie zu ergreifen. Langsam, ganz langsam ließ Travis die Hand wieder sinken.

„Travis, Sie gehen jetzt besser", verlangte Jack mit einem dominanten Befehlston in der Stimme, den ich nie zuvor an ihm gehört hatte. „Sie sind hier nicht erwünscht."

Travis schluckte deutlich sichtbar. „Ich ... ich würde nur gerne meinen Sohn sehen. Und meinen Neffen. Es ist doch sein Geburtstag. Ich habe auch etwas für ihn. Bitte, Nami ... ich bitte dich", verlangte er kleinlaut, und mit einem Mal lag etwas fast schon Demütiges in seiner

Stimme. Irrte ich mich, oder glänzten seine Augen sogar verdächtig? Ich musste den Blick abwenden.

„Versteh doch!", wandte er sich flehentlich an mich. „Du hast mich ohne ein Wort verlassen, Nami. Du hast mir alles genommen. Möglich, dass es Unstimmigkeiten in unserer Ehe gab, dass wir Probleme hatten ... aber wieso hast du nie etwas gesagt?"

Ich öffnete den Mund, um etwas zu entgegnen, schloss ihn jedoch wieder. Es gab nichts, rein gar nichts, was ich hätte sagen wollen. Sagen können. Meine Kehle fühlte sich zugeschnürt an. Jack drückte mit der Hand, die auf meiner Schulter lag, leicht zu.

„Soll er gehen?", fragte er mich leise.

Ich blickte in seine strahlend blauen Augen. Dann in Travis' braune, tieftraurige Augen. Langsam schüttelte ich den Kopf.

„Du kannst die Jungs sehen und Nolan sein Geschenk geben", hörte ich mich selbst mit befremdlicher Stimme sagen. „Und danach gehst du und kommst nicht wieder."

„Ja, natürlich! Danke. Vielen Dank!", brach es aus ihm heraus. Er hob etwas vom Boden auf, das sich beim näheren Hinsehen als Gitarrentasche entpuppte, und trat mit kleinen Schritten über die Türschwelle. Ich konnte mich nicht daran erinnern, ihn je zuvor so aufgelöst, so unterwürfig gesehen zu haben.

Ein ungutes Gefühl beschlich mich, als Jack die Tür hinter ihm schließen wollte. Er bemerkte meinen Blick, zögerte kurz und ließ die Tür dann einen Spaltweit geöffnet. Dankbar nickte ich ihm zu.

„Daddy!" Codeys gellender Schrei tönte durch das ganze Haus. So schnell ihn seine kleinen Beine tragen konnten, sprang er vom Sofa herunter, rannte auf Travis zu und sprang ihm in die Arme. Der drückte ihn fest an sich und sah mir dabei demütig in die Augen. Ich musste den Blick abwenden.

Jack wich nicht von meiner Seite. Mit sichtbarer Missbilligung folgte er jeder Bewegung von Travis mit den Augen.

Ich verschränkte die Arme vor der Brust. „Wie hast du uns gefunden?", fragte ich. Meine Stimme klang viel zittriger als geplant.

„Oh, er hat es nicht erzählt?" Travis wirkte überrascht. „Nolan hat mich angerufen und mir gesagt, wo ihr seid. Er hat mir von dem Dorf erzählt und vom Haus eurer Tante, und dass ... nun ja ...", unbehaglich ließ er seinen Blick von Jack zu mir schweifen, „... dass du mich vermisst."

„Er hat recht." Nolans Stimme drang aus der oberen Etage zu uns herunter. Langsam kam er die Treppe herab, das Gesicht blass, die Hände in abwehrender Haltung vor dem Oberkörper verschränkt. „Ich dachte, es wäre eine gute Idee."

„Das war es, mein Kumpel. Coole Frisur!" Travis setzte Codey auf dem Boden ab und begrüßte Nolan überschwänglich mit einem Handschlag, was er definitiv nie zuvor getan hatte. Und er hatte ihn auch noch nie als seinen Kumpel bezeichnet. „Hier, für dich. Happy Birthday!" Travis reichte ihm die Gitarrentasche und zwinkerte. „Die habt ihr wohl liegen lassen."

Oh nein.

„Oh ... wow!" Nolan schien sein schlechtes Gewissen kurz zu vergessen, riss ungeduldig den Reißverschluss auf und beförderte seine geliebte Gitarre ans Tageslicht.

Erschrocken warf ich Jack einen Blick zu. Doch der setzte eine gleichgültige Miene auf und behielt Travis nach wie vor im Auge. Ein wenig erleichtert atmete ich aus. Bei Gitarren war es sicher sowieso so, dass eine wie die andere aussah. Es musste so sein. Über Gegenteiliges konnte ich mir gerade nicht auch noch einen Kopf machen.

Codey klammerte sich immer noch an die Beine seines Vaters, hüpfte wie wild auf und ab und schien völlig aufgedreht. Molly, die das ganze Geschehen bisher entspannt aus der Ferne beobachtet hatte, erhob sich nun gähnend aus ihrem Körbchen und trottete wedelnd auf den ihr Unbekannten zu.

„Ein Hund", merkte Travis tonlos an. Mit dem Fuß schob er Molly unsanft zurück.

„Mein Hund", korrigierte ich, pfiff Molly zu mir und nahm sie auf den Arm. Sie hatte bereits einiges zugelegt, seit sie bei mir war, und ihre anfangs dicklichen kurzen Beine kamen mir schon ein wenig länger vor.

„Du magst doch keine Hunde", murmelte Travis. Duke hatte er bisher noch nicht bemerkt.

„Das hat sich geändert. Wie so einiges." Ohne den Blick von Travis abzuwenden, griff ich nach Jacks Hand. Der straffte die Schultern. Nach außen hin hatte er immer noch sein Pokerface aufgesetzt, aber ich sah ihm genau an, dass er sich über diese Geste freute. Travis hingegen schien mit der Fassung zu ringen.

„Frühstückst du mit uns?", rief Codey, immer noch auf- und ab hüpfend, und zog an Travis' Arm.

Dessen Blick glitt über den bereits reichlich gedeckten Frühstückstisch, der für fünf Personen gedeckt war.

„Nein, er muss leider jetzt gehen", antwortete Jack, ehe es jemand anders tun konnte.

Codey wandte sich von Travis ab und warf Jack einen missmutigen Blick zu.

„Du bist nicht der Chef, Jack!", erklärte er mit erhobenem Zeigefinger.

„Schon gut, mein Junge, schon gut." Besänftigend ging Travis neben Codey in die Hocke, zog eine zerbeulte Polizeimütze aus seiner Tasche und setzte sie ihm auf. Sie war natürlich viel zu groß und rutschte ihm sogleich über die Augen. Behutsam schob er sie ihm aus dem Gesicht. „Daddy muss jetzt los. Aber jetzt, da ich weiß, dass es euch gutgeht und wo ihr seid ...", Vielleicht bildete ich es mir nur ein, aber irgendwie hatte ich das Gefühl, dass er mich ganz kurz ansah, während er das sagte, „... da spricht sicher nichts dagegen, dass wir uns öfter sehen. Richtig, Nami?"

„Richtig, Mommy?", fragte Codey im selben Tonfall und legte den Kopf schief.

„Wir ... werden sehen", antwortete ich vage.

Noch vor einer Stunde hatte ich gehofft und geglaubt, Travis nie wieder unter die Augen treten zu müssen, und nun stand er in meinem Wohnzimmer und bat um weitere Treffen. Ich konnte kaum klar denken.

Als er dicht an mir vorbeiging, um sich der Tür zu nähern, warf er mir einen gepeinigten Blick zu. Kurz, ganz kurz flammte das mir wohlbekannte schlechte Gewissen in mir auf. Ich versuchte, mich zusammenzureißen. Ich hatte nichts Unrechtes getan! Oder doch? Die

Verzweiflung in Codeys Augen, weil sein lange vermisster, innig geliebter Vater ihn nun schon wieder verließ, schrie geradezu das Gegenteil heraus.

„Auf Wiedersehen", sagte Jack kühl.

Travis sah nicht ihn an, sondern mich. Wie ein geprügelter Hund. „Ich bleibe in der Nähe. Falls du reden willst." Betont langsam öffnete er die Haustür, so als hoffe er inständig, dass ich es mir doch noch anders überlegen und ihn bitten würde zu bleiben.

„Ich ändere mich, Nami! Für dich. Für die Jungs. Für uns", sagte er eindringlich, als wäre Jack gar nicht da.

Menschen ändern sich nicht, lag es mir jäh auf der Zunge. Doch ehe ich den Satz aussprechen konnte, verschluckte ich mich daran. Hatte ich diese Theorie in den letzten Wochen nicht widerlegt? Jack hatte sich geändert. Oder etwa nicht? Ich warf ihm einen kritischen Seitenblick zu. Was, wenn er gelogen hatte? Wenn es wie damals sein würde? Ein dumpfer Schmerz durchfuhr mich, während ich abwechselnd Jack und Travis ansah und kein Wort über die Lippen brachte. Und wenn es doch stimmte und Jack sich geändert hatte, was sagte mir dann, dass Travis es nicht konnte? Was gab mir das Recht, ihm Codey vorzuenthalten, nun, wo er so bemüht schien, sich zu bessern?

„Ich habe dir nie wehgetan, Nami", setzte Travis, der meine Unsicherheit zu wittern schien, an, und seine braunen Augen blickten so treu drein, dass es schwerfiel zu glauben, sie könnten jemals gelogen haben.

„Nami?" Jacks Stimme war ganz leise, obwohl er so dicht bei mir stand.

„Ich rufe dich an“, hörte ich mich selbst sagen und sah mit heftig pochendem Herzen dabei zu, wie Travis das Haus verließ und langsam die Tür hinter sich zuzog.

Kaum war das geschehen, brach Codey in Tränen aus. Laut und inbrünstig. Aus jeder Pore seines Körpers sprachen Wut, Schmerz und Enttäuschung. Zuletzt hatte ich ihn so bitter weinen hören, als wir auf dem Supermarktparkplatz den kleinen Unfall gehabt hatten und er sich zu Tode erschrocken hatte. Mit schnellen Schritten trat ich zu ihm, versuchte ihn in die Arme zu schließen, aber er machte sich ganz steif und drückte sich von mir weg, während er immer wieder nach seinem Daddy schrie. Es fühlte sich an, als würde sich ein Pfeil durch mein Herz bohren.

„Was hast du dir bloß dabei gedacht?“, erklang Jacks Stimme hinter mir.

In der Annahme, er rede mit mir, drehte ich mich überrascht um. Mit vor der Brust verschränkten Armen stand er vor Nolan, der immer noch die Gitarre umklammerte, und schüttelte den Kopf. Er klang unfassbar wütend.

„Sprich nicht so mit ihm“, ermahnte ich Jack mit zitternder Stimme.

„Ist schon okay.“ Nolan schluckte deutlich sichtbar. „Ich habe ihn nach unserem Streit angerufen. Bevor ich wusste, dass ihr beide ...“ Er presste die Lippen aufeinander und schloss kurz die Augen. „Es war eine dumme Idee, aber in diesem Moment kam mir dieser Anruf wie das einzig Richtige vor.“

„Was hast du denn erwartet, was passiert, Nolan?“, fragte ich über Codeys Weinen hinweg betont ruhig, obwohl meine Stimme nach wie vor zitterte.

„Ich dachte, du und Codey ... ihr beide könntet wieder mit ihm nach Salem City zurückkehren und zu dritt leben, so wie ihr es vor ... vor mir getan habt", rückte er stockend heraus und fuhr sich mit der Hand in den Nacken. „Ich dachte, wir könnten dieses Haus hier verkaufen und dann suche ich mir einen Nebenjob und ein Zimmer und ..."

„Nolan, du bist fünfzehn!"

„Ich dachte, ich könnte vielleicht ein Zimmer bei Jack haben. Und immer beim Training helfen und so." Nolan blickte beschämt zu Boden. „Ich dachte, das ist es, was du willst. Was Codey will. Ich ... ich wollte einfach wieder ganz machen, was ich zerstört habe."

„Du hast gar nichts zerstört", entgegnete ich mit müder Stimme.

„Jetzt. Jetzt gerade", korrigierte Jack mich. „Jetzt gerade hat er so einiges zerstört. Das war sehr dumm, Nolan. Ich hatte dich für klüger gehalten."

„Wie sprichst du denn mit ihm?", ermahnte ich Jack erneut.

„So, wie er es verdient hat", fuhr er mich ungewöhnlich heftig an. „Er hat einen Fehler gemacht, und das darf man ihm ruhig sagen! Ohne Samthandschuhe."

„Samthandschuhe", wiederholte ich betäubt. „Okay. Wieso sagst du nicht einfach, was dein eigentliches Problem ist?"

Mein Herz schlug so laut, dass ich glaubte, alle im Wohnzimmer müssten es hören. Codey weinte immer noch und sträubte sich gegen jegliche Berührung von mir.

„Was mein Problem ist?" Jack deutete auf Nolan und dann auf die Haustür, durch die Travis wenige

Minuten zuvor verschwunden war. „Er ist zurück, und sofort hast du wieder ein schlechtes Gewissen und überdenkst deine Entscheidung, ihn verlassen zu haben! Ja, sieh mich nicht so an – offensichtlicher hätte es nicht sein können! Dein Gesicht hat Bände gesprochen, als er so reumütig hier herumgekrochen ist! Was kommt als Nächstes? Vergibst du ihm? Gehst mit ihm zurück in die Stadt?"

Duke, von dem Lärm aufgeweckt, erhob sich, schüttelte sich und trat hechelnd zwischen uns beide. Fast schien es, als versuchte er, unseren Streit zu schlichten.

„Was? Nein!", brachte ich mit erstickter Stimme hervor. „Das ist nicht wahr, Jack! Weißt du, was ich glaube?" Meine Brust hob und senkte sich in einem schnellen, unbeständigen Rhythmus. „Ich glaube, dass du jetzt, da du bekommen hast, was du wolltest, wieder einen Rückzieher machst. Wie damals. Da kam dir Travis wohl gerade recht."

Jack starrte mich einen Moment lang fassungslos an, bevor er betont ruhig antwortete. „So war das nicht, Nami. Nicht damals und nicht heute", behauptete er.

Und plötzlich sah ich ihn. Durch all das attraktive, freundliche, neue Äußere im Holzfällerhemd hindurch sah ich die verzerrte, boshafte Miene von Jack Montgomery. Jack Montgomery, der Albtraum aller Mädchen. Der Unruhestifter. Das Problemkind. Ich wollte es nicht sehen, aber ich tat es. Und je länger ich ihn ansah, umso eindeutiger wurde es.

„Du hast dich gar nicht geändert", brachte ich tonlos hervor.

Just ließ die Türklingel uns alle zusammenfahren. Nolan, sichtlich froh, etwas zu tun zu haben, eilte mit der Gitarre in der Hand an uns vorbei und öffnete die Tür.

„Guten Morgen, ich bin etwas spät. Sorry. Warum weint Codey? Man hört ihn bis auf die Straße", plauderte Maha los, während sie sich die Schuhe von den Füßen streifte. „Wollt ihr was Verrücktes hören? Vor der Tür sitzt ein Mann im Auto und weint. Sieht aus, als …"

Als sie unsere Gesichter sah, verstummte sie. Jack stürmte an ihr vorbei aus dem Haus, dicht gefolgt von Duke. Ich brach in Tränen aus.

„Gute Güte." Maha tätschelte mir verunsichert die Schulter. „Erst mal einen Kaffee, was?"

Es dauerte eine ganze Weile, bis Codey keine Tränen mehr hatte. Kraftlos schlich er zu mir und ließ sich endlich auf den Schoß nehmen. Nolan war schweigend in seinem Zimmer verschwunden. Die Gitarre, die er so schmerzlich vermisst und innig geliebt hatte, lag verlassen auf dem Sofa. Als wäre sie urplötzlich wertlos geworden.

Alles fühlte sich unwirklich an. Gerade noch hatte ich Schmetterlinge im Bauch gehabt und war auf Wolke sieben geschwebt, und nun lag all das in Scherben. Und dabei konnte ich noch nicht einmal eindeutig sagen, was geschehen war.

„Soll ich bleiben?", erkundigte Maha sich eine Weile nach dem Frühstück und sah mir besorgt in die Augen.

„Nein, alles gut." Ich schüttelte den Kopf. Codey war vor lauter Erschöpfung auf meinem Schoß eingeschlafen, und immer mal wieder wurde sein kleiner Körper von einem erneuten Schluchzen geschüttelt. „Wir kommen schon klar. Danke, Maha."

Ich legte Codey auf dem Sofa ab und deckte ihn behutsam zu. Zu meiner Überraschung saß Travis immer noch im Auto, als ich Maha die Tür öffnete und sie mit einer kurzen Umarmung verabschiedete. Er sah dabei zu, wie sie verschwand, dann stieg er aus und blieb unsicher in der Wagentür stehen.

„Ich habe deinen Freund vorhin verschwinden sehen. Er wirkte sehr aufgebracht. Das war doch nicht etwa meine Schuld?", erkundigte er sich.

Ich antwortete nicht.

Travis seufzte tief. „Kann ich reinkommen und mit dir alleine sprechen?", fragte er flehentlich. „Ich will nur reden. Bitte, Nami!"

Ich biss mir auf die Unterlippe. Mich von Travis räumlich zu entfernen, viele Meilen zwischen uns zu bringen, hatte mich auch emotional von ihm entfernt. Mich unabhängiger gemacht. Mich seine Fehler, seine Makel aus der Distanz kritischer beurteilen lassen.

Nun, da er nur wenige Schritte von mir entfernt stand und geradezu gebrochen schien, fiel es mir schwer, diese Distanz noch zu empfinden. Und war es nicht mein Verschulden, dass er so litt?

„Ich weiß, dass du mich betrogen hast", sagte er unerwartet und kam langsam, mit erhobenen Händen auf mich zu, so, als würde ich eine Waffe auf ihn richten. „Und es ist okay. Du warst verwirrt. Einsam. Verunsichert."

„Travis, ich ... ich habe dich nicht betrogen." Ich schüttelte den Kopf. „Ich habe dich verlassen. Wir sind kein Paar mehr. Und Travis ... der Einzige von uns beiden, der Ehebruch begangen hat, bist du."

Travis blieb auf seinem Weg zu mir stehen, ließ die erhobenen Hände allmählich sinken und blickte traurig die Verandastufen empor. „Schatz, ich dachte, das hätten wir geklärt und überwunden. Es war eine einmalige Sache, du …“

„Ich habe unser drei Monate altes Baby gestillt“, brach es aus mir heraus.

Travis betrat die erste Stufe. „Du hast dich nur noch um Codey gekümmert, und ich kam nicht mehr an dich heran. Ich habe dich vermisst“, beharrte er, während er die zweite Stufe betrat. „Läuft deswegen etwas zwischen dir und diesem Holzfäller? Willst du es mir heimzahlen?“

„Ich mache das, was ich tue, nicht mehr von dir abhängig“, entgegnete ich.

Travis stand nun vor mir. Dicke bläuliche Augenringe hatten sich in seinem Gesicht gebildet.

„Das solltest du aber“, sagte er, und in seiner Stimme, der die Demut nun gänzlich fehlte, lag jäh etwas Bedrohliches. „Du bist mit meinem Sohn meilenweit weggegangen. Du hast ihn mir vorenthalten. Deinetwegen war ich am Boden zerstört, Nami, ich gelte als suizidgefährdet. Meine Therapeutin hat mir empfohlen, dich wegen Kindesentführung zu verklagen …“

Mein Herz schien für einen Moment auszusetzen, bevor es umso schneller weiterschlug.

„Codey wirkt traumatisiert auf mich, Nami“, fuhr Travis mit leiser, zischender Stimme fort, während er mir mit seinem Gesicht näher und näher kam. Der scharfe Geruch seines Aftershaves und Nikotingestank stiegen mir in die Nase und brannten darin. „Was hast du ihm bloß angetan, als du ihm seinen Vater, sein Zuhause, sein vertrautes Leben genommen und ihn vollkommen egoistisch in ein Kuhkaff am Ende der Welt verschleppt hast? Nolan wirkt auch nicht gerade glücklich."

„Codey geht es gut! Nolan ... es geht ihnen beiden gut bei mir!" Tränen traten mir in die Augen. „Ihnen geht es großartig! Codey ... er spielt hier zum ersten Mal zufrieden und alleine. Er klammert nicht mehr, er ..."

„Posttraumatische Belastungsstörung", diagnostizierte Travis und schüttelte in gespieltem Bedauern den Kopf. „Armer Kerl. Vielleicht wäre es besser für ihn, bei seinem Vater zu leben."

Ich öffnete den Mund, um etwas zu sagen, doch kein Wort kam mir mehr über die Lippen. Instinktiv wich ich einen Schritt zurück und brachte einen Abstand zwischen uns, den Travis sofort wieder einholte.

„Codey bleibt bei mir", flüsterte ich.

„Wir können gerne herausfinden, was die Polizei dazu sagt", antwortete Travis gelassen, dann lachte er einmal kurz auf. „Ach, was sage ich da ... ich bin selbst die Polizei. Wenn die hören, dass es um einen Kollegen geht ... ach Nami, du weißt selbst, dass deine Chancen gleich Null sind. Das Ganze geht vor Gericht, und dann wird abgewogen ... du hast weder Familie noch einen Job. Und dieser neue Freund von dir, der macht einen ziemlich ... nun ja ... einfachen und aggressiven Eindruck auf mich. Was würde ich wohl herausfinden, wenn ich in seiner Vergangenheit stöbere? Womöglich wäre Codey in seiner Nähe in Gefahr. Ich hingegen ...", er tat, als müsse er überlegen, „... angesehener Beruf, Familie ... dann kommt natürlich noch erschwerend hinzu, dass du meinen Sohn entführt hast."

„Du willst Codey doch gar nicht! Du willst mich nur erpressen. Bestrafen. Dominieren!", brach es aus mir heraus.

Travis kam mir mit seinem Gesicht so nah, dass ich seinen Atem im Gesicht spüren konnte. „Vielleicht. Aber das wissen die doch nicht. Oh ..." Das boshafte Grinsen wich binnen Sekunden wieder seinem gespielt traurigen Gesichtsausdruck. „Dein Freund will uns Gesellschaft leisten."

Tatsächlich näherte Jack sich uns. Travis wartete, bis er nah genug war, dann drückte er mir einen Kuss auf die Wange.

„Du sagst ihm, dass er gehen soll", raunte er mir zu.

„Was?"

„Alles in Ordnung, Nami?", rief Jack alarmiert. Er sah aus, als wäre er dazu bereit, Travis gewaltsam von mir wegzureißen.

Ich tauschte einen kurzen Blick mit Travis und straffte die Schultern.

„Ja, alles bestens", würgte ich hervor.

„Nami sagte mir gerade, dass sie es bereut, mich verlassen zu haben", sagte Travis, und hätte ich ihn nicht so gut gekannt, hätte ich ihm die Erleichterung in seiner Stimme sicher abgekauft.

Jack legte die Stirn in Falten. „Das kann ich mir bei dem, was sie über Sie erzählt hat, kaum vorstellen", sagte er. „Nami, komm zu mir." Er streckte die Hand nach mir aus. „Ich will mich entschuldigen. Lass dich nicht bequatschen von ihm. Er ist nicht gut für dich."

Beide sahen mich abwartend an.

„Nami, Nolan, Codey und ich werden zurück nach Salem City gehen. Das haben wir, nachdem wir uns ausgesprochen haben, einstimmig entschieden. Das Haus hier wird verkauft. Wir feiern sozusagen Wiedervereinigung", setzte Travis noch einen drauf.

Das Ganze klang so abwegig und weit hergeholt, dass es fast schon lachhaft war. Doch mir war nicht nach Lachen zumute. Jack offensichtlich ebenfalls nicht.

„Ist das wahr, Nami?" Durchdringend sah er mich an. Er schien nur darauf zu warten, dass ich den Kopf schüttelte.

Ach Nami, du weißt selbst, dass deine Chancen gleich Null sind ...

Meine Therapeutin hat mir empfohlen, dich wegen Kindesentführung zu verklagen ...

Vielleicht wäre es besser für ihn, bei seinem Vater zu leben ...

Die Angst, Codey womöglich zu verlieren, schnürte mir die Kehle zu. Vielleicht bluffte Travis nur – doch was, wenn nicht? Ich konnte nicht riskieren, es darauf ankommen zu lassen. Um nichts in der Welt. Nicht einmal für Jack.

„Travis hat recht." Ich zwang meine Lippen zu einem künstlichen Lächeln. „Er hat sich geändert. Wir haben uns beide geändert."

„Aber ...", setzte Jack an.

„Ich glaube, Sie gehen jetzt besser, Jack", sagte Travis ruhig und legte mir eine Hand um die Taille.

Die vertraute Berührung ließ mich erschaudern. Es wurde anstrengender, die lächelnde Maske aufrechtzuerhalten. Wieso verschwand Jack nicht einfach? Doch statt das zu tun, setzte er noch einen drauf.

„Ich glaube dir kein Wort", beharrte er mit entschlossenem Blick und betrat die Verandastufen. „Nami, ich liebe dich!"

„Großer Gott!" Travis brach ihn höhnisches Gelächter aus. „Junge, Sie waren nichts als eine Affäre für sie. Eine Ablenkung. Denken Sie wirklich, dass Sie ...", er wies abwertend auf Jack und deutete dann auf mich, „... für sie irgendetwas bedeutet haben? Dass Sie eine Zukunft mit ihr haben?"

Ich stand wie erstarrt neben ihm.

Seine Worte, spitz wie Pfeilspitzen, schienen Jack völlig kaltzulassen. Er ignorierte Travis, trat einen weiteren Schritt auf uns zu und blickte mich durchdringend an.

„Sieh mir in die Augen, und sag mir, dass du nicht dasselbe empfindest!", verlangte er rau.

Travis festigte seinen Griff um meine Taille. Es tat nun beinahe weh. Aus dem Inneren des Hauses rief Codey weinerlich nach mir. Offenbar war er aus seinem kurzen Schläfchen erwacht. Langsam hob ich den Blick.

„Ich liebe dich nicht, Jack Montgomery", sagte ich ohne mit der Wimper zu zucken, während es mich innerlich zerriss.

Jack starrte mich an, als würde er mich zum ersten Mal sehen. Dann wandte er sich ruckartig ab und trottete auf sein Haus zu. Mit den Tränen ringend stürmte ich ins Haus, um Codey zu trösten.

„Gut gemacht, Schatz", lobte Travis mich.

„Halt einfach den Mund." Ich wiegte Codey in den Armen und versuchte, Jacks erschrockene Miene aus meinen Gedanken zu vertreiben.

„Daddy?", nuschelte Codey.

„Ja." Travis winkte ihm kurz zu. Mit einem Mal wirkte er geschäftig. „Bin kurz telefonieren. Ich würde vorschlagen, dass wir heute noch hierbleiben, übernachten und dann morgen früh packen."

„Okay", murmelte ich lautlos.

Mit dem Handy am Ohr verschwand Travis im Garten, ohne seinen Sohn, der die Arme nach ihm ausstreckte, noch eines Blickes zu würdigen.

Den Rest des Tages verbrachte ich in einer Art Schockzustand. Wie ein Geist schlich ich von Raum zu Raum, bereitete Essen zu, sah alles an, als würde ich es zum letzten Mal sehen. Noch vor kurzem hatte ich mich gefragt, ob ich dieses Haus, dieses Dorf je als mein Zuhause empfinden würde. Und nun brach es mir das Herz, es verlassen zu müssen. Meine Gedanken überschlugen sich. Was hatte mich dazu getrieben, Salem City so überstürzt zu verlassen? Weshalb hatte ich nicht im Voraus darüber nachgedacht, dass Travis genauso sorgeberechtigt war wie ich? Und sowieso ... hätte ich diesen Streit mit Nolan nicht gehabt, wäre ich ehrlich zu ihm gewesen, dann hätte er sich niemals derart schuldig gefühlt und in all seiner Verzweiflung Travis angerufen. Doch wenn ich die Wahl dazwischen hatte, Codey zu verlieren und Rose Village zu verlassen, um zurück in meinen goldenen Käfig zu ziehen, so wählte ich den Käfig.

Als Travis sich am Abend wie selbstverständlich neben mich und Codey ins Bett legte, zog sich in mir alles zusammen. Sofort wusste ich, dass ich in dieser Nacht kein Auge zumachen würde.

„Ist ja eine Höllenfahrt hierher“, stöhnte er und zog sich die Decke bis ans Kinn. Tante Claires Decke. „Was guckst du denn so? Ich mache das alles nur, weil ich dich liebe! Weil ich euch liebe. Die Hauptsache ist, dass wir wieder vereint sind. Nicht wahr?“

„Ja. Gute Nacht.“ Ich drehte ihm den Rücken zu und zog den schlafenden Codey in meine Arme.

Als Travis‘ Atemzüge immer langsamer und ruhiger wurden, vergewisserte ich mich, dass er schlief. Lautlos schlich ich aus dem Bett und in die Küche herunter.

„Tut mir leid, Tante Claire“, sagte ich leise, ohne zu wissen, was ich da eigentlich sagte – und zu wem. „Ich habe geglaubt, nie mehr einknicken zu müssen. Aber ich habe keine Wahl. Richtig?“

Ich hatte nie an Geister geglaubt, nicht an Gott oder Engel oder irgendwelche anderen übersinnlichen Wesen. Doch in jenem Moment wünschte ich mir mehr als alles andere, dass mir ein Zeichen gesandt wurde. Dass mir jemand half. Irgendwie.

Ich zuckte zusammen, als ein leises Klopfen an der Tür erklang. Bildete ich mir das bloß ein? Einen Moment lang blieb ich ganz still, dann ertönte es erneut. Mit nackten Füßen schlich ich zur Tür hinüber und öffnete sie.

Mein Herz machte einen Satz, als Jack mir gegenüberstand, Duke dicht an seinem Bein. Ich musste all meine Kraft zusammennehmen, um mich davon abzuhalten, ihm in die Arme zu fallen. Er wollte mich retten. Und ich wollte so, so gerne von ihm gerettet werden. Doch es ging nicht.

„Ich habe Licht in deiner Küche gesehen“, sagte er rau. „Und dann habe ich dich dastehen sehen. Allein.“

Ich antwortete nicht, nickte bloß. Jack blickte an mir vorbei, als würde er jederzeit damit rechnen, dass Travis aus irgendeiner Ecke angelaufen kommen und sich auf ihn stürzen würde.

„Er schläft", wisperte ich. „Alle schlafen. Was willst du hier? Du hast doch alles gehört, was du wissen musst."

Ihm die Wahrheit zu sagen würde alles nur noch verschlimmern, dessen war ich mir bewusst. Er hatte gesagt, dass er mich liebte. Er würde uns nicht kampflos ziehen lassen, und Travis' Zorn wäre ihm gewiss. Das konnte ich nicht verantworten.

Nach einem letzten prüfenden Blick trat Jack ungefragt ein, Duke am Halsband haltend, und zog die Tür hinter sich zu. Erschrocken starrte ich ihn an. Er legte sich den Zeigefinger auf die Lippen.

„Ich habe ein Jobangebot aus San Francisco erhalten", flüsterte er.

„Was? Genau jetzt?"

„Nein." Jack schüttelte den Kopf. Schier zerknirscht fuhr er sich mit den Finger seiner linken Hand durch die langen Haare und zerzauste sie dabei. „Schon vor langer Zeit und immer mal wieder. Aber jetzt ist das erste Mal, dass ich darüber nachdenke, es … nun ja … es anzunehmen."

„San Francisco also." Ich bemühte mich, ruhig zu bleiben, während ich mich an das Gespräch erinnerte, das wir nach meinem Kreislaufkollaps auf seiner Veranda geführt hatten. Mit einem Apfel und einer Flasche Bier in der Hand. „Ich dachte, das ist nichts für dich."

„Ja … ja, das dachte ich auch."

Einen Moment lang sahen wir einander an, beide mit vor dem Oberkörper verschränkten Armen.

Geh nicht, flehte ihn mein Inneres an.

„Verstehe“, sagte mein Äußeres.

Wenn er vorhatte, nach San Francisco zu gehen, war es ihm offenbar sowieso nie ernst gewesen mit mir. Außerdem verließ ich Rose Village ebenfalls – da war es quasi egal, ob er hier war oder eben nicht.

„Und du bist hierhergekommen, um mir das zu sagen?“, fragte ich leise.

Jack zuckte mit den Achseln. Dann entdeckte er Nolans Gitarre, die immer noch auf dem Sofa lag. Mit lautlosen Schritten trat er herüber. Langsam wurde ich nervös. Was, wenn Travis aufwachen und ihn bemerken würde?

„Jack, du musst gehen“, flehte ich ihn verzweifelt an.

Er überhörte meine Worte. „Ich habe die ganze Zeit über geahnt, dass du sie damals genommen hast.“ Er nahm die Gitarre an sich und strich zärtlich mit den Fingern über die Saiten. Er flüsterte nicht mehr, sprach aber weiterhin mit gesenkter Stimme. „Mein Vater hat mich damals grün und blau geschlagen, weil er der Meinung war, ich hätte sie verkauft oder verloren.“

„Oh nein.“ Ich biss mir auf die Unterlippe. „Das wollte ich nicht, Jack. Da habe ich gar nicht drüber nachgedacht. Ich wollte dich einfach nur irgendwie … ärgern. Keine Ahnung.“ Ich zuckte mit den Schultern. „Ich musste Rose Village verlassen und du nicht, obwohl das Ganze genauso deine Schuld war wie meine. Da fand ich es nur fair, dir auch etwas wegzunehmen, das dir lieb ist. Irgendwie kindisch im Nachhinein.“

„Ach was.“ Jack legte unerwartet eine Hand unter mein Kinn und hob es leicht an, bis ich ihm in die

Augen sehen musste. „Du hast doch eine gute Verwendung dafür gefunden."

Mir traten Tränen in die Augen. Ich spürte, wie die Fassade bröckelte.

„Sag mir die Wahrheit, Nami", wisperte er.

„Meine Gitarre ist Jacks Gitarre?!"

Wir zuckten beide zusammen, als Nolan wie aus dem Nichts auf der Treppe erschien. Ich hatte nicht einmal die Stufen knarzen hören. „Ich verstehe das nicht." Nolan kam die Treppe weiter herunter und blieb mit gerunzelter Stirn vor uns stehen. „Du sagtest damals, sie hätte meinem leiblichen Vater gehört! Und mein ganzes Leben lang dachte ich, sie sei das Einzige, was ich von meinem Vater habe ..."

„Nolan ...", versuchte ich verzweifelt, seine Gedankengänge zu unterbrechen.

Mein Geheimnis! Mein Geheimnis ...

Immer noch verwirrt betrachtete er die Gitarre, dann Jack und schließlich mich. Man sah förmlich, wie es in seinem Kopf arbeitete. Mit einem Mal wurde er furchtbar blass. Und ich wusste, dass er es wusste.

Kapitel 14

Die Wahrheit

Es war Samstagabend und eine sechzehnjährige, schlecht gelaunte Nami Johnson, die nie zuvor Bowle getrunken hatte, stand im schummrigen Licht eines bunt tapezierten Wohnzimmers und nippte an ihrem Glas. In der Schule hatte sich tags zuvor herumgesprochen, dass Joseph Millers Eltern am Wochenende verreisten und eine Party stattfinden würde. Nur ungern hatte Maha mich dorthin begleitet – wie mir im Nachhinein klar wurde, wohl vielmehr, um auf mich aufzupassen, als um sich selbst ein wenig zu amüsieren.

„Wer hat den denn eingeladen?" Naserümpfend deutete ich auf den Bereich zwischen Flur und Wohnzimmer, in dem sich gerade eine kleine Menschentraube trennte, um eine dunkel gekleidete Person passieren zu lassen. „Jack Montgomery." Sein Name klang wie ein Fluch aus meinem Mund.

Und als wäre es nicht genug, dass er auf derselben Party war wie ich, kam er auch noch zielstrebig in unsere Richtung. Ich erschauderte. Schlaksig war er, und um seine Lippen herum spross etwas, das sich nur ansatzweise als Bartansatz identifizieren ließ. Er trug dieselbe ausgewaschene, schlecht geflickte Jeanshose, die wohl irgendwann mal schwarz gewesen war, wie am Vortag in der Schule. Sein dunkelgraues Shirt war viel zu groß für seinen schmalen Oberkörper. Wahrscheinlich gehörte es seinem komischen Vater.

„Nami Johnson“, sagte er, und aus seinem Mund klang mein Name wie eine vulgäre Beleidigung. „Bisschen tief ins Schminktäschchen geschaut, was?“

Ich hatte Make–up, Rouge, Lippen– und Kajalstift aufgetragen und war mir bis zu diesem Moment ziemlich hübsch und erwachsen vorgekommen. Nun spürte ich, wie mir eine unschöne Röte in die Wangen kroch.

„Ignorier ihn einfach.“ Maha, damals schon vernünftig wie eine Mittvierzigerin, blickte nervös zum gefühlt zehnten Mal an diesem Abend auf ihre Armbanduhr.

„Zumindest weiß ich, wie man gut aussieht, Jack. Im Gegensatz zu dir“, schoss ich zurück, ohne auf meine Freundin zu achten. „Vielleicht solltest du dir mal ein zweites Paar Hosen zulegen. Oder dein Gesicht waschen.“

„Nami!“ Maha schien entsetzt darüber, dass ich so gemein war.

„Was denn? Er hat es verdient“, erwiderte ich und leerte mein Glas mit ein paar großen Schlucken. Die Bowle war so stark, dass mir die Gesichtszüge entgleisten und ich mich leicht hustend abwenden musste.

Ja, Jack Montgomery hatte es verdient. Mehr als jeder andere. Maha klopfte mir sanft auf den Rücken. „Ich glaube, du hast genug für heute“, sagte sie behutsam.

„Ich glaube, ich fange gerade erst an!“ Ich stupste sie unsanft gegen den Oberarm. „Komm schon, sei nicht so langweilig!“

„Langweilig?“ Maha wirkte gekränkt.

Ich drückte mich an ihr vorbei, um mir noch etwas zu trinken zu besorgen. Je lauter die Musik war, je intensiver der Geschmack des Alkohols, je voller der Raum, desto leiser wurde die Stimme in meinem Inneren. Die

Stimme, die mich immer wieder an das erinnerte, was ich verloren hatte. Dads Stimme. Seit seinem Tod waren wir keine Familie mehr. Mom behauptete zwar das Gegenteil, doch eine Familie bestand nicht nur aus einer Mutter, die mehr damit beschäftigt war, sich um sich selbst zu kümmern und den Schein zu wahren, und einem Kind, das schon fast keines mehr war.

„Hier, Süße." Irgendein Typ, ich war mir nicht einmal sicher, ob er überhaupt unsere Schule besuchte, drückte mir ein halb gefülltes Glas mit einer klaren Flüssigkeit in die Hand. „Siehst aus, als könntest du es brauchen." Er klang mehr als angeheitert.

Ohne groß darüber nachzudenken, schüttete ich das Zeug bis auf einen letzten Schluck herunter, wischte mir mit dem Handgelenk den Mund trocken und ging weiter.

„Nami!" Maha hatte mich schwer atmend eingeholt. Sie schien schockiert. „Du weißt doch gar nicht, was in dem Glas war! Vielleicht hat er K.o.–Tropfen reingetan!"

Ich verdrehte die Augen.

„K.o.–Tropfen sind ein Gerücht. Alter Moralapostel", nuschelte ich, obwohl ich tief in meinem Inneren wusste, dass sie es nur gut meinte – und vollkommen recht hatte.

Als Alice Hopper aus der Parallelklasse sich lautstark weinend hinter dem Sofa übergab, was kurzzeitig sogar die dröhnende Musik übertönte, war Maha kurz abgelenkt. Ich schlängelte mich zwischen drei Teenagerjungen durch und kam am Fuß einer Wendeltreppe mit Teppichstufen zum Stehen. Teppichstufen. Die knarzten sicher nicht so wie die in unserem Haus.

Leise stieg ich mit meinem Glas in der Hand die Stufen empor. Es war ein schönes Haus. Groß und aufgeräumt, mit vielen sichtlich teuren Möbeln. Ich wusste, dass Joseph zwei Schwestern und einen Bruder hatte und dass jedes Kind sein eigenes Zimmer besaß. Geschwister hatte ich mir immer schon gewünscht. Etwas wie Neid flackerte in mir auf, als ich an den perfekt weiß–lackierten Türen vorbeiging, an denen jeweils Namensschilder hingen.

Vor der Tür mit der Aufschrift Mom & Dad verharrte ich kurz. Das Elternschlafzimmer. Hier konnte ich mich sicher gut vor Maha verstecken. Irgendwann würde sie die Geduld verlieren, mich zu suchen, und einfach verschwinden. Dann würde sie mich nicht länger mit aller Gewalt davon abzuhalten versuchen, einfach Spaß zu haben. Als hätte ich mir das nicht verdient! Nach allem, was passiert war. Entschlossen drückte ich die Klinke herab, öffnete die Tür und trat ein.

Doch wider Erwarten war der Raum nicht leer. Ich erschrak fürchterlich, als ich eine dunkle Gestalt ausmachte, die reglos auf der Fensterbank saß. Im Stockdunkeln!

„Entschuldige, ich wusste nicht, dass jemand hier drin ist", beeilte ich mich zu sagen. Meine Stimme klang verwaschen. „Ich wollte mich nur kurz ausruhen."

„Ja, ich auch", antwortete die Gestalt, glitt von der Fensterbank und näherte sich mir. Als sie aus der Dunkelheit heraustrat und vom Flurlicht erfasst wurde, hielt ich inne.

„Jack?"

„Nami“, sagte er und nickte mir knapp zu. „Auch keinen Bock mehr auf die Party?“

„Keine Ahnung.“ Ich zuckte gleichgültig mit den Schultern und nahm eine abwehrende Haltung ein. „Und wenn schon, was geht dich das an?“

„Entschuldigt bitte, dass ich mich in Eure wertvollen Privatangelegenheiten einmische, Euer Ehren!“, sagte er mit verstellter Stimme und deutete eine tiefe Verneigung an. „Ich bin absolut untröstlich.“

Seine Stimme klang ein wenig heiser, aber auch angeheitert. Offensichtlich hatte er auch Alkohol getrunken. Höhnisch grinsend trat er daraufhin an mir vorbei und drückte mir dann zu meinem Entsetzen einen Kuss auf die Wange. Instinktiv holte ich aus und versetzte ihm eine schallende Ohrfeige. Einen Moment lang blickte Jack entsetzt drein, dann strich er sich lachend mit der flachen Hand über die Wange.

„Wage es nicht, mich noch mal zu küssen, Jack Montgomery!“, knurrte ich.

„Keine Sorge.“ Er fuhr sich mit dem Handrücken über den Mund, als hätte er etwas Ekliges gegessen. „So gut schmeckst du nicht, Nami Johnson. Und bestimmt küsst du auch nicht gut.“

„Wie bitte? Ich küsse hervorragend!“, behauptete ich schrill. Ich hatte schließlich lange genug geübt – vor dem Spiegel.

„Beweis es“, provozierte Jack mich.

Er war sich sicher, dass ich klein beigab … würde ich aber nicht.

„Okay.“ Ich trank den letzten Schluck aus, stellte das Glas auf dem Nachttisch ab und drückte meine Lippen erneut auf seine. Kurz, ganz kurz.

Wir wichen auseinander und starrten einander an. Kurz dachte ich, Jack würde wieder in höhnisches Gelächter ausbrechen oder etwas Abwertendes sagen, doch das tat er nicht. Er sagte gar nichts. Stattdessen legte er den Kopf ein wenig schief und streckte die Hand aus, um mir eine Haarsträhne aus dem Gesicht zu streichen. Er sah mich an, als würde er mich zum ersten Mal sehen.

„Ich mag deine Haare", sagte er unerwartet sanft.

Seine Augen waren blau. Mir war nie zuvor aufgefallen, dass sie blau waren. Blau, durchdringend, traurig und verletzlich. Irgendetwas an dem Blick, mit dem er mich ansah, erinnerte mich jäh an mich selbst. Es war, als würde ich in einen Spiegel sehen. Und die Erkenntnis, dass Jack Montgomery scheinbar genauso litt wie ich es tat, wirbelte alles in meinem Kopf durcheinander.

Ich beugte mich vor und drückte meine Lippen erneut auf seine. Für einen zweiten längeren, sanfteren Kuss. Die Tür stand immer noch einen Spalt weit offen. Lautlos zog Jack sie zu. Unsicher glitten seine Finger über meinen Rücken und zogen mich enger an ihn heran.

Mit jedem Kuss wurde der Schmerz in meinem Inneren ein bisschen leiser. Aber ich wollte nicht nur, dass er leiser wurde. Ich wollte, dass er verstummte. Jack zog sich das Shirt über den Kopf und warf es zu Boden.

„Hast du so was schon mal gemacht?", fragte ich.

Er schüttelte den Kopf.

„Ich auch nicht", brachte ich flüsternd hervor. Dann erstickten wir jegliche Bedenken mit einem weiteren langen Kuss.

Sechs Wochen später saß ich mit Bauchschmerzen zu Hause im Badezimmer. Quälend langsam wurde der Teststreifen, den ich zwischen zwei zittrigen Fingern hielt, vom Urin durchtränkt. Das Blütenweiß änderte vollgesogen seine Farbe jäh in ein hässliches, dunkles Beige. Es war wie ein Unfall; ich konnte nicht wegsehen, aber auch das Hinsehen fühlte sich schrecklich falsch und beängstigend an.

Auf der Packungsbeilage, die ich zuvor mit zitternden Händen entfaltet hatte, stand geschrieben, dass man mindestens drei Minuten lang warten sollte, bis man das Ergebnis ablas. Doch noch während ich den schmalen Streifen auf ein Blatt Toilettenpapier legte und meine Hose wieder hochzog, erschien bereits der erste, dann ein zweiter Strich. Leuchtend rot und unübersehbar, wie der grelle Schriftzug auf einem aufdringlichen Reklameplakat. Für den Bruchteil einer Sekunde schien die Welt, meine Welt, stillzustehen, nur um sich dann umso heftiger, schneller und lauter weiterzudrehen. So schnell, dass ich das Gefühl hatte, nicht mehr mitzukommen.

Von einem plötzlichen Impuls geleitet, der ganz tief aus meinem Inneren kam, umfasste ich den Teststreifen, warf ihn zusammen mit dem Papier in die Toilette und betätigte die Spülung. Mein Herz raste so laut und schnell in meiner Brust, als würde es meinem Körper schon im nächsten Moment entspringen wollen. Jeder Schlag tat weh. Wie ein kleines Tier im Scheinwerferlicht starrte ich in die Toilette hinein und wartete, bis das laufende Wasser verebbt war. Endlich wurde das Geräusch der Spülung leiser und verstummte – der Teststreifen war verschwunden.

Geräuschvoll schlug ich den Deckel zu, setzte mich darauf und kämpfte gleichermaßen gegen die Tränen wie gegen den Würgereiz an. Das Blut in meinen Ohren pulsierte in einer derart enormen Lautstärke, dass es alles andere zu übertönen schien. Fast war ich sicher, dass man es bis ins Nachbarhaus würde hören können.

Meine Hände wanderten wie ferngesteuert auf meinen flachen, schmerzenden Bauch und legten sich warm und immer noch zitternd darauf. Unglaublich, dass etwas darin war. Dass jemand darin war.

Das würde alles verändern.

Das würde alles für immer verändern.

„Du bist was?!" Jegliche Farbe wich aus dem Gesicht meiner Mutter, als ich später am Tag mit verquollenen Augen vor ihr stand.

Fluchtartig sah sie sich um, verschloss das Küchenfenster und drückte mich daraufhin mit sanfter Gewalt auf einen Stuhl. Sie kochte sich einen starken Kaffee, nahm mir gegenüber Platz und trank die Tasse mit gesenktem Blick leer, während sich eine unangenehme Stille über uns niedersenkte. Man sah ihr förmlich an, wie es in ihr arbeitete.

„Bist du dir sicher?", fragte sie endlich.

Ich nickte.

„Großer Gott." Seufzend verbarg sie das Gesicht in den Händen. „Nami, du bist sechzehn Jahre alt! Sechzehn!"

Ich antwortete nicht. In meinem Hals hatte sich ein Kloß gebildet. Ich hatte mir Verständnis erhofft. Warme Worte. Beruhigung. Stattdessen kam ich mir jäh vor wie auf der Anklagebank.

Mom stand schwungvoll auf und stellte die Tasse in das Spülbecken. Einen Moment lang blickte sie schier gedankenverloren aus dem Fenster, bevor sie sich mir wieder zuwandte.

„Das ist eine Misere, in die du mich da gebracht hast, junges Fräulein!", brach es aus ihr heraus. „Dein Vater war so ein guter, angesehener Mann. So ein beliebter Bewohner dieses Dorfes. Und kaum ist er … was würde er sich für dich schämen!"

Es fühlte sich an, als hätte sie mir ins Gesicht geschlagen. Schockiert starrte ich sie an.

„Wer ist der Vater?"

„Ich will nicht darüber sprechen." Ich senkte den Blick. Irgendetwas sagte mir, dass die Nennung von Jacks Namen das Ganze noch verschlimmern würde. Außerdem hatte er seither kein Wort mehr mit mir gesprochen und mich in der Schule komplett ignoriert. Mein betrunkenes, tieftrauriges Ich hatte sich wohl getäuscht, als es für einen kurzen Moment geglaubt hatte, er wäre doch kein Idiot.

Mom stand auf, nahm die Tasse wieder aus dem Spülbecken, kochte sich einen zweiten Kaffee und warf erneut einen Blick aus dem Fenster, als wollte sie sichergehen, dass dort nicht bereits jemand lauerte, der uns ausspionierte. Mit der dampfenden Tasse in der Hand und einem sorgenvollen Blick setzte sie sich zurück an den Tisch.

Mein Magen grummelte. Ich presste die Hand auf meinen Bauch. Ich hatte Hunger auf Käse. Oder Joghurt. Oder Joghurt mit Käse.

„Haben wir Joghurt?", fragte ich vorsichtig.

Mom setzte die Kaffeetasse, die sie gerade an ihre Lippen gehoben hatte, wieder ab und warf mir einen höchst skeptischen Blick zu.

„Ob wir ... sag mal, Nami, bist du dir überhaupt dem Ernst der Lage bewusst?" Sie schüttelte den Kopf. „Du wolltest studieren! Du bist die mit Abstand Beste in deiner Klasse ... wenn nicht gar des Jahrgangs. Du ... du bist intelligent! Damit hat es ein Ende, wenn du jetzt ..." Ihr Blick blieb an meinem noch flachen Bauch hängen, auf dem immer noch meine Hände ruhten, bevor sie mit einem tiefen Atemzug fortfuhr. „Niemand stellt ein Mädchen ein, das mit sechzehn ein Kind bekommen hat. Niemand heiratet ein Mädchen, das so früh Mutter wird. Du hast dir selbst alles kaputtgemacht, was dein Vater und ich dir aufgebaut haben. Was hast du dir nur dabei gedacht?"

„Nichts", antwortete ich wahrheitsgemäß. Mein Mund fühlte sich ausgetrocknet an. „Ich habe gar nicht gedacht."

Meine Mutter seufzte in ihre Kaffeetasse hinein. Ich fühlte mich zunehmend unwohler. Und hungriger. Kurzum stand ich auf, öffnete den Kühlschrank und holte einen Joghurt heraus. Mit einem Löffel setzte ich mich wieder an den Tisch und begann schweigend zu essen. Allmählich beruhigte mein Magen sich. Als ich den Blick hob, sah ich, dass Mom schier durch mich hindurchblickte. So sah sie immer aus, wenn sie sich Lösungen für Probleme überlegte.

„Mom, ich will dieses Baby", brachte ich zaghaft hervor.

Sie sah plötzlich müde aus. „Natürlich wirst du das Kind bekommen. Aber nicht hier", antwortete sie.

Verunsichert blickte ich von meinem Joghurt auf.

„Ich lasse nicht zu, dass so etwas Unpassendes wie eine Teenagerschwangerschaft das Andenken meines Mannes beschmutzt und dir deine gesamte Zukunft verbaut", fuhr sie fort, während ihr Blick nach wie vor lösungssuchend durch mich durch glitt.

„Was?!"

„Du gebärst das Kind."

„Und?"

„Und wir geben es als meins aus."

Mir blieb der Mund offen stehen. „Als deins? Aber ich …", setzte ich an, doch sie streckte mir Einhalt gebietend die ausgestreckte Hand entgegen.

„Dann kannst du dein Leben leben. Studieren, heiraten. Und du kannst das Kind so oft sehen, wie du willst", sagte sie und klang mit einem Mal geschäftig. „Wir ziehen in irgendeine x–beliebige große Stadt. Dort wird niemand etwas von unserem Geheimnis bemerken."

„Unser … Geheimnis?"

„Ja, Nami, unser Geheimnis." Sie sah mich eindringlich an und legte ihre Hände über den Tisch hinweg auf meine Schultern. „Und es muss auch unser Geheimnis bleiben. Für immer!"

Plötzlich lag der Joghurt mir schwer im Magen.

„Mom, ich will nicht weg von hier!"

„Das hättest du dir vorher überlegen müssen. Und Nami … kein Wort zu Claire!"

„Aber wieso …"

Ich war mir fast sicher, dass Tante Claire mehr Verständnis für mich und meine Situation aufbringen würde.

„Sie wird es nicht verstehen", sagte sie schlicht, und damit war das Thema für sie beendet.

Mom und Claire waren so unterschiedlich wie Tag und Nacht. Obwohl Claire uns half, wo sie nur konnte, fühlte Mom sich ganz offensichtlich nur allzu oft von ihrer älteren Schwester bevormundet. Dass sie nicht hatte vermeiden können, dass ihre sechzehnjährige Tochter schwanger wurde, sah sie eindeutig als neues Streitthema an.

„Ich sorge dafür, dass sie uns in Ruhe lässt", sagte Mom, nunmehr einen besänftigenden Unterton in der Stimme, und lächelte. „Es wird uns gutgehen. Dir, mir ... und meinem Baby."

Im Juni, nachdem der schlimmste Schmerz meines ganzen Lebens mich siebzehn Stunden lang wachgehalten hatte, lag er in meinem Arm. Ein Junge. Ich war überrascht, dass mein Gefühl, es würde ein Mädchen werden, mich so getäuscht hatte. So viel zum untrüglichen Mutterinstinkt.

Erschöpft betrachtete ich die winzigen kleinen Finger, die wenigen dunklen Haare auf seinem Kopf und den süßen Schmollmund. Ich war nie zuvor so müde gewesen. Und nie zuvor so bewegt. Ich hätte ihn ewig halten können. Aber ich hatte ihn nicht ewig halten dürfen.

„Gib ihn mir, Liebes." Mom hatte Tränen in den Augen. Abgesehen von Dads Tod hatte ich sie nie zuvor weinen sehen. Ohne meine Antwort abzuwarten, nahm sie ihn mir aus dem Arm und begann, mit ihm im Zimmer auf- und abzugehen. Je weiter er sich von mir entfernte, umso stärker schmerzte mein Herz.

„Mein kleiner Junge", gurrte sie mit einer Stimme, die mir völlig fremd war. „Ich habe mir immer einen kleinen Jungen gewünscht."

Obwohl wir zu dritt im Raum waren, kam ich mir plötzlich einsam vor.

„Darf ich ihm wenigstens einen Namen geben?", flüsterte ich.

Mom hielt inne, warf einen Blick aus dem Fenster des Krankenhauses und nickte schließlich. „Wenn er uns beiden gefällt ... natürlich", sagte sie.

Ich legte die Hände auf meinen leeren, immer noch angeschwollenen Bauch. Er war nicht mehr so prall wie vor der Geburt, aber ich sah immer noch schwanger aus. Das hatte ich nicht gewusst. Mein Körper fühlte sich komisch an. Und leer.

„Nolan", sagte ich leise.

Nolan. Mein Ein und Alles. Mein Erstgeborener. Mein Sohn.

Kapitel 15

Das Baumhaus

Es geschahen zugleich mehrere Dinge, sodass ich kaum dazu imstande war, ihnen allen zu folgen. Jack blickte sprachlos zwischen Nolan und mir hin und her, während er nach wie vor die Gitarre festhielt. Nolan, dem sämtliche Farbe aus dem Gesicht gewichen war, umklammerte das Treppengeländer, als würde er ohne dessen Halt einfach in sich zusammensacken.

Im Obergeschoss hatte Codey offenbar derweil meine Abwesenheit und fehlende Wärme bemerkt und begann zu weinen, was mit einem ungeduldigen, schläfrigen Schimpfen von Travis quittiert wurde. Schwere Schritte tapsten über unsere Köpfe hinweg, bevor das Licht angemacht wurde und Travis mit Codey am Kopf der Treppe erschien.

Einige Sekundenbruchteile lang wurde das Haus von einer absolut merkwürdigen Stille erfüllt. Niemand schien auch nur atmen zu können. Es war beinahe so, als hätte jemand mit den Fingern geschnippt und die Zeit angehalten. Travis war der Erste, der sich aus seiner Schockstarre löste.

„Was geht hier eigentlich vor?"

„Nichts, Travis." Ich schüttelte so hastig den Kopf, dass sich dünne Haarsträhnen aus meinem Zopf lösten und mir ins Gesicht fielen. „Alles gut, Codey–Schatz. Geht einfach wieder ins Bett. Ich komme gleich nach", setzte ich eindringlich hinzu.

Aber Travis wollte nicht wieder ins Bett gehen. Er starrte Jack an, und sein Gesicht verdunkelte sich zunehmend.

„Was macht er hier?“

„Er will seine Gitarre zurückhaben“, antwortete Nolan an meiner Stelle mit tonloser Stimme.

„Nolan“, sagte Jack sanft.

„Wusstest du es?“, wandte Nolan sich an ihn. Seine Stimme zitterte.

„Er wusste es nicht“, entgegnete ich.

„Ich wusste es. Schon seit einer Weile.“ Jack blickte wenig beeindruckt drein und wandte sich mir langsam zu. „Ich meine, er sieht aus wie ich, oder? Also wer das nicht erkennt, muss wirklich blind sein. Ich sagte dir ja schon, Nami, ich kann eins und eins zusammenzählen.“

Ich versuchte zu schlucken, aber es ging nicht.

„Warte.“ Travis, immer noch neben dem weinenden Codey am Kopf der Treppe, hielt sich eine Hand an den Kopf, als hätte er plötzlich starke Schmerzen. „Er ist sein ... deine Mutter hat was mit diesem Typen gehabt?“

„Nein, Travis. Ich ... ich bin Nolans ... ich bin seine Mutter“, erklärte ich mit leiser, stockender Stimme. „Jack und ich haben ... als wir Teenager waren, da ... es ist bei einer Party passiert und ...“

„Kein Wort mehr davon“, unterbrach Nolan mich ungehalten. „Ich will euch nie wiedersehen! Keinen von euch!“ Seine Stimme überschlug sich fast, wurde laut und kippte, als er an uns vorbeistürmte. „Ihr habt mich alle angelogen!“ Das letzte Wort brüllte er beinahe.

Als die Haustür hinter ihm ins Schloss fiel, hielt Jack mich davon ab, ihm zu folgen, indem er einen Schritt auf mich zu tat und mir eine Hand in den Rücken legte. „Gib ihm einen Moment", verlangte er sanft.

„Genug." Travis stampfte oben wie ein bockiges Kleinkind lautstark mit dem Fuß auf. „Jetzt reicht es! Hol deinen bescheuerten Bruder ... oder Sohn oder was auch immer rein. Wir packen und brechen sofort auf. Keine Minute länger bleibe ich in diesem Dorf. Und du auch nicht!"

„Aber Travis", brachte ich mit zittriger Stimme hervor.

„Sofort!", grollte er und hielt Codey, der in diesem Moment Anstalten machte, sich an ihm vorbeizudrängeln, um die Treppe herunter und zu mir zu laufen, am Arm fest. Der zornige Unterton in seiner Stimme musste ihn erschreckt haben.

„Geh und hol deine blöden Kuscheltiere, Codey!", drängte er ihn ungeduldig.

Codey jaulte auf wie eine Sirene.

„Loslassen!", brüllten Jack und ich synchron.

„Lass ihn sofort los", fügte ich leiser hinzu. „Bitte!"

Ungeduldig schob Travis Codey nun von sich und eilte, immer zwei Stufen auf einmal nehmend, die Treppe herunter. Nie zuvor war ihr Knarzen so bedrohlich gewesen.

„Du hast dich hier lange genug aufgespielt!", schleuderte er mir ungehalten an den Kopf. „Komm verdammt nochmal zur Besinnung! Und jetzt sei eine gute Frau und geh packen!"

So schnell ihn seine kleinen Beine trugen, eilte Codey die Treppe herab und warf sich mir wimmernd in die Arme. Sein ganzer Körper zitterte.

„Ich gehe nirgendwohin“, sagte ich über Codeys goldene Locken hinweg.

Travis machte einen einschüchternden Schritt auf mich zu.

„Wag es nicht, sie anzupacken!“ Jack stellte sich schützend vor mich und Codey und somit zwischen uns, was Travis ein höhnisches Lachen entlockte.

„Du stellst dich einem Polizisten in den Weg?“

Jack hielt seinem Blick stand. „Wenn es sein muss, stelle ich mich zehn von deiner Sorte in den Weg. Für die, die man liebt, tut man so etwas. Man zwingt sie nicht zu etwas. Man sperrt sie nicht ein. Man beschützt sie und sieht, wenn es ihnen schlecht geht.“

Travis schnaubte durch die Nase, als hätte Jack etwas zutiefst Dämliches gesagt. Dann ging alles ganz schnell. Travis griff an – ohne Vorwarnung. Jack verteidigte sich, während er mich mit Codey auf dem Arm weiterhin abschirmte. Doch Travis überwältigte Jack schneller als erwartet, drückte ihn mit einem gekonnten Griff zu Boden und schlug ihm mit der Faust auf den Rücken. Dies alles geschah binnen Sekunden. Zitternd drückte ich Codey an mich, damit er das Ganze nicht mitansehen musste.

Schwer atmend trat Travis schließlich um Jack herum, griff nach meinem Handgelenk und zog mich unsanft an sich. Doch er hatte seine Rechnung ohne Duke gemacht. Wie ein Blitz schoss der riesige treue Hund zwischen uns hindurch und sprang Travis an, der mit einem erschrockenen Aufschrei zu Boden stürzte. Duke blieb über ihm stehen, die Lefzen hochgezogen und aus tiefster Kehle knurrend.

Jack rappelte sich mit schmerzverzerrter Miene vom Boden auf und trat zu uns herüber. Er pfiff einmal kurz durch die Zähne, was Duke sofort wieder zu dem riesigen frommen Lamm werden ließ, das wir kannten. Wedelnd ließ er von Travis ab und setzte sich neben mich.

„Am besten verschwinden Sie jetzt und kommen nie wieder in unsere Nähe", brummte Jack.

Travis ließ sich das nicht zweimal sagen. Mit gehetztem Blick und riesigem Sicherheitsabstand zu Duke eilte er an uns vorbei. In der Tür blieb er noch einmal stehen und zeigte mit dem Finger auf mich. „Ihr hört von meinem Anwalt!", zischte er zwischen den Zähnen hervor, bevor er die Tür mit einem lauten Knall hinter sich zuzog.

Jack sah mich durchdringend an. „Er hat die ganze Zeit über gelogen, richtig?", fragte er. „Du hattest nie vor, aus freien Stücken mit ihm zurückzugehen."

„Er hat mir gedroht, mir Codey wegzunehmen", flüsterte ich.

„Oh, Nami ..." Jack zog mich an sich, sodass Codey, den ich immer noch auf dem Arm hielt, zwischen uns war. Sanft drückte er erst Codey, dann mir einen Kuss auf den Kopf. „Jetzt wird alles gut."

Codey schluchzte immer noch, schien sich aber allmählich zu beruhigen.

„Nolan", erinnerte ich Jack. „Wir müssen ihn finden!"

„Zieht euch eine Jacke an und kommt mit. Ich glaube, ich weiß, wo er ist."

Eilig tat ich, was er sagte und folgte ihm in die Dunkelheit hinaus. Travis' Auto war spurlos verschwunden. Erleichtert atmete ich auf. Ob er tatsächlich seinen Anwalt kontaktieren würde? Was würde das für mich bedeuten? Darüber wollte und konnte ich mir gerade keine Gedanken machen. Nun galt es, Nolan zu finden.

Codey, der gerade noch geschluchzt hatte, schien die spontane Nachtwanderung so spannend zu finden, dass er alles andere vergaß. Freudestrahlend strampelte er sich von meinem Arm herunter, nahm die große, schwere Taschenlampe an sich, die Jack aus seinem Wagen holte, und erhellte uns damit den Weg. Duke lief dicht an Jacks Bein gedrängt, ohne Codey und mich aus den Augen zu lassen. Zielstrebig steuerte Jack auf das kleine Waldstück zu, dessen Bäume im Dunkeln finster aussehende Schatten warfen.

„Du glaubst, er ist im Wald?", fragte ich verunsichert. Dort hätte ich wohl nicht unbedingt zuerst gesucht.

„Es wäre möglich", antwortete Jack vage.

Codeys Euphorie flachte schon nach wenigen Metern wieder ab. Als Jack ihn kurzerhand auf den Arm nahm, protestierte er nicht einmal und kuschelte sich sogar mit dem Gesicht an seine Schulter. Jack reichte mir die schwere Taschenlampe. Der Anblick der beiden zusammen ließ mein Herz zugleich leicht und schwer werden.

„Jack, es tut mir leid, dass ich dir nicht von Nolan erzählt habe", begann ich schuldbewusst. „Als ich zurück nach Rose Village kam, war ich mir sicher, du würdest nicht mehr hier wohnen, und es ist doch so viel Zeit vergangen ... Es wäre komisch, nach so vielen Jahren zu sagen: Hey, ach übrigens, du hast einen Sohn ..."

„Ja, schon. Das wäre ungewöhnlich", stimmte Jack mir zu.

„Und als ich von der Schwangerschaft erfuhr ...", ich seufzte leise, „... da war ich so überfordert. Und du hast mich in der Schule nach der Nacht ignoriert. Ich meine … du hast getan, als sei nie etwas passiert zwischen uns."

Jack strich Codey in kreisenden Bewegungen sanft über den Rücken. „Ja, aber doch nur, weil mir sowieso klar war, dass du nicht mit mir reden und dass du diese Nacht bereuen würdest", sagte er leise, während wir tiefer in den Wald liefen. „Ich meine … ich verstehe es ja irgendwie. Deinen Antrieb in jener Nacht. Dein Vater war gestorben, deine Mutter sehr auf sich selbst fixiert, und du hast nach Möglichkeiten gesucht, damit irgendwie klarzukommen. Dich selbst zu spüren. Zu rebellieren. Da kam ich gerade recht. Was ist schon rebellischer, als mit dem größten Unruhestifter des Dorfes zu schlafen?"

„So habe ich dich nie gesehen!", entgegnete ich.

„Ach Nami, ich bitte dich. Natürlich hast du mich so gesehen. Das hat doch jeder."

Ich öffnete den Mund, um etwas zu sagen, schloss ihn aber in Ermangelung geeigneter Worte wieder. Er hatte ja recht.

„Das war nicht der Grund, weshalb ich mit dir geschlafen habe."

Jack schien aufrichtig überrascht. „Was dann?"

„Ich habe plötzlich etwas in dir gesehen. Etwas Schönes. Etwas Liebenswertes. Etwas Warmes, Trauriges und … und ich hatte das Gefühl, du sähest etwas in mir. Sähest mich. Nicht die Halbwaise. Nicht die Einserschülerin, sondern nur mich. Nami."

Jack nahm meine Hand in seine, während die andere immer noch Codey hielt.

„Und das tue ich immer noch", sagte er sanft. „Das mit Nolan ist mir relativ schnell klargeworden, auch wenn ich zu Anfang kurz glaubte, es mir einzubilden. Aber nach etwas Nachrechnen und mit der Erinnerung an euren fluchtartigen Umzug ergab all das auf einmal einen Sinn. Ich wusste, dass du es mir früher oder später sagen würdest. Darauf habe ich vertraut."

Ich senkte betreten den Blick. „Aber ich habe es dir nicht gesagt. Ich habe es dir verschwiegen. Allen." Ich schlang die Arme um meinen Körper, um mich zu wärmen. Die Taschenlampe baumelte herab und erhellte die nächsten Meter vor uns. „Und ich täte es immer noch, vielleicht sogar für den Rest meines Lebens, wenn diese Gitarre nicht gewesen wäre."

Jack wartete, bis ich ihn ansah, dann lächelte er. Ein trauriges, aber schönes Lächeln.

Der Waldboden knirschte unter unseren Füßen. Irgendwann blieb er stehen. Mitten im Wald. So, als wären wir endlich da angekommen, wo er die ganze Zeit über hatte hingehen wollen. Codey war eingeschlafen. Tief und ruhig atmend lag er mit dem Kopf an Jacks Brust.

„Ich mache dir keinen Vorwurf, Nami", sagte Jack leise. „Ich bin nicht zornig, weil du es mir nicht gesagt hast. Zuerst dachte ich, ich wäre es. Ich habe seine ganze Kindheit verpasst. Aber wir beide, du und ich ..." Er griff erneut nach meiner Hand, während die andere den immer noch tief und fest schlafenden Codey festhielt, und suchte hilflos nach den richtigen Worten. „Wir waren selbst noch Kinder. Wir hätten das nicht geschafft. Ich hätte das nicht geschafft. Und wir wären heute sehr wahrscheinlich nicht die, die wir jetzt sind."

Er atmete tief ein und wieder aus. „Das, was passiert ist, das war ... das Beste, was jedem von uns passieren konnte. Ich meine, er ist gut gelungen. Etwas stur vielleicht, aber das sind vermutlich die Gene."

In meine Verzweiflung mischte sich neben das schlechte Gewissen eine eindringliche Rührung. Mein Herz zwickte und zuckte und begann wie wild zu flattern. Oh dieser Jack Montgomery! Wie hatte ich je geglaubt, ihn nicht lieben zu können?

„Ich hoffe, wir finden ihn", murmelte ich.

„Wenn ich mich nicht irre, haben wir das bereits", antwortete Jack zu meinem Erstaunen, ließ meine Hand aus seiner gleiten und deutete nach oben. In einem hohen Baum entdeckte ich zwischen einer Menge Ästen und Zweigen etwas, das wie Holz aussah. Ich richtete die Taschenlampe darauf.

„Ein Baumhaus?"

„Ein altes kleines Baumhaus, ja. Keine Ahnung, wer es gebaut hat. Derjenige muss sein Kind sehr geliebt haben. Das Baumhaus ist spitze. Aber als ich es entdeckt hatte, damals, vor vielen Jahren, da war es leer, und alles darin war verstaubt. Vielleicht ist das Kind, dem es gehörte, zu groß zum Spielen geworden, oder sie sind von hier fortgezogen. Ich war oft hier. Hier ist man allein."

Als ich mich fragte, wie viele Stunden der jugendliche Jack in diesem Baumhaus verbracht haben musste, wurde mir ganz kalt ums Herz.

„Glaubst du, dass er da oben ist?", fragte ich leise in die Stille des Waldes hinein.

„Die Strickleiter ist hochgezogen", erklärte Jack, als wäre das eine eindeutige Antwort.

„Nolan?", rief ich. Meine Stimme war erstaunlich laut in dieser dunklen, stillen Nacht. Codey zuckte kurz im Schlaf zusammen, schlummerte dann aber unberührt weiter.

„Nolan!", rief nun auch Jack.

Keine Reaktion.

„Nolan!", rief ich erneut. „Jack und ich sind hier. Wir wollen nur mit dir reden. Wir machen uns große Sorgen."

Eine Weile lang blieb es still, dann senkte sich wie durch ein Wunder vor unseren Augen und im Schein der Taschenlampe eine Hängeleiter mit dicken, hellen Seilen und Holzblöcken herab. Jack und ich tauschten einen kurzen Blick miteinander.

„Willst du hochgehen?", flüsterte ich.

Jack schüttelte den Kopf.

„Du gehst hoch", sagte er zärtlich.

„Okay." Ich nickte und reichte Jack die Taschenlampe. Dann trat ich unsicher zur Leiter und kletterte mit zitternden Beinen empor.

Jack hatte recht gehabt. Zusammengekauert, im Schein der Taschenlampe seines Handys, saß Nolan in der Ecke des Baumhauses und starrte auf seine Schuhe. Ich sah sofort, dass er geweint hatte. Seine Augen waren blutunterlaufen, seine Lider angeschwollen und rot. Er sah schrecklich aus.

Das Baumhaus war größer, als es von außen und von unten den Anschein gemacht hatte, mit einem Fenster, einer Decke und einer antik wirkenden Kiste. Schweigend setzte ich mich neben meinen Sohn auf den Boden.

Und da saßen wir. Zehn Minuten, vielleicht zwanzig. Keiner von uns sagte auch nur ein Wort.

„Sie war also meine Oma?", fand Nolan irgendwann als Erster seine Stimme wieder. Er sah mich nicht an. „Und Codey, der … ist eigentlich mein Bruder?"

„Ja, das ist richtig."

„Die wichtigsten Menschen meines Lebens haben mich angelogen. Jeden einzelnen Tag", seine Stimme klang rau und erstickt.

„Das haben wir, und du hast jedes Recht, wütend darüber zu sein."

„Du wolltest mich nicht, richtig?" Zum ersten Mal hob er den Blick und sah mir in die Augen.

„Ich wollte dich, Nolan. Ich wollte dich mehr als alles andere", beteuerte ich. „Aber sie wollte dich noch mehr. Und sie …" Ich biss mir auf die Lippen, um die Tränen zurückzuhalten. „Sie war eine gute Mom. Eine so viel bessere, als ich es dir je hätte sein können."

Nolan schnaubte lautstark Luft durch die Nase.

„Nolan, es ist nicht deine Schuld. Nichts von alledem ist deine Schuld", fügte ich vorsichtig hinzu. „Ihr Tod …"

„Ich hätte mitfahren sollen, Nami", fiel er mir mit heiserer Stimme ins Wort.

„Was?"

„Ich sollte mit ihr zu dieser Geburtstagsfeier fahren. Aber wir hatten gestritten. Ich kann dir nicht einmal mehr den Grund nennen. Irgendetwas Unwichtiges." Er machte eine kurze Pause, bevor er fortfuhr.

„Sie ist alleine gefahren. Wäre ich dabei gewesen, hätte ich auf dem Beifahrersitz gesessen, hätte ich mich nicht so kindisch verhalten … Nami, sie wäre nicht eingeschlafen auf dem Rückweg. Es hätte diesen Sekundenschlaf nie gegeben."

Mühevoll blinzelte ich die aufsteigenden Tränen weg.

„Nolan, es ist nicht deine Schuld", wiederholte ich bekräftigend. „Nichts ist deine Schuld. Auch nicht das mit Travis. Er war schon immer ein Arschloch. Er ist nicht deinetwegen so geworden, du hast es bloß vorher nicht bemerkt."

Nolan hob den Blick und sah mich gequält an. „Ich war derjenige, der ihn angerufen hat."

„Und das war gut", entgegnete ich. „Hättest du das nicht getan, würde ich jetzt nicht hier mit dir sitzen, und wir würden uns nicht endlich all die Gedanken erzählen, die wir schon so lange mit uns herumtrugen. Ich bin froh, dass es so gekommen ist. Ich will gerade nirgendwo anders sein."

Behutsam legte ich meine Hand auf seine. Seine Finger waren inzwischen bereits ein wenig länger als meine. Feine, schmale Gitarrenfinger.

„Nolan, nichts von alledem, was dir oder mir Schlechtes widerfahren ist, war deine Schuld. Du bist großartig. Du bist der lustigste, intelligenteste Kerl, den ich kenne. Der beste Onkel für Codey."

Zögerlich legte Nolan seinen Kopf auf meine Schulter. Eine Weile lang schwiegen wir beide, in Gedanken bei Travis oder Mom oder der Tatsache, dass wir nie zuvor ein so inniges, tiefgründiges und ehrliches Gespräch geführt hatten.

„Irgendwie wusste ich es schon immer", sagte er plötzlich leise.

„Dass sie nicht deine leibliche Mutter ist?"

„Dass die Dinge anders sind, als sie zu sein scheinen“, erklärte er, blickte mich ernst an und sah dabei viel älter aus, als er tatsächlich war. „Aber Nami ... dir ist schon klar, dass ich eine teure Therapie benötigen werde, die du zahlen musst?“

Ich lachte kurz trocken auf, während mir erneut ein Schwall Tränen über die Wangen lief. Eine paradoxe Mischung aus Lachen und Weinen.

„Erst mal meine Scheidung“, antwortete ich. „Dann sehen wir weiter.“ Ich klopfte ihm auf die Schulter. „Was meinst du, erlösen wir Jack, bevor er sich am schlafenden Codey einen Bruch hebt?“

Nolan zögerte einen Moment, dann nickte er. Nacheinander stiegen wir die Hängeleiter wieder herunter und landeten vor Jack, der sichtlich erleichtert dreinblickte. Codey auf seinem Arm war inzwischen aufgewacht und blickte uns schläfrig, aber entspannt entgegen. Mit der Taschenlampe erhellte er abwechselnd den Rückweg und Jacks Gesicht.

„Lasst uns nach Hause gehen“, schlug Jack rau vor.

Nach Hause. Das klang so warm, so vertraut und wunderbar, dass mein Herz einen Satz machte. Es schmerzte noch, und es hatte gelitten – aber es schlug. Es kämpfte. Lebte.

Der Waldboden knirschte unter unseren Füßen. Duke hechelte.

„Und San Francisco?“, fragte ich.

„War nie eine ernsthafte Option. Ich habe nur einen guten Grund gesucht, vor deinem Umzug noch einmal mit dir sprechen zu können.“

„Oh Jack“, lachte ich.

„Oh Jack“, machte Codey mich nach und lachte über sich selbst.

Als sich die Bäume lichteten, blieb Nolan jäh stehen. „Ihr erwartet aber nicht, dass ich euch jetzt Mom und Dad nenne, oder?“, fragte er.

„Nein.“ Jack schüttelte den Kopf und klopfte ihm auf die Schulter. „Sir und Ma'am reichen völlig.“

„Das war ein richtiger Dad–Witz!“ Nolan verdrehte die Augen. Und unter den Sorgen, der Wut und all den Tränen glitt ein zartes Lächeln über sein Gesicht. Und ich wusste, dass alles gut werden würde.

Irgendwie. Irgendwann.

Hier – in Rose Village.